Pente douce

Du même auteur
dans la même collection :

Par qui la mort arrive (n° 4)
Le petit chien riait (n° 44)
Un pied dans la tombe (n° 49)
Obédience (n° 70)
Le Noyé d'Arena Blanca (n° 76)
Le Garçon enterré ce matin (n° 104)

ISBN : 2-86930-276-2
ISSN : 0764-7786

Titre original : *Steps going down*

27, rue de Fleurus - 75006 Paris
10, rue Fortia - 13001 Marseille

Joseph Hansen

Pente douce

Traduit de l'américain
par Richard Matas

Collection dirigée
par François Guérif

rivages/noir

1

Cutler traverse l'entrée, apportant sur un plateau le dîner de Moody. Un fin tube de plastique opaque et jaune court d'une bouteille à oxygène placée à côté du lit jusqu'au visage de Moody. Des élastiques entourent la tête de Moody et maintiennent le tube en place, de manière à ce que l'embout du tube pénètre dans la narine de son nez fin et aristocratique. Il souffre d'emphysème. Soixante-cinq ans, frêle, cheveux gris, il est soutenu par des oreillers et regarde le journal télévisé. Il est impeccable dans son chandail vert à col roulé, son pantalon en velours côtelé brun, ses chaussettes de laine vertes. Il se dit, malade comme il est, qu'il ne sortira que ce soir, mais il choisit toujours de rester habillé pendant les heures de bureau. Tous les matins, quand Cutler l'aide à gagner la douche d'un pas mal assuré, il déclare :

— On peut avoir besoin de moi.

Avec cette illusion en tête, il se défait parfois du tube à oxygène, s'assied au bord du lit puis, essoufflé par l'effort, enfile ses chaussures. Il descend jusqu'au bureau pour voir si tout marche bien.

Descendre lui est aussi devenu pénible. Quand il apparaît sur le seuil, Cutler, Fargo ou un des autres se précipite pour lui apporter une chaise. Tout va bien. Fargo y veille, bien que Moody préfère accorder sa confiance à Cutler, et Cutler l'accepte… Pourquoi pas ? Après tout, Fargo n'est qu'une de ces femmes de bureau qui adorent être débordées de travail et sous-payées. Pour quelle raison Cutler lui gâcherait-il la vie ?

Moody ne peut pas rester longtemps, l'oxygène serait dangereux ici. Une machine pourrait provoquer une étincelle. Un client pourrait allumer une cigarette. Des écriteaux recommandant de ne pas fumer sont en place, mais il suffirait d'une fois… De toute façon, Moody ne peut rien trouver à redire sur la manière dont le travail s'accomplit. Et s'il le pouvait, très vite il serait obligé de se faire porter à l'étage pour se remettre au lit. Fargo ne voudrait pas rater l'occasion de jouer les sauveteurs, mais elle n'est plus jeune, mesure à peine un mètre soixante et pèse moins de cinquante kilos, alors que Cutler mesure un mètre quatre-vingts, pèse quatre-vingt-dix kilos, et il est jeune ! Pas aussi jeune toutefois qu'il le prétend. Il n'a jamais été un athlète, si ce n'est au lit. Mais il est fort, et Moody ces jours-ci n'a plus que les os et la peau.

Ainsi vont les choses, quand on n'a pas besoin de lui, et qu'il veut tout simplement sentir qu'il y participe encore. Les moments où il se sent indispensable se présentent lorsque de vieux clients le demandent. Des hommes comme Irv. Liebowitz, Tony Baron, Phil Quinn, des écrivains dont Moody a commencé à dactylographier et à distribuer les manuscrits dans le milieu des années cinquante, quand la télévision se mettait à piller les réserves de vieux films des studios, et quand les écrivains, les acteurs et bien d'autres se retrouvèrent bien seuls au monde pour survivre. C'est à ce moment propice que Moody monta cette affaire, installée dans la salle de séjour de la maison en bois de sa défunte mère, dans une petite rue en plein cœur d'Hollywood, avec une vieille machine à écrire, un vieux duplicateur manœuvré à la main, et lui-même pour unique employé.

Maintenant l'affaire occupe tout le rez-de-chaussée de la maison. Les machines à écrire sont électroniques, ce sont de grosses Xérox étincelantes, dernier modèle, des traitements de textes, des photocopieuses véloces et rutilantes. Du lundi au vendredi de neuf heures à dix-sept heures tout bourdonne, cliquette, s'active. La peinture brille sur les vieilles boiseries, la moquette est moelleuse sous les pas, le nouveau papier peint est gai. Tout respire la réussite. Et Moody répète qu'il est propriétaire du tout lorsqu'il s'adresse aux dialoguistes qui continuent à lui être fidèles au fil des ans. Le moins qu'il puisse faire, c'est de descendre leur sourire, leur serrer la main, leur dire un mot aimable.

– Ils sont en bonne santé, dit Cutler. Qu'ils montent s'ils veulent te voir. Stewart, ce n'est qu'une formalité pour eux, une habitude. S'ils savaient ce qu'il t'en coûte, ils ne demanderaient pas à te voir.

Prenons ce matin, eh bien, Cutler affirmait son point de vue pour la centième fois. Fargo avait à peine ouvert la porte du bureau quand, (en haut, occupé à frictionner les faibles membres de Moody avec une grande et épaisse serviette éponge, à faire mousser le savon à barbe sur les joues creuses de Moody, à sortir un rasoir jetable en plastique jaune de son emballage), Cutler entendit la voix retentissante de Phil Quinn, son rire rugissant. Il n'aurait pas su le décrire, mais il connaissait le numéro de Quinn, face à une Fargo peinturlurée et desséchée. Comme il la trouvait jolie aujourd'hui, jeune et fraîche, et combien seyantes les loques dépareillées dont elle s'était couverte avant de se précipiter voracement sur une nouvelle journée d'esclavage.

— C'est Phil Quinn. (Moody commença à trembler.) Il y a des siècles qu'il n'est pas venu.

— Du calme, fit Cutler. Ou je vais te couper.

Moody l'écarta, se leva avec effort. La porte de la salle de bains était ouverte.

— Phil ! essaya de crier Moody, mais il n'y réussit pas.

Il ne parvint qu'à tousser et, reprenant difficilement sa respiration sifflante, creusant son pauvre ventre, ses côtes haletantes comme les ouïes d'un poisson hors de l'eau, il agrippa faiblement Cutler et hoqueta :

— Dis-lui... d'attendre, que je vais descendre dès... que je serai habillé.

— Assieds-toi, Stewart, tu es tout en sueur.

— Je t'en prie !

Moody se reposait sur le siège rabattu des toilettes, serrant la serviette contre lui. Il leva sur Cutler ses yeux enfoncés et suppliants.

— Je ne dois pas perdre Phil Quinn. Ni comme client ni comme ami. Pas... après... toutes ces années.

— C'est ridicule.

Pourtant Cutler avait reposé bruyamment le rasoir dans le lavabo, s'était essuyé les mains et avait lancé :

— Mr Quinn ?

Et il avait descendu l'escalier quatre à quatre, tout en maugréant sournoisement. Les dialoguistes ne comptaient plus beaucoup dans l'affaire de Moody et ce depuis des années. Mais heureusement pour Cutler, Moody avait un faible pour les écrivains. Il adorait aussi les succès tape-à-l'œil, et actuellement Quinn avait une cote à tout casser. Cutler arbora son plus beau sourire de garçon hâlé, entra en coup de vent dans le bureau, la main tendue.

— Heureux de vous voir, fit-il. Stewart est en train de s'habiller. Il sera là dans quelques minutes, voulez-vous l'attendre ? Il a très peur de vous rater.

— Bien sûr.

Quinn est un homme d'une cinquantaine d'années, musclé, à la peau brune, grosse tête, gros coffre. Cutler le soupçonne de faire un excès de chromosomes Y. Il a eu quatre femmes et devait sans doute les battre régulièrement. Il est toujours aimable avec Cutler, mais Cutler devine le mépris dans son regard et s'imagine que, collégien, Quinn rossait les tapettes dans les allées du campus. Ce matin son sourire fut bref, il lâcha la main de Cutler, il avait l'air préoccupé.

— Tony Baron m'a dit que la santé de Stewart déclinait, c'est vrai ?

— Il est en pleine forme, répondit Cutler. Il s'intéresse encore à un tas de choses. (Cutler se dirigea vers l'ascenseur.) Je ferais mieux d'aller voir ce qu'il fait.

— Vous vous occupez personnellement de lui ? demanda Quinn.

— Ce n'est pas un problème, répondit Cutler. Excusez-moi.

Il avait remonté les escaliers quatre à quatre pour achever de raser Moody et de l'habiller. Mais Moody n'était pas dans la salle de bains. Il gisait sur le lit, enveloppé dans la serviette de toilette, des plaques de savon à demi sèches sur son visage. Il avait remis en place le tube à oxygène. Il avait tourné vers Cutler un pitoyable regard noyé et sa tête avait roulé sur les oreillers.

— Je ne pourrai pas, dit-il. Que va-t-il penser ?

— Détends-toi.

Cutler avait adressé à Moody un sourire d'encouragement.

— Nous allons te donner un pyjama frais et ta nouvelle robe de chambre, et il pourra monter ici.

Sans savoir pourquoi, Cutler trouvait important de faire bonne impression sur Quinn. Peut-être tout simplement parce que l'homme était si terriblement viril. Cutler était heureux d'avoir redécoré l'appartement avant que la maladie de Moody ne commence à accaparer tout son temps. Cutler était doué pour le dessin, les harmonies colorées, l'architecture intérieure — Moody aimait le vert, la pièce était donc une palette de verts nuancés.

Au collège, le professeur d'art de Cutler, Warren Fisher, avait loué le sens des couleurs du garçon, avant de le mettre dans son lit. A seize ans. Dans l'obscurité, il ne cessait de répéter d'une voix tremblante :

— Si charmant, si charmant, et je suis le premier à te prendre, je suis le premier.

Ce n'était pas vrai. Loin de là. Il avait levé le maigre et craintif Harvey au printemps, dans un parc de Portland deux ans auparavant. Et il y avait eu d'autres hommes. Mais il n'en avait rien dit à Fisher.

Cutler avait désigné à Quinn la chaise à côté du lit. Quinn s'était assis.

— Quelle pièce agréable, dit-il, en cas de convalescence.

— C'est Darryl qui l'a imaginée. Comme un professionnel.

— C'est souvent le cas, fit curieusement Quinn d'un ton neutre.

La bouteille à oxygène était près de lui. Il l'avait regardée pensivement. Les bouteilles étaient louées, leur peinture rouge était écaillée et abîmée par les brutales manipulations des livreurs.

— Bonne infirmière aussi à ce que je vois, dit Quinn. (Il regardait Cutler, debout au pied du lit, mais ce n'était pas à lui qu'il s'adressait. C'était à

Moody.) Vous voyez un docteur régulièrement, je suppose.

Moody approuva.

– Darryl me conduit régulièrement à l'hôpital.

– Chauffeur aussi, constata Quinn comme s'il additionnait quelque chose. Prépare-t-il également les repas ?

– Comme une vraie petite ménagère, c'est ça, s'insurgea Cutler.

Moody le regarda sévèrement avec un rapide hochement de tête en guise d'avertissement.

– Et il fait le ménage, s'occupe de l'affaire. Je serais perdu sans Darryl.

Ses yeux s'embuèrent à nouveau. Bizarre. Larmoyer en présence d'un autre que Cutler n'était pas le genre de Moody. Il devait se sentir vraiment mal.

– C'est comme un fils pour moi, reprit Moody avec une timide tentative de sourire et un de ces effroyables masques plissés de vieille lope qui ne trompait personne.

– Ou une fille, fit Quinn.

– Si j'ai bien compris, reprit vivement Moody, ce *Prends et Fonce* est un succès fracassant. Je suis si heureux pour vous. C'est absurde (Moody minaudait comme une fille et aurait rougi s'il avait pu), mais je me sens un peu propriétaire, un peu fier, même si nous n'avons fait que taper et distribuer les manuscrits.

– Je citerai votre nom quand on me remettra mon Oscar. (Quinn sourit et prit la main de Moody.) Maintenant vous allez vous rétablir, entendu ? Je veux vous retrouver aux commandes à mon prochain passage.

– C'est très gentil à vous d'être venu me voir. (Moody tapotait la main de Quinn.) Les vieux amis représentent tant de choses. (Une ombre passa sur son visage.) Il y a des années maintenant, mais je n'arrive pas à oublier ce pauvre Irv. Liebowitz. Il me manque.

Quinn s'assombrit.

— Il a très vite décliné après son divorce. Cette garce. Ses avocats l'ont détruit.

— Et la boisson, soupira Moody. Il buvait terriblement.

— Il avait cessé de boire. Il avait un script à écrire.

— Quelle mort épouvantable, perdu dans le désert. Ce ravin où ils ont retrouvé son corps (Moody frissonna), grouillant de serpents à sonnettes, à des kilomètres de tout. Pas d'eau. Les coyotes l'avaient dévoré, les busards. J'en rêve quelquefois. Cela me paraît impossible. Etait-ce vraiment lui ?

— Ses vêtements, son portefeuille, sa voiture. (Quinn se leva.) Le shérif n'a aucun doute là-dessus. Cette tanière où il se cachait à Perez. Au *Pavot d'Or*, ce motel, ils ont dit qu'il avait longtemps erré saoul. (Quinn regarda Cutler.) Darryl, Suzy m'a dit que tout serait prêt à cinq heures. Pouvez-vous me l'apporter à la plage ? (Il jeta un coup d'œil à Moody.) Je paierai la course, évidemment.

Cutler haussa les sourcils en regardant Moody. Il espérait bien dissimuler son impatience, car il était impatient, il avait l'impression d'être enfermé ici depuis une éternité. Oh ! bien sûr ! il allait au supermarché et au drugstore de temps en temps, à la laverie une fois par semaine, mais c'était tout. La vie était ailleurs, et tout ce qu'il pouvait faire c'était de presser son nez contre la fenêtre. Il savait ce qu'il avait à faire, c'est pourquoi il ne se plaignait jamais auprès de Moody, ni de Fargo, ni de qui que ce soit ici. Mais, mon Dieu ! comme il se languissait, comme il souhaitait mener une vraie vie, y participer, ne serait-ce que quelques heures.

A cet inconcevable projet, son cœur se mettait immédiatement à battre la chamade.

– Il n'y aura pas de supplément.

Moody écartait cette idée. Il observa Cutler.

– Ça fera du bien à Darryl de sortir un peu. (Moody sourit d'un air las.) Peut-être pourrais-je faire la promenade. Nous prenions toujours des vacances à la plage, j'aimerais tant revoir la mer. Il me semble qu'il y a une éternité.

Cutler étouffa un juron, sourit et se frotta les mains, donnant le spectacle d'une joie anticipée.

– Oh ! ce serait formidable ! dit-il en guidant Quinn vers l'escalier, en se disant que Moody était trop malade. Il plaçait en Dieu l'espoir que Moody fût trop malade. Son cœur s'arrêta quand à midi, apportant le déjeuner de Moody, il le trouva tout habillé. Cutler, avec son potage de poireaux pommes de terre et du pain grillé dans cette pièce ensoleillée, le lui reprocha :

– Tu aurais dû m'appeler, je t'aurais aidé à t'habiller. Cette balade va te fatiguer, tu sais. Tu dois économiser tes forces.

– Tout ira bien.

Moody déplia sa serviette et en glissa un coin dans le col de son chandail.

– Je ne me suis pas senti aussi bien depuis longtemps.

Il s'empara du plateau, impatient comme un adolescent affamé. Il riait presque.

– Ce sera un vrai plaisir, comme au bon vieux temps. Une promenade sur la plage. Seuls tous les deux. Merveilleux.

– Seuls tous les deux, fit Cutler.

Et là, il va chercher le dîner de Moody : veau sauce au vin blanc avec une purée de carottes et des haricots verts à la vapeur, un verre de pinot blanc pétillant. Moody, les yeux fixés sur l'écran de télévision, n'a même pas entendu le retour de

Cutler, sur le seuil de la porte, guettant sur le vieil homme des signes de fatigue. Il n'en reconnaît aucun et jure encore en lui-même. Seulement en lui-même. Il se force à sourire, à donner à sa voix un ton chaleureux. Il pose le plateau sur le lit.

— Et voilà, un de tes repas préférés.

La tête de Moody cerclée par les élastiques et le tube sursaute.

— Ne fais pas ça, dit-il, furieux. Tu m'as fait peur.

De mauvaise grâce il accepte le plateau.

— Tu as le soleil dans les yeux.

Cutler se dirige vers la fenêtre.

— Ne passe pas devant la télévision, dit Moody, tu n'as donc aucune considération.

— Excuse-moi. (Cutler passe derrière l'appareil de télévision et tire les rideaux.) Il y a de la mousse au chocolat comme dessert.

Moody grogne :

— De la mousse au chocolat !

Il pique dans son assiette avec sa fourchette.

— Du pudding en boîte, plutôt.

— Allons, Stewart, fait doucement Cutler. Qu'est-ce qui se passe ? C'est un très bon dîner, et je ne t'ai jamais proposé du pudding en boîte.

— Je ne peux pas y aller.

La voix de Moody est faible et chevrotante, les larmes lui montent aux yeux.

— J'avais tellement envie d'y aller. (Il hoche la tête tristement.) Je ne peux pas. Je suis absolument exténué.

— Ce n'est pas grave.

Cutler se penche, étreint ses épaules squelettiques, l'embrasse sur le sommet du crâne.

— La plage est toujours là. Nous irons un matin, quand tu seras bien reposé.

Moody boude et retourne à son repas.

— Je n'étais pas bien reposé ce matin, sans doute ?

(Il jette à Cutler un regard aigu.) Tu rentres immédiatement, tu m'entends ? je n'aime pas rester seul ici. Tu sais à quel point c'est devenu peu sûr par ici. C'est très dangereux.

– Ne te fais pas de souci, dit Cutler.

2

Il quitte l'autoroute de Santa Monica ; l'enveloppe de Quinn est posée sur le siège passager. Le soleil est encore haut et le ciel d'un bleu magnifique. Par la vitre la brise livre l'odeur de la mer et Cutler la hume avec délice. Il en rit presque tout haut, il se sent libre. La voiture est peu de chose, une compacte japonaise, vieille de huit ans. Il la lave et la lustre pour qu'elle soit belle, l'entretient pour qu'elle soit en état. Mais avec l'argent de Moody, Cutler pourrait acheter une Porsche.

« Et ça (la voix de sa mère s'élève en son for intérieur), c'est la raison pour laquelle il a de l'argent et pas toi, tu n'en as pas et n'en auras jamais. Comme ton père, tu penses qu'avec ton physique tu obtiendras tout. Eh bien, dans la vie ça ne marche pas comme ça. »

Cutler espère qu'à l'heure qu'il est, un pyromane met le feu à la boîte de Moody. Il se penche un instant pour se contempler dans le rétroviseur et sourit, un petit sourire timide. Tout ira bien, Moody aime son physique. Moody a fait de lui son unique héritier. Et Moody est un homme malade qui ne durera pas éternellement. Alors Cutler s'achètera une Porsche, une montre Rolex et un costume de chez Brooks et Brothers. Sa cote sera à la hausse ;

ce qui finira bien par démontrer si oui ou non le physique ne vous fait pas obtenir tout ce qu'on veut.

La circulation est lente sur la route en bordure de l'océan. Deux jours auparavant, une tempête venue du golfe du Mexique a tout dévasté avec ses vagues de quinze pieds de haut. Les routes sont coupées. C'est une aubaine pour Cutler. Ça lui donnera une excuse pour rentrer tard. Moody verra les dégâts de la tempête à la télévision, des maisons d'un million de dollars éventrées, leurs propriétaires, vedettes de cinéma, entassant des sacs de sable en prévision de la prochaine marée haute. Moody acceptera l'excuse. Il ne pourra pas faire autrement. Cutler sourit. La proposition de Quinn ne pouvait pas mieux tomber.

Un promontoire a protégé les maisons de la plage de Cormoran Cove des dégâts de la tempête. La marée est encore haute, et de grosses vagues se brisent sur les rochers noirs et déchiquetés au large du rivage ; aujourd'hui pas de cormorans perchés dans la lumière cuivrée du soleil couchant. Les rues de cette petite communauté aux maisons dispendieuses, rampantes sous leurs toitures basses, se tordent sur elles-mêmes comme un alpiniste à l'assaut d'un passage difficile. Tout en cherchant son chemin, il commence à s'inquiéter : va-t-il trouver la maison de Quinn ? Et brusquement, elle est là. Un coupé Alfa Roméo rouge, une B.M.W. neuve quatre portes, garés côte à côte, non loin de la boîte à lettres.

L'enveloppe à la main, il gravit les marches en bois conduisant à un débarcadère où des plantes s'épanouissent dans des caisses de cèdre brut. La maison en cèdre brut également a de nombreuses portes-fenêtres. Il découvre en enfilade les pièces qui lui semblent plongées dans l'ombre parce que les portes-fenêtres reflètent la mer immense, chatoyante sous l'or du coucher de soleil. Il ne trouve pas de sonnette, il ouvre donc une porte et s'avance sur la moquette moelleuse, dans de longues pièces où le reflet de la mer et du soleil l'aveugle à demi, il se cogne contre les meubles. Il distingue des silhouettes au-delà des dernières portes qui sont ouvertes.

Il s'arrête sur le seuil et voit nettement Quinn assis dans un fauteuil sur un débarcadère à claire-voie en train de fumer une cigarette, un verre à la main. Il porte une chemise hawaïenne déboutonnée qui laisse voir sa poitrine brune et son ventre. Il porte un short, des sandales et des lunettes noires. A le voir, on dirait que la contemplation des vagues se brisant sur les rochers l'apaise. Une blonde, mince, en bikini, est assise dans un fauteuil ; un gros appareil radio-cassettes portable à ses côtés diffuse un jazz aseptisé. Elle aussi porte des lunettes noires. Un album de mots croisés est posé sur ses genoux, un crayon glissé dans sa chevelure gonflée. Elle aperçoit Cutler sur le seuil, se penche, dit quelques mots à Quinn qui se retourne.

Cutler sourit et brandit l'enveloppe.

– Ah ! Ah !

Quinn se lève en se déplaçant avec une souplesse qui ne devrait plus être de son âge. Alerte, sportif, sans doute pour bien convaincre la jeune femme d'une certaine chose ; certainement pas pour convaincre Cutler.

– Merci.

Quinn pose son verre sur le large bras de bois de son fauteuil et s'avance vers Cutler, main tendue. Cutler ne sait si l'écrivain veut prendre l'enveloppe ou bien lui serrer la main. Il serre la main, puis y met l'enveloppe.

– Venez. (Quinn esquisse un large geste d'accueil.) Joignez-vous à nous. C'est notre heure préférée ici. Les marées de ces derniers jours ont été spectaculaires. Les énormes nuages aussi.

Cutler a suivi Quinn. Il s'arrête à côté du fauteuil de la jeune femme.

— Mon épouse, Véronique.

Cutler promène son regard sur sa quasi-nudité. Elle est la preuve vivante, irréfutable, que l'argent peut tout acheter. Elle lui sourit de ses dents stupéfiantes, prononce son nom comme si c'était la chose la moins intéressante qu'elle ait jamais entendue, puis retourne à ses mots croisés, sourcils froncés, tire le crayon de ses cheveux et fait une marque sur la page. Cutler sait ce qu'elle pense. Qu'il est trop âgé pour faire le garçon de courses. Elle a raison.

Quinn laisse tomber l'enveloppe sur le coussin fleuri de son fauteuil et se dirige vers une table roulante où se trouvent bouteilles, verres et seau à glace.

— Un verre, Darryl, Martini ?

La main brune de Quinn voltige, touche une bouteille puis une autre.

— Scotch ? Vin blanc ?

— Je ne voudrais pas déranger, dit Cutler.

Il ne reconnaît pas ce Phil Quinn amical et il est mal à l'aise. L'idée le séduit, s'asseoir là, connaître pendant une heure le genre de vie dont il a toujours rêvé, facile, sans souci, avec argent, succès, honneurs, célébrité. Dans sa tête sa mère lui raconte : « Tu dois gagner ces choses, tu dois travailler pour ça. Personne ne va te les donner. » Quelqu'un les a données à Véronique Quinn. Cutler se détourne.

— Il vaut mieux que je rentre.

— Asseyez-vous. Je vous suis reconnaissant d'avoir apporté ces feuillets. C'est un long trajet. Vous méritez au moins un verre.

D'un signe de tête, il désigne un troisième fauteuil. Cutler murmure des remerciements, s'assied, et regarde les vagues se briser pendant que derrière lui la glace tinte dans une carafe de Martini. Quinn lui tend un grand verre glacé.

— Voilà !

Il s'assied, prend son propre verre et le lève vers Cutler. Tous deux boivent, puis Quinn s'adosse à son fauteuil, hoche la tête et fait repartir pour un tour la gentillesse.

— Parlez-moi de vous, ça fait un moment que vous êtes avec Stewart maintenant, non ?

— Six ans, dit Cutler ; ça paraît incroyable.

— Un écrivain doit connaître les gens, dit Quinn. Et je ne vous rangerai pas parmi les garçons de bureau. (Il se concentre.) Stewart ne m'a-t-il pas dit que vous étiez écrivain également ?

Cutler a un petit rire ; il hausse les épaules.

— Dans les années soixante, il y a eu tout un tas de minables petits éditeurs à L.A. qui ont publié des livres de poche sur le sexe. C'était de l'argent facile. Et puis, en quelque sorte, ça ressemblait à l'écriture d'un livre.

Il n'ajoute pas que le sexe dans ces livres était toujours homosexuel, ou que Ralph Pullen, avec lequel il vivait et couchait, ébauchait les histoires, et tout ce qui restait à faire au jeune Darryl, c'était de remplir les blancs...

— Mais au dixième titre, poursuit-il, le marché s'est épuisé. Le sexe est entré dans la grande littérature au quotidien. Et pour la plupart, les tâcherons se sont tournés vers le gothique.

— Mais pas vous ?

Quinn l'écoute attentivement, des rides creusées entre ses sourcils. Cutler voudrait voir ses yeux. Pourquoi est-il si soudainement intéressé ? Pourquoi pas ? Quinn tire un paquet de cigarettes de sa chemise, se penche pour le tendre.

Cutler refuse d'un signe de tête.

— J'ai cessé de fumer quand Stewart a eu besoin d'oxygène, ça peut être dangereux, une explosion.

Quinn allume une cigarette. La jeune blonde ferme l'album de mots croisés, le glisse entre le bras du fauteuil et le coussin, se lève et entre dans la maison. Elle se déplace comme une créature dans un rêve avec éjaculation. Quinn demande :

— C'est à ce moment-là que vous avez travaillé pour Stewart ?

— Non. Je croyais que je pourrais écrire le grand roman américain.

Cutler goûte la boisson glacée. C'est très bon. Il se penche vers la table roulante pour découvrir l'étiquette du gin.

— Je n'ai pas essayé de trouver du travail avant de découvrir qu'aucun éditeur ne voulait du grand roman américain. Du moins, ma version de celui-ci.

Là, Cutler a menti deux fois. Il n'a jamais achevé le livre qu'il concevait comme l'histoire romancée de sa vie. Affronter sa mère, même avec des mots sur le papier, jour après jour, à revivre ses corrections, ses ricanements, petit garçon, puis adolescent grand et maigre, toujours coupable, mais ne sachant jamais de quoi. C'était plus qu'il n'en pouvait supporter. Et il ne chercha jamais de travail. Il vécut des hommes âgés. Clark Calhour, jusqu'à ce que le gros Clark décida que Cutler avait d'autres amants. Dean Schuller, jusqu'à ce que Dean à sec engagea un comptable pour savoir pourquoi son compte en banque était toujours si mince. Lawrence Askew dont Cutler avait liquidé la voiture. Il ne se rendit pas au bureau de Stewart Moody pour un emploi. Un Moody timide le ramassa sur le trottoir sous le soleil d'Hollywood Boulevard quand Cutler était fauché, saturé de dix années d'escroquerie. 1976. Et ensuite ils vécurent toujours heureux.

— Ne vous en faites pas, dit Quinn, vous écrirez

encore. Si vous êtes écrivain, écrivez.

Cutler lui sourit tristement.

– J'y pense. Mais Stewart occupe pratiquement tout mon temps maintenant. Quoi qu'il en soit (il lève son verre vers Quinn), merci pour vos encouragements.

– D'où venez-vous ? demande Quinn.

– Oregon. (Cutler rit, l'air lugubre.) Ce vieux Portland endormi.

– Un beau pays pourtant. Comment vous êtes-vous décidé à le quitter ?

– Il pleut tout le temps.

Cutler aime qu'on s'intéresse à lui, mais Quinn l'ennuie. Il est trop visiblement inquisiteur. Quel intérêt Quinn peut-il trouver à l'histoire de Cutler ? Jusqu'à cet après-midi, Cutler aurait dit que Quinn le méprisait. Il avale une autre gorgée de Martini, il s'absorbe un moment dans la contemplation de son verre, répondant à sa propre question. « Un écrivain doit connaître des choses sur les gens. » C'est peut-être comme ça que Quinn maîtrise son art. C'est peut-être comme ça qu'il découvre les histoires qu'il transforme en scénarios. Elles doivent bien avoir une origine. Eh bien, voilà une histoire que Quinn ne volera pas. Personne ne connaîtra cette histoire.

– Comment vous êtes-vous décidé à partir ?

Cutler se lève d'un bond et s'approche de la balustrade du débarcadère et reste là, serrant son verre et contemplant l'horizon où le soleil est suspendu, rouge, au-dessus de l'océan. Mais ce n'est pas ce qu'il voit. Il voit un gosse sur une bicyclette de course sortir comme une bombe de l'ombre de la rue et se précipiter dans ses phares – un petit garçon, de dix ans à peine, chevauchant un vélo de course. A minuit, presque minuit, un gros casque bleu le fait ressembler à un astronaute.

Cutler conduit la Sunbeam que sa mère vient

de lui offrir comme cadeau de fin d'études, ignorant combien ses notes sont mauvaises, et qu'il n'obtiendra jamais son diplôme. Cutler pousse un cri et écrase le frein, les pneus neufs hurlent. Il a conduit très vite dans ce quartier endormi, pas une voiture dans les rues. Seulement ce jeune garçon sur une bicyclette, alors qu'il aurait dû être couché depuis des heures. Cutler braque le volant, mais il est trop tard. Il y a un choc, et il voit le garçon sauter en l'air, loin, haut, le casque s'envole.

– J'avais dix-huit ans, dit Cutler, il était temps que je vole de mes propres ailes.

Quinn est près de lui.

– Vous frissonnez. (Il retire le verre vide de la main de Cutler.) Puis-je aller vous chercher une veste ?

– C'est le vent. (Cutler essaye de sourire.) Je suis un peu fatigué, c'est tout.

Il consulte sa montre, regarde en direction des portes-fenêtres. La créature de rêve est-elle en train de préparer le dîner de Quinn ? le voudrait-elle ? le pourrait-elle ? non. Il doit y avoir une grosse cuisinière. Il déteste se souvenir de cette nuit. Ça le rend toujours malade.

– Ecoutez, je ne veux pas vous déranger, si vous devez dîner, mais puis-je vous demander un autre verre ?

– J'allais vous le proposer.

Quinn enlève ses lunettes de soleil. (Il se dirige vers la table roulante.) Ce sera l'affaire d'une minute. Aucune urgence pour le dîner. Voulez-vous dîner avec nous ?

Cutler se laisse tomber dans son fauteuil, boit avidement, hoche la tête.

– Il faut que je rentre à cause de Stewart. Il ne doit pas rester seul.

Cutler rejette sa tête en arrière, ferme les yeux sur un ciel couleur flamme.

Ce n'était pas de sa faute. Qu'est-ce que ce gosse faisait là ? Oui, il y avait un panneau « stop » sur le boulevard mais le quartier était désert. Il était minuit. Il allait vite. Il avait une voiture neuve, bien à lui. Il était jeune. Evidemment, il voulait voir jusqu'à quelle vitesse il pouvait la pousser. Qui aurait pu le blâmer ? En lui-même il rit amèrement. Il savait qui aurait pu le blâmer — sa mère.

Il était resté dans la petite voiture, incapable de bouger, tout était silencieux. Il aurait dû sortir, s'approcher du garçon. Sans doute n'était-il pas mort. C'était un mensonge. Il savait que le garçon était mort. Il n'arrivait pas à toucher la poignée de la portière. Avec pour seule pensée la réaction de sa mère, si prévisible. Il aurait dû appeler la police. Se rendre à la maison la plus proche, monter les marches du perron, sonner, demander la permission de téléphoner. C'était un accident. Tout à coup une fenêtre s'était éclairée à l'étage de cette maison. La fenêtre s'était ouverte, quelqu'un s'était penché, une femme en chemise de nuit, des bigoudis sur la tête. Cutler avait fait démarrer la voiture, s'était arrêté, était reparti et s'était éloigné en écrasant la bicyclette dans sa panique.

Et voilà. Du froid touche la main de Cutler. Il sursaute, ouvre les yeux. Quinn se penche au-dessus de lui, lui offrant un autre grand Martini. Avec un petit rire, Cutler tend une main tremblante et prend le verre. Merci, le porte hâtivement à ses lèvres, renversant un peu de gin et de vermouth sur son menton, le bord du verre cliquette contre ses dents.

— Vous êtes malade, dit Quinn. C'est quoi d'après vous, la grippe ? La grippe est parfois vicieuse quand il fait chaud. Et si j'appelais un docteur ?

— Ce n'est pas la grippe, (Cutler se lève). C'est nerveux, tout bêtement nerveux. (Il avale une autre gorgée.) Vous savez, je ne sors pas beaucoup. (De nouveau il essaye de rire, et cette fois il y parvient presque.) Conduire sur l'autoroute quand on a perdu l'habitude, c'est parfois éprouvant. (Il boit encore.) Excusez-moi, je me comporte comme un imbécile. J'étais comme englué sur l'autoroute de la côte, prêt à abandonner la voiture et à marcher à pied.

Quinn gronde de rire.

– Je vois ça d'ici.

– La circulation sera plus facile pour le retour, dit Cutler.

– Vous pouvez rester ici le temps de vous remettre.

Quinn s'assied, s'empare de l'enveloppe, l'ouvre, en fait glisser les feuillets qu'il parcourt rapidement.

– Bien, dit-il, bien. (Il regarde Cutler.) J'ai essayé d'autres maisons. Après tout Stewart n'est pas exactement mon voisin. Mais aucune ne m'a donné satisfaction. Chez Stewart, il y a toujours quelqu'un pour déchiffrer mes ratures et mes gribouillis.

– Stewart est un perfectionniste, dit Cutler. Il exige le meilleur de chacun et n'en accepte pas moins.

– Je pense que je vais devoir me mettre en quête d'un remplaçant. (Quinn reglisse les feuillets dans l'enveloppe.) Je commence à tout faire moi-même. (Il regarde gravement Cutler.) Je pense que Stewart est en train de mourir, c'est ça la vérité, n'est-ce pas ?

Cutler se demande à qui Quinn peut bien demander la vérité. Cutler se sent tout à fait remis maintenant, à l'aise.

– L'emphysème ne vous tue pas comme ça, je le soigne. Il suit le meilleur traitement. Il vivra des années encore, dit-il avec un léger dédain.

3

Le soleil couchant découpe des ombres sombres dans les gorges des collines brunes de l'autre côté de l'autoroute. Dans une de ces gorges, quelque part là-dedans, se cache une minable salle de bar restaurant en bois appelée la *Chanson de bord*. A moitié cachée derrière des eucalyptus volontairement à l'abandon. L'endroit ne cherche pas à attirer les voyageurs de l'autoroute. Sa clientèle est au complet. Cutler a été l'un de ces clients, sept ou huit ans auparavant. Il pouvait alors s'y rendre les yeux fermés. Maintenant, à deux reprises, il a dépassé l'endroit où il aurait juré que se trouvait la route d'accès.

Pas de route d'accès. Il ne comprend pas et ça l'exaspère. Il commence à frissonner intérieurement. Sa main est moite sur le volant. Il perd un temps précieux. Il a vécu enfermé trop longtemps. Tout a changé. Misère. L'usine à gaz abandonnée est toujours là. Il regarde dans le rétroviseur, jette des coups d'œil à travers le pare-brise, effectue un rapide virage en U, les pneus hurlent et, une fois de plus, il fonce dans l'éblouissement du soleil et de la mer. Il n'était pas allé assez loin.

Etait-ce bien certain ? La tempête a défiguré la côte d'une telle façon, brisant les digues, culbutant les maisons dans les vagues, déposant des rochers sur l'autoroute, dévorant des kilomètres de plage, sans doute la *Chanson de bord* a-t-elle été emportée, enterrée sous une coulée de boue, ou entraînée par un torrent venu des collines, entraînée puis coulée en mer avec tous ses pédés à bord. Comment savoir ? Il n'a jamais revu qui que ce soit de cette époque-là. Moody n'aurait pas apprécié, et il ne veut commettre aucune erreur avec Moody. Mais il a rêvé de l'endroit un millier de fois. Et ce soir, il veut y retourner. Dieu sait quand une pareille occasion se représentera. Il louche sous la dure lumière rouge. Où diable peut-il être ?

La porte noire a dû être repeinte plus d'une fois depuis sa dernière visite, mais sa peinture est écaillée comme autrefois. La poignée de la porte est rongée par la corrosion du sel et du vent de l'océan. Il ouvre la porte et entre dans l'obscurité, la fraîcheur de l'air conditionné, et la voix cuivrée de Judy Garland chantant *The man that got away* s'élève. Un téléviseur est installé au-dessus du bar. Il diffuse une vidéo-cassette d'*Une étoile est née*. Garland chante dans une boîte fermée pour la nuit. Les chaises sont posées sur les tables. Les visages des hommes assis au bar sont tournés vers elle. Ils ressemblent à tous les visages qu'il a toujours vus ici, bien qu'il ne connaisse personne. Le plus beau de ces visages se tourne un instant vers lui, un regard bleu le jauge puis s'intéresse à nouveau à Judy Garland.

Le bar est un bar bas, chaque siège est un fauteuil tournant. Le garçon est grand, avec un front dégarni, la moustache de rigueur. Quatre des cinq hommes du bar portent la moustache de rigueur. Seul le plus beau est entièrement rasé, mais ce n'est guère plus qu'un enfant, et il est exceptionnellement blond, si blond que ses cheveux sont presque blancs. Le bar fait une courbe et Cutler peut voir le verre vide du garçon si ce ne sont les glaçons qui le remplissent à demi.

– Comment allez-vous ce soir ? demande le barman.

— J'irai mieux quand j'aurai pris un Martini glacé, répond Cutler. Et servez à ce garçon ce qu'il vient de boire, je vous prie.

Les sourcils du barman se relèvent.

— Vous allez vite en besogne.

— Les préliminaires m'ennuient, dit Cutler.

Le barman se détourne avec un sourire machinal, et Cutler consulte sa montre. Il n'a pas beaucoup de temps. C'est une mauvaise heure pour la levée, mais il n'a pas le choix. Non ? Moody, soutenu par ses oreillers sur le couvre-lit vert, doit regarder la télévision, mais il ne lui accorde que la moitié de son attention, l'autre moitié est consacrée à la pendule. Cutler n'ose pas prendre trop de retard. C'est injuste après des années d'abstinence, mais il doit s'offrir ce qu'il désire ce soir, en coup de vent, ou pas du tout. Avec une expression de légère ironie, le barman pose le Martini devant Cutler sur un sous-verre de cocktail. Le verre est petit, l'olive est grosse, et il y a beaucoup de glace. Le barman porte ce qui semble être un whisky au jeune blond, lui dit quelques mots, désigne Cutler d'un signe de tête. Le jeune n'a pas l'air surpris. Il regarde tout de même Cutler qui lui sourit. Le jeune homme cligne des yeux, lève son verre et boit. Cutler boit son Martini. C'est une pauvre chose après celui de Quinn.

Machinalement il touche sa poche de chemise. Il a envie d'une cigarette. Oh ! ça va être une nuit sauvage. Détournant brusquement la tête, il se dirige vers le distributeur à cigarettes. Quand il regagne le bar, le jeune occupe le fauteuil à côté du sien.

— Merci pour le verre, dit-il.

— Tout le plaisir est pour moi.

Cutler se laisse tomber dans son fauteuil, enlève la cellophane du paquet de cigarettes, l'ouvre, retire le papier doré et tend le paquet au jeune qui a un signe de refus. Cutler allume une cigarette, boit et dit au garçon :

— Vous dînez avec moi.

Le jeune fait la grimace :

— J'attends quelqu'un.

Cutler regarde les tables, recouvertes de nappes, d'argenterie, de verres ; des bougies clignotent dans des verres ambrés.

— Vous n'allez certainement pas dîner ici.

— Je ne sais pas. Il doit me prendre ici.

— Darryl Cutler.

Cutler tend la main.

— Chick Pelletier.

Le garçon serre la main mollement, maladroitement comme un petit garçon qui n'a pas l'habitude. Ou une petite fille. La poignée de main de Cutler est ferme, virile. Sa mère le lui a appris. Une bonne poignée de main, ferme, inspire le respect. Le garçon fixe intensément Cutler, et quand Cutler lâche sa main, elle s'élève et un doigt frais glisse sur le visage de Cutler.

— Viril. J'adore ces rides profondes.

— Vous êtes un fervent des nuances contrastées, dit Cutler. Cheveux blonds, peau hâlée. Vous faites du surf ?

— Ce serait plus excitant pour vous si je dis oui ? (le regard bleu de Chick Pelletier se moque de lui), ou avez-vous un faible pour la vérité absolue ?

Cutler a un petit rire et se détourne pour finir le fond de son tout petit gin-vermouth.

— Personne ne dit la vérité absolue.

— Moi oui, ça rend les gens furieux.

A nouveau il lève la main, déboutonne deux boutons de la chemise de Cutler, l'écarte, sourit, ronronne, caresse la poitrine de Cutler.

— Belle toison, dit-il. Vous êtes grec ou un truc comme ça ?

— Irlandais bon teint ou quelque chose d'approchant.

La fumée de cigarette fait tousser Cutler. Il en a perdu l'habitude.

— Vous ne buvez pas, dit-il. Le scotch n'est pas bon ?

— C'est du rhum, dit Pelletier. Qu'est-ce qui presse ?

— J'aimerais partir d'ici avant que votre partenaire arrive.

Le garçon porte une montre de plongée. Il regarde l'heure.

— Je vis avec lui. Il est plus âgé.

Il fixe Cutler dans les yeux, et les coins de sa jolie bouche se crispent.

— J'ai un faible pour les hommes plus âgés.

— Seigneur, dit Cutler. Qu'est-ce que je dois faire alors ?

— Je peux faire une exception pour vous, dit Pelletier. Mais si je mens à Wrigley, il me fiche dehors.

Cutler désigne l'épaisse montre de plongée.

— Avons-nous le temps de prendre un autre verre ?

— Nous avons le temps. Il a dit sept heures un quart. Mais il est un brin sadique, il aime me faire attendre.

Cutler fait signe au barman qui approuve et se met au travail.

— Me faire peur, poursuit Pelletier, me faire me demander s'il ne commence pas à se fatiguer de moi.

— Etes-vous en train de m'expliquer que vous préféreriez partir avec moi ? Comment savoir si vous n'allez pas être déçu ?

— Avec une anatomie comme la vôtre ? Un visage comme ça ? Une fille en serait folle.

Brusquement Pelletier avale son rhum, prend les

Marlboro et les allumettes sur le bar, allume une cigarette. Il la tient comme Bette Davis, et souffle la fumée au visage de Cutler.

– Vous croyez tout ce que je viens de vous raconter ? Pourquoi feriez-vous confiance à un inconnu qui ferait l'amour avec vous en échange d'un misérable verre de rhum ?

– Parce que vous avez le nez retroussé et des yeux bleus de bébé, dit Cutler. Et tout le monde sait que ce sont les signes de la parfaite innocence.

Il écrase sa cigarette dans un petit cendrier de verre. Le garçon apporte les boissons fraîches. Cutler les paye, goûte son Martini, le trouve plus fort que le premier et allume une autre cigarette.

– Pourquoi me feriez-vous confiance, je ressemble à Méphistophélès.

Pelletier rumine par-dessus son rhum.

– Raison de plus. Vous ne savez donc pas que les apparences sont trompeuses ? Je pourrais être mauvais comme la gale. Ça ne me serait pas facile avec mon physique ?

Il jette à Cutler un regard oblique.

– Que se passe-t-il, reprend-il, si vous m'emmenez quelque part pour faire l'amour et que je vous tue, si je vole votre argent, vos cartes de crédit, si je prends la fuite avec votre voiture ? Pourquoi pas ?

– Parce que ce n'est pas pour ça que vous êtes ici. (En riant Cutler touche l'entrejambe du garçon.) Certaines intentions ne peuvent être dissimulées. Les vôtres font une bosse, vous ne le saviez pas ?

– La perspective d'un crime provoque cette réaction chez certains d'entre nous.

Pelletier regarde Cutler, l'air menaçant, mais il ne peut pas garder la pause bien longtemps. Sa bouche se pince, il rit, se détourne, hoche la tête.

– Seigneur, et je suis censé être un acteur. Vous avez raison.

Il fait pivoter le fauteuil et se lève, découvrant la totalité de son débardeur bleu, de son short jaune, de ses pieds nus.

— Allons-y. (Il se dirige vers la porte, son verre à la main.) Ensuite vous me ramènerez ici, dit-il par-dessus son épaule, et Wrigley n'en saura rien.

Il pousse la porte tout en buvant. Cutler ramasse les Marlboro, les allumettes, jette un coup d'œil aux moustachus du bar qui le regardent avec ce qu'il prend pour de l'envie.

Sous les grands arbres bruissants, hérissés contre un ciel enflammé, le garçon se penche sur le capot d'un coupé sport Mercédès et boit son rhum. Le vent de la mer soulève sa pâle chevelure. Cutler fait crisser le gravier, les feuilles sèches, les cosses, et lui sourit.

— Pas la bonne voiture, dit-il.

— Ah ! bon ! (Le visage de Pelletier se défait, il abandonne ce capot, regarde alentour.) Laquelle alors ?

Cutler désigne la compacte.

— Dommage, non ?

Pelletier louche, balaye les cheveux sur son front et hoche la tête.

— Vous vous fichez de moi. Vous comptez pas me baiser là-dedans ?

Cutler hausse les épaules.

— C'est une voiture de société.

— Quel genre de société ?

— Un service de secrétariat, de dactylographie. Elle appartient à mon ami. C'est un homme âgé, malade. En réalité, je suis écrivain.

Cutler se dirige vers la voiture, Pelletier clopinant à ses côtés, en faisant la grimace.

— Le gravier vous fait mal aux pieds ? demande Cutler.

— Ouais. Pourquoi vous me portez pas ?

— Donnez-moi votre verre. (Cutler le prend,

plie les genoux, se penche.) Montez, dit-il.

Pelletier tripote ses cheveux, pouffe de rire.

— Vous plaisantez ?

— Je ne vous ferai pas tomber, dit Cutler.

— Je ne suis plus un gosse.

— Vous n'êtes pas non plus un adulte, sinon vous ne marcheriez pas nu-pieds. Pourquoi faites-vous ça ?

Pelletier sourit :

— Parce que ça rend Wrigley fou. (Pelletier fronce les sourcils.) Vous aimez porter les gens ?

— Pas les gens, répond Cutler. Vous.

Pelletier grogne, hoche la tête, tend les mains.

— Rendez-moi mon verre.

Il le prend, boit, enlève les graviers de la plante d'un pied, puis de l'autre et boitille. Cutler le suit. Dans la voiture, arrivé au bord de l'autoroute, Pelletier lui indique la direction nord.

— Je connais un endroit, dit-il, où nous serons tranquilles, personne n'y vient jamais. Je vous montrerai le chemin.

Il prend une cigarette dans la poche de Cutler et l'allume, pose paquet et allumettes sur le tableau de bord, s'adosse à son siège en fumant et buvant.

— Quel genre d'écrivain ?

— Des romans, mais il n'y a pas d'argent à prendre de ce côté-là. L'argent, c'est le cinéma, la T.V. Je travaille sur un scénario. J'ai des amis, des scénaristes de la grande époque. C'est le seul moyen dans le milieu du cinéma. Il faut connaître du monde.

— Vous n'avez pas besoin de bluffer, dit Pelletier. Vous me plaisez, vous êtes superbe. Combien vous mesurez ?

— Un quatre-vingt-cinq, ment Cutler, et je ne vous bluffe pas. Cet après-midi même, j'étais à Cormoran Cove. Pour rencontrer Phil Quinn, chez lui. Vous savez qui est Phil Quinn ? Il a écrit

Prends et Fonce.

— Ça vient de sortir, dit Pelletier, un succès.

— Exactement, approuve Cutler. Qui est Wrigley ? les chewing gums Wrigley ?

— Je vous en prie, fait Pelletier, c'est de la cuisine pour gourmet.

— Un jour j'aurai une maison à Cormoran Cove. Vous aimeriez venir vivre avec moi à Cormoran Cove ?

— Quand rendrez-vous votre scénario ? (Le ton désabusé de Pelletier montre qu'il ne croit pas à cette histoire de scénario.)

— Il y a un rôle pour vous, dit Cutler. Vous serez une star.

Pelletier hausse les épaules.

— C'est certain. Pourquoi pas ?

Il a fini son rhum, il jette le verre vide par la vitre baissée

— Voilà notre route, dit-il.

Ils s'enfoncent dans les collines.

4

L'appareil à air conditionné fixé à la fenêtre donnant sur la nuit, dispense un souffle frais sur son lit, mais ne le soulage pas. Il transpire, tourne, se retourne, regarde et regarde les chiffres rouges du radio-réveil à côté du lit. Deux heures quarante-huit. Deux heures cinquante-deux, deux heures cinquante-neuf. Il grogne et s'assied au bord du lit, allume une cigarette. C'est la dernière du paquet acheté à la *Chanson de bord*. Ça fait déjà bien des jours, mais il ne fume qu'ici, seul.

Ça fait bien des jours, mais il n'arrive pas à sortir Pelletier de ses pensées. Pendant les heures de travail, et quand il s'occupe de Moody, ça va encore. Mais la nuit, c'est un cauchemar. La voix de Pelletier est en lui ; Pelletier rit, se moque, le flatte. Quand Cutler ferme les yeux, il voit Pelletier. Nu dans la voiture sous le soleil couchant des collines désertes, ou bien clopinant sur le gravier du parking de la *Chanson de bord*, ou bien l'air grave, quand il touche le visage de Cutler au bar.

Ça n'était jamais arrivé à Cutler. Il désire Pelletier si fort qu'il a envie de crier. C'est insensé. Il avait fait l'amour avec nombre d'étrangers en son temps et s'en était séparé sans regrets ni sentiments d'aucune sorte, sinon une satisfaction qui ne durait pas. Les visages et les voix disparaissaient. Il n'avait jamais eu envie de les revoir, de les retrouver. Pourtant cette fois il est à moitié fou, tourmenté à l'idée d'avoir perdu Pelletier pour toujours. Si c'est ça l'amour, que diable peut-on trouver d'agréable à ça ? Il n'a jamais été aussi malade de sa vie.

C'est une longue attente, toutes ces années, coincé ici avec Moody, sous le regard vigilant de Moody, sans jamais sortir de son terrier. Là dans l'obscurité le film du souvenir passe en accéléré... Visages, corps aperçus dans les supermarchés, les drugstores, les laveries, regards insistants de connaisseurs. Une main qui semblait par inadvertance frôler sa braguette. Une jambe qui se pressait contre la sienne. Il s'écartait, gardait pour lui ses regards, ses caresses. Moody va le quitter en le laissant bien pourvu. De quoi voir venir une vie entière. Il ne va pas gâcher ça. La soufflerie cliquette dans l'appareil à air conditionné. On l'entend à peine mais ça l'exaspère. Il se lève brusquement, se précipite sur le boîtier de métal et de plastique, tape dessus de la paume de la main. Le bruit cesse immédiatement.

Il regarde par la fenêtre la vieille maison d'à côté éclairée par le clair de lune, elle est presque identique à celle-ci. Et il aimerait pouvoir se frapper la tête du plat de la main pour en faire sortir Pelletier. « Quand je te revois ? », lui avait dit Pelletier, comme le cliquettement de l'appareil. Ça ne voulait rien dire. C'était une formule machinale, une politesse en enfilant son pantalon. C'était une sorte de remerciement pour les cinq minutes d'agrément. Tout le monde dit ça, personne n'y croit. Ça fait du mal à Cutler. Il se détourne de la fenêtre écœuré. Il est pitoyable.

Il sort de sa chambre, traverse le palier faiblement éclairé par une applique fluorescente qui brûle toute la nuit en-dessous, dans le magasin. Doucement, il tourne la poignée de la porte de Moody, ouvre la porte, passe la tête. Moody repose, calme dans le clair de lune. Cutler retient son souffle et écoute. Il entend le petit sifflement de l'oxygène, et la respiration régulière de Moody. Tout va bien. Il referme doucement la porte, passe par la salle de bains, regagne son lit. Il allume la lampe, retape ses oreillers, se couche et prend la pile de feuillets du manuscrit de Quinn dans sa chemise rouge. Il ne verra jamais le film... pas avant qu'il passe à la T.V., ce qui demandera des années. Il est curieux de le lire.

Mais c'est plus qu'une curiosité qui l'a poussé à l'apporter ici. Pelletier avait raison... Cutler n'écrit pas de scénario. D'abord, il ne sait pas comment s'y prendre. Pendant des années, il a fait marcher cette affaire pour Moody, mais il a rarement ouvert un manuscrit. Les esclaves tapent et photocopient les manuscrits comme ils font marcher le reste de la machine. Cutler envoie les relevés, tient la comptabilité, dépose les recettes à la banque. Il règle les factures, distribue les payes hebdomadaires, fait l'inventaire, commande les fournitures. Il ne se sert jamais d'une machine à écrire.

Le roman avec sa mère pour héroïne l'ennuyait. Quand il avait séduit Moody, il avait affolé l'imagination du vieil homme en lui parlant de se remettre à écrire, et Moody s'était précipité pour lui acheter une machine à écrire. Timide, conformiste, Moody avait un côté romantique. Il allait nourrir, soutenir et financer un génie, et pas n'importe quel génie ! Un génie grand, brun, beau, et jeune. Cutler rit en lui-même. Où est cette machine à écrire aujourd'hui ? Il n'arrive pas à se le rappeler. Sous le lit ? Dans l'armoire ? Pourquoi y pense-t-il maintenant à trois heures du matin, la tête douloureuse, la bouche amère, l'estomac gargouillant parce que non seulement il ne dort pas, mais aussi il ne peut rien avaler.

Il ne reverra plus Pelletier. Il n'ose pas. Pourtant il ne cesse de penser à écrire ce manuscrit pour lui donner le rôle. Essayer de l'écrire. Quel ennui ! Pourtant l'idée le taraude depuis des jours et des nuits. De même que la vision de la belle maison de Quinn, avec vue sur la mer. Il désire terriblement une maison comme celle-là, et l'argent et la célébrité qui vont avec, et aussi une créature surnaturellement belle comme Véronique Quinn pour la partager avec lui... Pelletier bien sûr. « Tu n'arriveras jamais, lui dit sa mère. Tu renonces trop vite. »

Il ne renoncera pas. Quinn ne l'a-t-il pas encouragé ? « Vous écrirez encore. Si vous êtes écrivain, vous écrirez. » C'est certain. Cutler va prendre le tour de main en lisant ce manuscrit. Et Quinn l'aidera à vendre ce qu'il aura écrit. Ce n'est qu'une question de temps. Fargo pourra s'occuper du magasin à sa place... Plus on demande de travail à Fargo, plus elle est heureuse. Toutes ces soirées gâchées, assis en silence à côté de Moody pendant que le vieil homme somnole des heures durant devant une télévision stupide. Cutler peut les consacrer à l'écriture. Moody comprendra. Il sera ravi que Cutler s'y mette enfin. Et quand le manuscrit sera vendu... adieu Moody. Il peut laisser sa lugubre petite affaire à quelqu'un d'autre. Qui en veut ?...

— Est-ce que tu sais l'heure qu'il est ?

Moody se tient devant lui en pyjama et robe de chambre, les cheveux en broussaille, la respiration sifflante. L'éblouissante lumière du jour illumine la chambre. Moody se penche et ramasse le manuscrit de Quinn sur le sol.

— Es-tu resté tout ce temps-là à lire ?

Avec un geste de mauvaise humeur, il laisse tomber le manuscrit sur la table de nuit et regarde la pendule.

— Tu n'as même pas mis la sonnerie. As-tu perdu tout sens des responsabilités ?

— Excuse-moi.

Cutler cligne des yeux, se passe une main sur le visage, l'air las, abandonne ses oreillers et pose ses pieds par terre.

— Ça n'arrivera plus.

— Tu es peut-être malade. (Moody l'observe avec agacement.) Tu n'es plus toi-même ces jours-ci. Depuis que tu es allé à la plage ce soir-là. (Son regard s'aiguise, la suspicion altère sa voix.) Il s'est passé quelque chose, non ? Quelque chose dont tu ne m'as pas parlé. Tu as rencontré un homme, c'est ça ?

— J'ai rencontré Phil Quinn. (Cutler le calme d'un sourire.) Allons Stewart. Tu sais qu'une partie de la route était inondée. On ne pouvait pas avancer.

— C'est ce que tu m'as dit. Tu étais très en retard. Tu puais le gin. Tu t'es arrêté dans un bar et tu as ramassé un minable pour faire l'amour. (Il tremble, ses yeux se remplissent de larmes, sa voix se brise.) Oh ! dire que tu m'as fait ça alors que je suis en train de mourir.

– Oh ! (Cutler se lève et prend la chancelante petite silhouette décharnée dans ses bras.) Allons. Tu sais que ce n'est pas vrai. Tu vas mieux. Tu es tout simplement bouleversé parce que j'ai traîné au lit.

Du bout des doigts, Cutler essuie doucement les larmes sur le visage de Moody, comme si Moody était un petit garçon qui vient de s'écorcher les genoux. Il prend le visage de Moody entre ses mains et le regarde droit dans les yeux.

– Je sentais le gin, explique-t-il patiemment en souriant, parce que Quinn m'a préparé un Martini, un grand Martini.

– Tu aurais dû refuser, tu conduisais.

– Impossible. Tu n'aurais pas voulu que je sois impoli avec Quinn. Je sais combien il est important pour toi.

– Oui. Bon. (La bouche de Moody se crispe.) Je regrette de t'avoir accusé à tort. (Un sourire tremble.) Tu as été très tendre et très gentil. Je ne sais pas ce qui me prend.

Il s'écarte de Cutler, fait un pas vers la porte et se met à pleurer, ses épaules osseuses en sont toutes secouées. Cutler l'entoure à nouveau de ses bras et guide doucement un Moody pleurnichant et traînant les pieds sur le palier, puis dans la salle de bains. Il entreprend de l'aider à se défaire de sa robe de chambre, comme il l'a fait matin après matin depuis de longs mois. Mais Moody est inconsolable. Il pleure. Il s'agrippe au bras de Cutler.

– Je ne veux pas mourir. (Il crie, regardant Cutler d'un air pitoyable, suppliant.) Je ne veux pas mourir.

– Et tu ne mourras pas. (Doucement Cutler

déboutonne et enlève la veste de pyjama de Moody.) Quelle drôle de façon de commencer la journée. Tu te souviens que le docteur a dit que tu allais bien, que tu reprenais du poids.

Moody approuve, pleurniche, s'étouffe.

— Je sais.

— Bien sûr que tu le sais. Alors cesse de broyer du noir, de parler de mourir. Compris ? Tu as encore de belles années devant toi. Viens, tu vas prendre ta douche maintenant, et puis nous prendrons un petit déjeuner spécial. Des œufs Benedict... Qu'en penses-tu ?

— Tu es trop gentil (Moody a le hoquet). Ne me quitte pas, Darryl. Je sais, quelquefois je suis difficile à vivre, mais je ne pense pas ce que je dis. (Son nez coule.) C'est tout simplement que je ne me sens pas bien.

— Je comprends.

A l'aide d'un mouchoir de papier tiré de la boîte posée sur la chasse d'eau, Cutler essuie la lèvre supérieure de Moody. Il s'agenouille sur le carrelage de la salle de bains pour aider Moody à enlever son pantalon de pyjama.

— Tu sais que je ne te quitterai jamais.

Il se relève, accroche la robe de chambre et le pyjama au porte-manteau de la porte.

— Où irai-je ? (Il pose un léger baiser sur la bouche de Moody.) Tu es toute ma vie, tu le sais.

Il manœuvre de manière à faire passer la silhouette squelettique du vieil homme sous la douche. La plomberie s'ébranle et cliquette. Cutler règle la température, puis aide Moody à se placer sous le jet, et soigneusement dispose un tapis de caoutchouc antidérapant blanc et fragile comme de la porcelaine.

— Pourquoi irais-je racoler un étranger dans un bar, alors que je t'ai, dit Cutler.

— Parle plus fort, je ne t'entends pas, répond

Moody.

Cutler sourit, hoche la tête, agite sa main pour signifier que ça n'a pas d'importance, et ferme la porte vitrée de la douche. Sur la vitre, un triton à chevelure de varech souffle dans une conque. Cutler l'a peint il y a des années. Il fait la grimace. S'il avait su alors ce qu'il sait aujourd'hui, il se serait peint lui-même comme un Ulysse chancelant, avec un vieillard nu sur le dos. Derrière la porte de la douche, faiblement mais indéniablement, Moody se met à chanter.

— Que penses-tu de celui-là ?

Cutler a cherché soigneusement l'annonce, et finalement l'a trouvée. Un fauteuil qui glisse sur un rail montant et descendant les escaliers. Il pose le magazine ouvert à la page de l'annonce sur la couverture qui protège les maigres jambes de Moody.

— Ça te permettrait de descendre au magasin chaque fois que tu en as envie, et de remonter quand tu veux.

Moody prend le magazine. Des lunettes demi-lune perchées sur son petit nez. Il regarde l'annonce et ricane.

— Regarde cette vieille femme ridicule. (Il observe Cutler par-dessus ses lunettes.) C'est comme ça que tu me vois ? une vieille femme qui ne peut plus monter ? Eh bien, moi, je peux. Si je prends mon temps. J'étais bon coureur autrefois. (Il tend le magazine à Cutler.) Capitaine de l'équipe de mon collège. Plus rapide que tu ne l'as jamais été. Tu es trop gros et trop maladroit pour faire un coureur.

Cutler ferme le magazine, le laisse tomber sur le sol à côté de son fauteuil.

— Je pensais simplement que tu apprécierais la liberté que ça te procurerait.

— Tu en as assez d'être dérangé à chaque instant, dit Moody. C'est ça ?

— Pas du tout. Je sais que tu aimes aller au bureau. Ça te rend nerveux quand tu ne peux pas.

La télévision marche. Un acteur en combinaison de plongée et larges palmes s'avance sur le seuil d'une salle de séjour. Un rire déclenche les rires.

— Tu restes trop souvent là à ruminer, ajoute Cutler.

L'homme en combinaison se retourne brusquement et derrière lui, le harpon, par-dessous son bras, embroche un gâteau sur la table. Quelqu'un crie. Surpris, l'homme se retourne, envoyant le gâteau en pleine figure d'une femme entre deux âges. Les rires redoublent. Moody regarde la télévision sans sourire.

— C'est exaspérant quand ceux qu'on aime essayent de vous faire changer, dit-il.

Il enlève ses lunettes et regarde sévèrement Cutler.

— Pourquoi vouloir me faire changer tout à coup ?

— J'essaye de trouver quelque chose qui agrémenterait tes journées, c'est tout.

Il aimerait abandonner Moody, le laisser seul ici avec la télévision, tandis qu'il irait écrire. Mais il a peur d'oser cela.

— Je ne veux pas te changer, Stewart. Quelle idée ! Je suis très heureux ici avec toi, tu le sais. Tu le sais. Tu as fait beaucoup pour moi, et je t'en serai toujours reconnaissant.

— Humm ! (Moody est sceptique.) Je devrais être flatté de savoir que je suis le centre de tes pensées. Non ? Pourquoi crois-tu que j'ai le sentiment que tu poursuis un but personnel ?

C'est le moment ; Cutler se met à rire.

— Tu me connais si bien. C'est vrai. Tu as peut-être entendu la machine à écrire dans ma chambre cette nuit, alors que tu aurais dû dormir.

Moody redresse brusquement la tête, étonné. Le tube à oxygène fait un petit clac contre le mur.

— Quoi ? Tu veux dire la machine à écrire, celle que je t'ai donnée ?

Cutler baisse la tête en souriant.

— Mais oui.

Moody amorce un sourire, fronce les sourcils, sourit de nouveau.

— Tu veux dire que tu écris ? Tu écris enfin ton roman ?

Il tend les mains, prend celles de Cutler dans les siennes, essayant de les serrer bien qu'il n'en ait pas la force. Des larmes de joie brille dans ses yeux.

— Mais Darryl, c'est une merveilleuse nouvelle. Comme je suis fier et heureux.

— Je pensais que tu le serais, mais je ne veux pas que tu te sentes délaissé. Je vais avoir besoin de temps.

— Bien sûr. Je comprends. (Moody frappe dans ses mains.) Buvons du champagne.

En riant Cutler quitte son fauteuil.

— D'accord, mais ce n'est pas un roman cette fois, c'est un scénario. J'imagine que si Phil Quinn peut en écrire un, je le pourrais moi aussi. Il m'a encouragé le soir où j'étais là-bas.

— Mais bien sûr.

Moody cherche partout la télécommande pour arrêter la télévision. Il a l'air heureux comme un enfant.

— Enfin, il est quand même sorti quelque chose de bien de tout ce va et vient, non ? C'est cette idée d'écrire qui te préoccupait… c'est ça qui te faisait paraître différent… évidemment. Quel vieux fou je suis !

— Un adorable vieux fou, fait Cutler qui traverse le palier en sifflant pour aller chercher le champagne.

5

Il est tard. Il a mal au dos. Il y a des heures qu'il est assis devant sa machine à écrire, la lampe reflétant le blanc de la page vide qui enveloppe le rouleau. Le moteur de la machine à écrire vibre. La soufflerie bruisse légèrement dans l'appareil à air conditionné. Du poste de télévision de Moody, de l'autre côté du palier, lui parviennent des voix, des sirènes, des crissements aigus. Les bruits agacent Cutler. Il se lève précipitamment et allume le radio-réveil à côté du lit. Il veut couvrir ces bruits par de la musique mais, quelle que soit la station, ça parle. Il ferme la radio. Il se sent désemparé. Ça l'exaspère.

Retour à la table, il allume une cigarette et reste en contemplation devant l'impeccable rame de papier à côté de la machine à écrire, du papier qu'il est supposé transformer en scénario. Il a pris de quoi se payer des cartouches de cigarettes sur l'argent de la maison. Il n'a jamais pu écrire sans fumer de cigarettes. Maintenant, même avec des cigarettes, il est incapable d'écrire. Péniblement, il se rassied et prend machinalement les vieux livres de poche empilés sur le bureau. Couvertures fatiguées, pages jaunies, ce sont les huit titres qu'il a sortis de l'armoire, les huit auxquels il s'est accroché au long des années depuis qu'il les a écrits. A l'époque, il fallait déjà qu'il laisse quelque chose en suspens derrière lui.

Il les feuillette, sans les lire, et les repose un à

un sur le bureau. Il devrait y en avoir deux de plus, non ? Ou trois ? Il ne s'en souvient pas. Il y a longtemps de tout ça, et seul le premier comptait vraiment pour lui. Il le contemple à travers la fumée picotante de sa cigarette collée dans un coin de sa bouche. Sur la couverture défraîchie, un jeune garçon trop beau, l'air perdu, en Levi's moulant et chemise ouverte s'appuie contre un lampadaire dans une rue sordide. *Boy Hustler*, dit le titre. Cutler se souvient avec un léger sourire. Il l'avait titré dans un premier temps *Seul dans la nuit*.

Comment en était-il arrivé à écrire ça ? Les souvenirs se précipitent. Il était descendu le long de la côte depuis Portland, presque sans s'arrêter, sans dormir, comme un forcené, poursuivi par le garçon mort sur sa bicyclette brisée. Il tombait de sommeil. Il avait de l'argent, mais il avait peur de s'arrêter. L'enfant mort viendrait à ses côtés, sanglant et désarticulé. Les portes verrouillées des chambres de motel n'arrêtaient pas les fantômes. A l'aube, il dormait dans la voiture sur une plage déserte, dans les dunes parmi les touffes d'herbe. La pluie. Il avait évité San Francisco. Ce n'était pas assez loin.

A Los Angeles, il avait tourné et tourné sous la sécheresse du soleil torride. Nulle part où aller, rien à faire. Il mangeait en usant de couverts gras dans des baraques à hamburger, des baraques à pizza, des baraques à burrito, ne retournant jamais deux fois au même endroit. Il avait peur que sa mère le retrouve. Lorraine. C'était idiot, mais il était trop secoué pour raisonner, trop affolé... S'arrêter quelque part pour plus d'une demi-heure... Il avait fait laver la voiture, c'était sa voiture, ça paraissait terriblement important... ça signifiait qu'elle pourrait le rattraper. Elle avait dû appeler la police, peut-être envoyer des détectives privés.

Un policier à la retraite de Portland lui avait plus d'une fois donné des soucis. Il ne cessait de voir cet homme dans son vieux costume gris, les épaules tombantes, s'imaginant qu'il le suivait.

Il lui avait semblé voir l'homme avancer et s'asseoir près de lui au comptoir d'une buvette mexicaine à Vermont.

– Vous êtes loin de chez vous, disait l'homme. Nous savons tout ce que vous avez fait.

Cutler le repoussait, le tabouret partait en arrière, décrivant un arc long, lent comme dans les rêves. Et Cutler courait, courait jusqu'à épuisement, et tombait, sanglotant, vomissant. Sur une pelouse. Une femme sortait devant un minable petit perron de ciment, le regardait. Sa main serrant l'encolure d'une robe de chambre matelassée. Elle le regardait de travers. Et d'une voix croassante lui disait de se lever et de s'en aller. Il restait sur les bancs du Campus de City College jusqu'à la nuit, puis retournait à la Sunbeam, s'arrêtait dans un motel sur Venice Boulevard et dormait deux jours d'affilée.

Il se doucha, ses vêtement étaient sales. Il sortit et s'acheta des jeans neufs, des sous-vêtements, des chaussettes, un rasoir et de la crème à raser. Au bureau du motel il attendit que le gérant à la barbe de trois jours fasse entrer une putain et son client, un ivrogne du matin, puis il paya sa note. Il lui restait quelques billets et un peu de monnaie. Il mit de l'essence dans la Sunbeam et retourna dans un café de Venice. Des drogués sans chemise, avec de longs cheveux en broussaille et des pieds sales essayèrent de lui soutirer quelques sous. Au-dessus du revêtement noir troué de gris de la route, des mouettes voltigeaient. Shorty n'était pas au café Alamo, où le menu était en partie chinois, en partie casher, en partie Tex-Mex. Mais pendant que Cutler dévorait des œufs brouillés au piment,

Shorty entra.

— J'ai vu votre voiture sur le parking.

Il attira une chaise en bois ceintré près de la table de Cutler et s'assit.

— Vous êtes décidé à la vendre maintenant ?

Shorty portait ses cheveux rassemblés sur le haut du crâne. On aurait dit de la mousse sale sur un rocher.

— Vous auriez dû accepter ma première offre. Le marché a baissé depuis.

Cutler buvait un coca-cola.

— Vous aviez dit mille dollars.

— C'était avant, le mieux que je puisse faire aujourd'hui, c'est cinq cents.

— Merde, dit Cutler. Elle a coûté presque quatre mille.

— Pas à vous en tout cas. (Shorty lisait le menu, fripé et défraîchi.) C'était un cadeau d'anniversaire. C'était ce que vous affirmiez.

— Elle est pratiquement neuve, dit Cutler. Elle a moins de mille kilomètres.

Un frêle Mexicain, au teint d'ivoire et à la barbe de trois jours très fournie, s'approcha, enveloppé dans un tablier et prit la commande de Shorty.

— Je regrette, expliquait Shorty, essayez de comprendre, j'ai un tas de frais généraux.

— Vous la vendrez pour neuve, dit Cutler. Elle est neuve.

— Il faut enlever le numéro de série, le repeindre, maquiller de nouveaux papiers, de nouvelles plaques. Vous croyez que c'est pour rien ? Et le risque ? Le risque ça représente quelque chose, croyez-moi.

L'estomac de Cutler se retournait.

— Sept cent cinquante, dit-il.

— Elle n'est même pas à vous. C'est la voiture de vos parents, n'est-ce pas ? Je veux dire que vous n'êtes même pas majeur, exact ?

– Ecoutez, qui parle de majorité ! (Cutler essayait de rire. C'était un filet de voix désespérée.) Peu vous importe à qui elle appartient. Vous la voulez, et vous la voulez pour rien.

– D'après vous, cinq cents dollars c'est rien, dit Shorty. Si vous n'aviez pas besoin de cinq cents dollars, vous ne seriez pas là.

Il se pencha en avant sur la petite chaise pour sortir son portefeuille de sa poche. Il l'ouvrit sur le formica usagé gris argent du revêtement de la table et en sortit cinq billets de cent dollars. Il rangea son portefeuille. Il poussa les billets vers Cutler.

– Vous me laissez les clefs sur la voiture, ils sont à vous. Plus de soucis.

Cutler se leva frémissant.

– Je ne suis pas lessivé à ce point. Je ne suis pas un drogué ou quoi que ce soit.

Un petit carré de papier avec le prix de son petit déjeuner gribouillé dessus était posé à côté de son assiette. Il le ramassa, le lut et glissa une pièce sous son assiette, puis il se faufila entre les tables pour aller payer à la caisse. Rangeant sa monnaie, il sortit sur le trottoir craquelé. A sa droite, après la promenade du front de mer, s'étend la plage brune. Il pensait qu'il aurait pu y aller et simplement s'asseoir et contempler les vagues. Pour le reste de sa vie ? Il retourna au café Alamo, à la table où Shorty piquait dans sa choucroute et ses saucisses. Shorty leva les yeux, les joues pleines, mâchant, le regard vague. Cutler sortit les clefs de son jean neuf, les tint en l'air en les agitant pour les faire cliqueter. Il était au bord des larmes et pouvait à peine parler.

– Ajoutez cent dollars et elle est à vous.

– C'est une plaque de l'Oregon, dit Shorty en essuyant sa bouche avec une serviette en papier. Zéro, six, trois. Pomme Boulanger Mary. Je peux retrouver les propriétaires, leur dire où elle est, leur dire où vous êtes, vous n'êtes pas en situation de marchander, bébé.

– Six cents misérables dollars, dit Cutler, allons.

– Ne pleurez pas.

Shorty ressortit son portefeuille et posa cinq billets sur la table, un à la fois, soupira et sortit un sixième billet. Il le garda à la main et regarda Cutler.

– Je ne devrais pas, dit-il. Mais vous me prenez par les sentiments, vous me plaisez. (Il abattit le billet sur les autres, Cutler les empoigna.) Attendez, les clefs.

Cutler laissa tomber les clefs dans la choucroute de Shorty.

– Hé ! dit Shorty.

– Enculé, espèce de Juif, dit Cutler en s'en allant.

L'argent ne dura pas longtemps. Il retourna au motel de la putain, parce qu'il ne savait pas où aller. La chambre comprenait une petite kitchenette, mais il ne savait rien faire pour se nourrir. La nourriture avait toujours été placée toute préparée devant lui, petit déjeuner, déjeuner, dîner, toute sa vie durant. Par sa mère ou par la femme qu'elle employait quand elle avait trop de travail. L'une d'elles, une lourde Suédoise, avec un visage rose brique, lui avait appris certaines choses en matière de cuisine. Mais quand Lorraine s'en aperçut, elle se fâcha. Elle dit sévèrement à Cutler :

– Cuisiner n'est pas l'affaire d'un homme.

Cutler avait dix ans. Que voulait-elle dire ?

– Les gens penseraient que tu n'es pas normal, dit-elle. Maintenant mange ton dîner.

Et l'argent filait. Il ne pensait pas à ce qu'il ferait quand il n'en aurait plus. Il ne chercha pas de travail. Qu'était-il capable de faire pour gagner un salaire hebdomadaire ? De toute façon, le travail était pour ceux qui n'avaient ni beauté, ni intelligence, ni talent. Il était fait pour autre chose. Il se regardait dans sa glace. Le cinéma peut-être. Il fit des cauchemars et commença à être reconnaissant aux putains parce qu'elles ramenaient leurs bruyants ivrognes à n'importe quelle heure. Etre tiré de ces rêves affreux était une bénédiction. Il passait ses journées à la plage en caleçon de bain rouge moulant, allongé sur une serviette éponge, il lisait, en prenant le soleil. Un car qui passait juste devant le motel allait directement à Venice. Il le prenait tous les jours de bonne heure. Si vous le preniez maintenant, vous vous feriez couper la tête par les zonards. Mais à l'époque c'était calme.

La plage aussi était sûre malgré les hippies barbus, avec leurs yeux bleus en trous de vrilles, gonflés et rouges, leurs guitares, leurs tambourins, leurs poèmes écrits à la main, épars au vent. Une ou deux fois ils l'avaient fait participer à ces exhibitions qui semblaient se déclencher spontanément, lui donnant un bongo, un tambour à battre, ou bien une flûte de bois pour qu'il en joue doucement, tandis que d'autres formaient un cercle, chantant, jouant, tapant des mains, et d'autres qui dansaient sur le sable parmi les papiers d'emballage et les boîtes de soda. Il se souvient d'une fille en robe de grand-mère, un bébé malpropre chevauchant sa hanche alors qu'elle dansait en faisant tourbillonner sa longue chevelure. Et d'un garçon aux boucles noires et graisseuses, à la peau d'un blanc de poisson, qui tournoyait au son de la musique, le visage levé vers le soleil, les yeux fermés, les bras tendus, en extase, seulement vêtu d'un short taché d'urine.

Ces types n'étaient pas son genre. Pas davantage ces jeunes hommes qui l'observaient avec insistance derrière leurs lunettes de soleil et qui, de temps en temps, rassemblaient leur courage et quittaient leurs places soigneusement délimitées sur le sable pour venir, en faisant des manières, poser leurs serviettes, sandales et cigarettes près de lui. Il dit « jeune », mais ils ne l'étaient pas vraiment, pour la plupart. Entre deux âges, et ils se condamnaient à la famine, à la gymnastique et aux bains de soleil pour garder un physique jeune. Sans résultat. Les fesses s'affaiblissaient, les muscles se desséchaient, les coudes pointaient, la peau perdait sa souplesse, et la racine des cheveux reculait sur le front, ou bien des taches de calvitie se développaient au sommet. Ceux qui s'enhardissaient jusqu'à lui parler l'ennuyaient avec leur nervosité, leur bêtise, leur veulerie. Les rares qui, debout au-dessus de lui, lui cachant le soleil, lui disaient en deux mots ce qu'ils attendaient de lui, lui retournaient l'estomac.

Rentrant chez lui par le car à la tombée de la nuit, frissonnant un peu dans sa chemise légère et ses jeans, parce que l'air se rafraîchissait brusquement ici, il était de mauvaise humeur. Il voulait de l'amour, c'est vrai. Mais pas avec ceux-là. Il pensait sans cesse à Warren Fisher, son professeur d'Art à Portland. Il s'était mal conduit avec Warren, toujours moitié taquin, moitié sérieux, le menaçant de le dénoncer s'il ne faisait pas de cadeaux à Cutler. Jamais d'argent, mais des cadeaux. Dans le car ferraillant, il enleva le bracelet-montre que Warren lui avait offert pour son dix-septième anniversaire et le tint dans le creux de sa main en réfléchissant. Il ne lui était pas venu à l'idée de vendre la montre. C'était une marque d'amour. Il avait par contre vendu la voiture. Ce que sa mère lui donnait ne signifiait rien pour lui.

Mais il vendit la montre quand l'argent de la voiture fut épuisé. Puis, quand un homme à la voix fluette, très bronzé mais avec des poils gris sur sa maigre poitrine, vint s'allonger près de lui et se risqua à lui débiter les habituelles fadaises sur les lotions pour bronzer, les exercices de gymnastique, Cutler posa son livre, s'appuya sur un coude, regarda l'homme en face, sourit, enleva ses lunettes de soleil et lui dit :

– Pouvez-vous me prêter soixante dollars ?

La somme qui lui était nécessaire pour garder sa chambre au motel. L'homme l'emmena au lit, dans un appartement mortellement calme, situé dans une rue perdue de Los Angeles Ouest. Il lui offrit une salade pleine de germes de haricots pour son déjeuner, le conduisit voir son compagnon de chambre, un jeune blond, petit, qui travaillait dans un magasin de photos, puis il raccompagna Cutler au motel, lui tendit trois billets de vingt dollars en lui disant :

– Quand te reverrai-je ?

Cutler le revit, et beaucoup d'autres comme lui. Généralement tout se passait bien, parfois avec dégoût, et il lui arriva de devoir se battre et s'enfuir. De temps à autre, un homme refusait de le payer après coup. Cutler apprit à se faire payer avant. Certains étaient sentimentaux, tombaient amoureux de lui, l'installaient dans leur appartement. L'un d'eux, Hal Quelque chose, lui apprit à cuisiner. Mais pour la plupart, ils n'avaient pas les moyens de le garder. Sans argent de poche, il savait se débrouiller.Ça les rendait jaloux et possessifs. Ils commençaient alors à poser des règles, à donner des ordres, à lui parler de sa mère. S'ils avaient quelque chose qui valait la peine d'être vendu, une bonne stéréo, une télévision, un four à micro-ondes, il le vendait et se tirait.

Puis il rencontra Ralph Pullen. Presque quatre ans après son arrivée à L.A. Pas sur le sable à Venice. Cutler y avait renoncé pour la *Chanson de bord*. Il avait évité les avances d'un chauve aux yeux de bleuet, encadrés par des lunettes d'écaille, avait joué au billard uniquement pour ne pas se trouver sur son chemin, et il se déplaçait autour de la table pour ajuster son coup quand, au fond de la longue pièce, la porte s'ouvrit et un homme entra. Cette apparition fit bondir le cœur de Cutler. Il en laissa presque tomber la queue de billard. C'était Warren Fisher, la joie l'envahit.

Mais évidemment ce n'était pas Warren Fisher. Ralph était un peu plus grand, plus mince, plus jeune. Mais il portait le même genre de barbe qui enfermait une bouche trop ourlée et trop sensible pour un homme. Il avait le même sourire facile, et il l'adressa à Cutler, s'arrangea pour croiser son regard dans la glace derrière le bar. Pullen vivait dans une maison genre ranch à Van Nuys ; récemment séparé, il se la disputait avec sa femme. Deux petits garçons venaient passer les week-ends. Pullen rédigeait des livres pour un éditeur appelé Brackett dans la Vallée de l'Ouest. Cutler le rendit heureux. Pullen le nourrit, l'habilla et, l'amour mis à part, ne lui demandait rien, pas même de sortir les ordures. Cutler se sentait en sécurité ; agréable et nouvelle sensation. Pullen était facile à vivre, amusant et savait écouter.

— Ça fait presque quatre ans, lui fit Pullen, pourquoi n'écrirais-tu pas un livre là-dessus ? Tu sais te servir d'une machine à écrire, tu m'as dit que tu écrivais dans un journal du Collège. Ecris-moi un livre, Darryl, et n'oublie pas les scènes d'amour.

Et c'est ainsi que, sur la machine à écrire électrique blanche de Pullen, dans le beau studio de Pullen, avec son bureau vernis, ses rangées de livres sur les étagères, ses portes à glissières ouvrant sur un patio dallé rouge, avec un avocatier, tandis que Pullen partait travailler, et lors des week-ends lorsqu'il emmenait ses petits garçons à Disneyland, Marineland ou au Zoo, Cutler entreprit et acheva *Seul dans la nuit*, avec l'aide précieuse de Pullen. Ce qui arrivait au garçon dans le livre fit parfois pleurer Cutler, et il n'apprécia pas que Pullen en change le titre, mais il apprécia le chèque de mille dollars. Et il aima écrire. Il écrivit une lettre à Miss Frolich, son professeur de journalisme au Collège de Portland, pour se vanter de son roman, sans mentionner la minable maison d'édition Brackett bien sûr. Mais il n'envoya jamais la lettre. Miss Frolich l'aurait dit à sa mère, et sa mère serait venue le chercher ou aurait envoyé quelqu'un. Il n'était plus mineur, mais elle l'aurait puni pour la voiture. Il la connaissait.

– Tu avais dit que tu arrêterais à dix heures.

Derrière lui, la voix de Moody est empreinte de reproche. Cutler sursaute de surprise. Pendant quelques secondes, il ne sait plus où il se trouve. La machine à écrire éclairée par la lampe d'architecte, le bureau, les papiers, lui font croire qu'il est chez Pullen. Il est désorienté. Moody bougonne :

– Tu devais me tenir compagnie une heure avant d'éteindre. Est-ce que ce n'était pas notre arrangement ?

– Bien sûr.

Cutler arrête la machine à écrire et se lève tout engourdi. Il brasse des papiers dactylographiés, comme s'il mettait de l'ordre dans le travail de la soirée. Ce ne sont que de vieux écrits. Il n'arrive à rien. Il n'arrivera jamais à rien avec uniquement en tête l'image lancinante de Pelletier. C'est la chair douce, ferme et bronzée de Pelletier qu'il lui faut.

– Pardonne-moi.

Cutler s'approche de Moody et le serre un instant dans ses bras.

– J'étais absorbé, j'ai oublié l'heure.

– Humm ! (Moody s'écarte, se dirige vers le

bureau, l'air hargneux.) Ne laisse pas tout ça traîner, quelqu'un pourrait les voir.

Le nom de Cutler est écrit en gros et, sans erreur possible, ce sont des livres d'homosexuels.

— Tu sais que j'en suis fier, mais ce serait gênant. (Il grimace un sourire.) Tu comprends ?

Cutler s'étire pour ranger les livres au fond d'une étagère de l'armoire et referme la porte. Il se retourne et voit Moody en train d'examiner les feuillets dactylographiés ; il cligne des paupières parce qu'il n'a pas ses lunettes.

— Encore à la page neuf, dit-il, et il laisse retomber les feuilles sur le bureau. Je suis passé plusieurs fois devant la porte ce soir en allant à la salle de bains. Je n'ai pas entendu la machine à écrire.

— Je réfléchis d'abord, dit Cutler, je tape ensuite. (Il entoure le vieil homme de son bras et le guide vers le palier.) Je regrette que ce soit si long.

— Tu as peut-être la tête ailleurs.

De façon inattendue, Moody se dirige vers la cuisine.

— J'ai faim. Un de tes sandwichs avec du fromage grillé sur du pain de seigle, ce serait trop te demander ?

— Pas du tout, dit Cutler. Mais la dernière fois, tu y as à peine touché. Tu trouvais ça trop nourrissant. Tu te rappelles ?

Il allume la cuisine, les surfaces brillent. Il aide Moody à s'installer dans un fauteuil de chrome et d'osier, il ouvre le réfrigérateur.

— Que penserais-tu d'une quiche ? ce serait léger pour ton estomac.

— Comme un pain de glace, répond Moody. Je t'ai dit ce que je voulais. Tu mettrais plus d'empressement pour ce garçon de plage qui est venu te chercher cet après-midi.

Le coup de froid du réfrigérateur saisit Cutler.

Il a le souffle coupé. Il regarde une seconde Moody puis se penche pour sortir le fromage, la mayonnaise et le beurre du réfrigérateur.

— De quoi parles-tu ? demande-t-il l'air détaché, puis il referme la porte du réfrigérateur.

— Fargo a dû oublier de te le dire. Elle a tellement de travail en ce moment. Elle était seule en bas. Suzie déjeunait, Bob était à la poste, Lester faisait des livraisons. Et ce jeune blond aux yeux bleus, pieds nus est entré et a demandé Darryl Cutler. Tu étais au supermarché.

— Fargo a inventé ça. (Cutler allume le grill, y dépose des lames de beurre.) Pourquoi pas ? Il n'y a pas de témoin. (Il étale de la mayonnaise sur des tranches de pain.) Elle veut nous séparer. Comme ça, elle pourra hériter de l'affaire. Je suis un parvenu. Elle, elle est là depuis si longtemps.

Moody est blême.

— Elle t'a dit ça ?

— Non, pas comme ça (Cutler râpe du fromage.) Mais elle est rouée, et ça se vérifie de mille façons.

— Elle ignore ce que nous sommes l'un pour l'autre.

Cutler pose la rape dans l'évier.

— Elle le devine.

— Elle s'en va, dit Moody. Dès demain matin.

6

Dans l'obscurité de sa chambre, allongé sur son lit, Moody constate :

— Je ne vais pas dormir cette nuit. Je sais que

je ne dormirai pas. A penser à cette garce. Imagine ? Après tout ce que j'ai fait pour elle pendant toutes ces années. Femelles avides. Toutes les mêmes.

Debout sur le seuil de la porte, derrière lui la lumière du palier découpant sa silhouette dans la pièce, Cutler lui dit :

– Oublie ça. Je vais te chercher une pilule pour dormir.

– Non, non. Le lendemain je me sens affreusement mal. Tout ira bien. Je vais penser à des choses agréables. C'était le remède habituel de ma mère en cas d'insomnie. Penser à des choses agréables. J'entends encore sa machine à coudre tourner à toute vitesse. Je la revois aussi clairement que si c'était hier. Dans la lumière mouchetée de la fenêtre, à travers les rideaux de dentelle. Je me souviens de l'odeur de ces rideaux quand je m'en approchais pour regarder par la fenêtre. Cette drôle d'odeur de poussière. Il y avait une machine à coudre à pédale. Tu ne peux pas te les rappeler, tu étais trop jeune. Sous la machine se trouvait une large pédale en fer forgé qu'on actionnait avec les pieds. Bien meilleure que ces machines électriques que l'on trouve aujourd'hui, et si dangereuses.

– Bonne nuit, dit Cutler.

– Elle faisait tous ses vêtements à l'époque, poursuit Moody. Les miens aussi. Des culottes courtes avec deux rangées de gros boutons blancs. On appelait ça des tenues de sport. Avec des petites pattes sur les épaules. (Il s'est mis à parler lentement, faiblement, l'oxygène siffle.) Celle que je préférais était d'un jaune éclatant, jaune bouton d'or. As-tu jamais cueilli des fleurs ? je crois que non. Les enfants de nos jours sont si gâtés. (Il soupire.) On frotte le menton d'un enfant avec une fleur jaune. Si la couleur jaune apparaît, ça veut dire qu'il aime le beurre. Et quand ils montaient en graines... fallait souffler d'un seul coup tous les duvets, et ton vœu se réalisait.

Nouveau soupir et long silence. Est-il endormi ? non, toujours pas, il reprend :

– La poupée rose trémière. En as-tu fait ? Tu cueilles une rose trémière et tu laisses un demi-pouce de tige, tu retournes la fleur, tu cueilles un bouton de rose et le piques sur la tige pour faire la tête de la poupée. De jolies jupes. (Soupir.) De si jolies jupes. (Moody ronfle.)

Cutler recule sur le palier et ferme doucement la porte. Dans la salle de bains, tout en faisant pipi, il regarde étonné la fenêtre. Elle est grande ouverte. Il ferme sa braguette et baisse le cadre de manière à ce que l'ouverture ne soit que de deux pouces, comme elle aurait dû l'être. Il tire la chasse d'eau et baisse le siège de manière à ce que Moody trouve tout en état cette nuit. Cutler s'étonne. Le siège est sale. Il touche les taches, de la poussière, du sable. Comment est-ce possible ? Il mouille une éponge synthétique et enlève les taches. Il rince l'éponge dans le lavabo, la range, se brosse les dents, et quitte la salle de bains en éteignant la lumière.

Il cherche la poignée de la porte de sa chambre et s'arrête. Qui a fermé la porte ? elle était ouverte quand il est sorti avec Moody pour se rendre dans la cuisine. Que se passe-t-il ? La fenêtre de la salle de bains ouverte, des taches sur le siège des toilettes sous la fenêtre ? Quelqu'un est entré. Moody ne voit dans la rue que des junks, des voleurs de voitures, des cambrioleurs. « On viendra nous assassiner dans nos lits » est sa prophétie. Le cœur battant, la bouche sèche, sur la pointe des pieds, Cutler gagne l'escalier. Le téléphone est à côté du lit de Moody. Il ne veut pas déranger Moody sans raison. Il descend, attentif aux lames du plancher qui craquent. Il s'arrête. Une idée lui traverse l'esprit. Il revient sur ses pas.

Il s'arrête derrière la porte, de la lumière filtre de l'intérieur. Ce que Moody ne tolère pas, sauf le soir dans le bureau. Une pièce vide de tout occupant ne doit jamais être éclairée. Cutler tremble, à moitié de peur, à moitié d'excitation. De joie plus que d'excitation. Il tourne la poignée, ouvre la porte. Chick Pelletier est assis, rayonnant, au bord du lit de Cutler, débardeur bleu, short jaune, il a replié le dessus de lit et ouvert le lit. Il a les jambes croisées et, penché, sourcils froncés, il examine de près la plante de son pied sale. Il jette un regard à Cutler.

– J'ai ramassé une écharde sur cette maudite échelle, dit-il.

– Toujours à taquiner Wrigley en marchant pieds nus ?

– Wrigley m'a mis dehors. Sans chaussures, sans rien. J'ai dû mettre ma montre au clou. Je ne vois pas l'écharde mais ça pique. (Il tend son pied à Cutler.) Tu peux la voir ?

Cutler jette un coup d'œil du côté du palier, sur la porte fermée de Moody, rentre dans sa chambre, ferme sa porte. Il s'agenouille, prend le pied de Pelletier et l'embrasse :

– Fais voir.

L'écharde est noire, longue et fine sous la peau. Cutler se relève.

– Je vais chercher une aiguille et du désinfectant.

– Dans la salle de bains ? Je vais avec toi.

– Bon, mais doucement. Il est juste de l'autre côté du palier et se réveille facilement.

– Pourquoi ne lui as-tu pas donné du Séconal ? Il y en a un baril dans l'armoire à pharmacie. J'ai regardé.

– Je ne savais pas que tu allais venir, dit Cutler.

— Oh ! que si, tu le savais !

Pelletier clopine sur un pied, s'appuyant sur l'épaule de Cutler pour garder l'équilibre.

— Je déteste souffrir, si tu me fais mal, je hurle, chuchote-t-il à l'oreille de Cutler.

— Si tu cries, murmure Cutler ouvrant la porte avec précaution et risquant un œil, nous nous retrouverons tous les deux à la rue. Suis-moi et ne fais pas de bêtises.

Pelletier s'assied sur le couvercle des toilettes. Cutler s'agenouille et lave le pied sale. Il tamponne la peau rose et ridée autour de l'écharde avec un désinfectant. Puis, doucement à l'aide d'une aiguille, il dégage le bout de l'écharde et la sort avec une pince à épiler.

— C'est ça (avec une grimace, Pelletier la prend entre ses doigts et l'examine). Uh !

— Je ne t'ai pas fait mal.

Cutler se lève, prend une petite boîte de pansements adhésifs, s'accroupit, place un pansement sur la minuscule blessure.

— Ça a saigné. Je m'évanouis quand je vois du sang.

— Là, pas de sang. (Il range.) Mais ça aurait pu finir en bain de sang aujourd'hui, parce que tu es venu au bureau. Il a fallu se montrer persuasif pour arranger ça.

— Je pensais bien que la vieille sorcière ferait des histoires. (Pelletier lui tend l'écharde.) Débarrasse-moi de ça, tu veux ?

Cutler la prend. Une lame de parquet craque derrière la porte fermée de la salle de bains. Moody appelle :

— Darryl ? où es-tu ? Il y a quelqu'un dans cette maison.

Cutler se fige. Il regarde Pelletier qui lui sourit de toutes ses dents. Cutler le prend par le bras, ouvre la porte de la douche et l'y pousse dans l'obscurité.

— Mets-toi dans le coin, dit-il. Il tire la chasse d'eau, compte jusqu'à trois, ouvre la porte donnant sur le palier. Moody se tient juste derrière, en pyjama, les cheveux ébouriffés d'avoir enlevé si vite l'élastique du tube dans la panique.

— J'ai entendu des voix, dit-il.

Il tremble, il est pâle, et se colle contre le mur, respirant avec difficulté.

— Des hommes parlaient. Je te l'avais dit que nous serions cambriolés.

— Je n'ai rien entendu.

Cutler éteint la salle de bains, sort, prend Moody par le bras et se tient immobile à ses côtés, faisant semblant de prêter l'oreille.

— Je n'entends rien. Tu as dû rêver.

— Pas du tout, je t'assure.

Moody hoche la tête. Son pyjama est moite ; il suinte la peur.

— Un instant, j'ai cru que c'était la radio, et j'ai regardé dans ta chambre. La radio ne marchait pas. Et alors je les ai encore entendus parler.

— Allons.

Cutler soulève, prend le vieil homme dans ses bras.

— Rentre dans ta chambre.

En portant Moody, il traverse le palier et le dépose aussi précautionneusement que s'il s'agissait d'un vase.

— Maintenant tu fermes le verrou de l'intérieur, je vais jeter un coup d'œil.

— Ils ne sont pas en bas, mais ici en haut.

— Alors c'est sûrement dans la réserve. Elle est pleine de fournitures, de papier, d'encre, de classeurs vierges. Je vais voir.

— Ne t'expose pas, dit Moody. Ils te tueraient. Et qu'est-ce que je deviendrais ? (Il se retourne.) Je vais appeler la police.

— Ne fais pas ça, dit Cutler. Ferme la porte, je reviens dans un instant. Je ne vais courir aucun risque, c'est promis. (Il tire la porte de Moody.) Ferme le verrou.

Il traverse le palier précipitamment, fait claquer bruyamment la porte du magasin, allume la faible ampoule, déplace quelques boîtes, sort en refermant la porte avec fracas. Il repasse par le palier au pas de course et descend. Il marche à pas lourds dans tous les bureaux et remonte en courant. Il frappe à la porte de Moody hors d'haleine. Moody passe la tête avec la mine d'un enfant apeuré.

— Tout est en ordre, lui dit Cutler. Aucune trace de qui que ce soit. (Il prend Moody par le bras, l'aide à se recoucher, à s'allonger.) C'est ton imagination qui te joue des tours.

Il tire la couverture jusqu'au menton tremblant de Moody, se penche sur lui, prend le tube à oxygène et le met en place. Il pose un baiser sur le front moite de Moody, étreint son épaule.

— Personne ne te fera de mal. Pas tant que je suis là.

— Non, non, dit Moody, tentant de sourire à travers ses larmes. Bien sûr que non, je ne sais pas ce qui m'a pris. (Il presse la main de Cutler.) Je m'imagine sans cesse des choses.

— Cette fois, fait fermement Cutler, je vais te chercher un calmant.

Dans la salle de bains, il murmure :

— Encore un peu de patience.

Dans l'obscurité, derrière la porte au verre dépoli, Pelletier répond gaiement :

— Je pourrais prendre une douche ?

— Ne touche pas à ces robinets.

D'un flacon de plastique jaune ambré, Cutler fait glisser deux capsules rouges dans le creux de sa main et il remet le flacon en place, ferme l'armoire à pharmacie.

— Dans cette maison, la tuyauterie fait plus de raffut qu'un orchestre salsa. (Il remplit un verre d'eau.) Les tuyaux tremblent. Tu vois.

— Je suis là, les mains bien sages, dit Pelletier.

— Faudra-t-il que je te les attache derrière le dos ? Je suis désolé qu'il soit si agité. (Cutler éteint la lumière.) Je reviens aussi vite que possible.

Il ferme la porte de la salle de bains. Moody prend gentiment ses pilules, les avale par des petites gorgées d'enfant, se rallonge en poussant un soupir de lassitude.

— Reste avec moi, dit-il. J'ai peur.

Cutler s'assied au bord du lit, pose le verre sur la table de nuit, éteint la lampe. Une faible lueur venant des bureaux d'en bas passe par la porte ouverte. Moody prend la main de Cutler. Il a froid.

— Je vais bientôt mourir. Promets-moi de ne pas amener un sale garçon vivre ici. Mère aurait détesté ça.

— Toi et moi, nous vivrons encore longtemps ensemble, dit Cutler. Seuls tous les deux.

— Promets-le moi, halète Moody. Donne-moi ta parole. (Il tousse faiblement.) La mort ne nous séparera pas. (Son étreinte est tenace.) Tu seras loyal, toujours.

— C'est promis, lui dit Cutler, et il l'embrasse sur la bouche.

Et il embrasse Pelletier sur la bouche. Somnolents, cramponnés. Il y a des heures qu'ils sont là, nus sur le lit. On aurait pu croire que jamais Moody n'allait trouver le sommeil.

En fait, les cachets avaient agi rapidement. Le temps semblait long seulement parce que Cutler désirait fébrilement être ici. Et si Pelletier était reparti, dans la nuit, en passant par la fenêtre, en descendant l'échelle ? Mais Pelletier était là, aussi impatient que Cutler. Son attitude le prouvait. Pas ses paroles. Pas de temps à perdre en mots inutiles.

Cutler se dégage du baiser et murmure à l'oreille de Pelletier :

– Je veux que ça dure toujours, je ne veux pas que le matin arrive.

– Il arrivera.

Brusquement Pelletier se redresse, tout à fait réveillé, plein d'entrain. Il s'assied, pose ses pieds sur le sol, fait jaillir deux cigarettes du paquet posé à côté du réveil dont les chiffres rouges indiquent deux heures vingt. Par-dessus son épaule, il tend à Cutler une cigarette allumée.

– Et il va falloir rassembler nos esprits, ajoute-t-il. Cutler caresse le dos lisse et musclé de Pelletier, pâle dans la découpe de la fenêtre.

– Je n'en ai aucune envie.

– Tu disais qu'il était mourant.

Pelletier se penche en avant, les coudes sur les genoux. Il s'adresse aux ombres de la chambre.

– Tu as sa police d'assurances, tu as la propriété de l'affaire ?

– Il est mourant, dit Cutler, mais il s'éternise. Il décline depuis des mois. Tu crois que ça m'amuse ?

– Combien, l'assurance ? demande Pelletier. Cette vieille maison ne vaut pas grand-chose. Et le reste ? Combien rapporte l'affaire ?

Cutler fait la grimace et Pelletier siffle doucement. Il fume le temps d'un silence. Puis il déclare :

– J'ai lu quelque part, quand les choses nous sont déplaisantes, on en change. Quand on ne les change pas, ça signifie qu'en réalité nous les aimons. Que nous le voulions ou non.

– Je t'ai dit que j'écrivais un scénario, dit Cutler.

– Merde, répond Pelletier. Tu me demandes de vivre avec toi. Où ? dans la douche, pour l'amour du ciel !

– J'attends, dit Cutler. Ça vaut la peine d'attendre. J'ai investi six longues années. Je me suis assez cassé le cul pour ça. Je ne vais pas tout gâcher. Ecoute, je vais te louer un appartement. Nous pourrons nous y retrouver. Je t'achèterai des vêtements, tout ce dont tu as besoin, une nouvelle montre, des chaussures.

– Se retrouver quand ? il te tient en laisse. Tu devais avoir une maison à Cormoran Cove. Je voulais venir vivre avec toi à Cormoran Cove.

Pelletier se lève et fait face à Cutler. Dans la douce lumière, il est si beau que Cutler en a le souffle coupé.

– Je me souviens de chacun de tes mots, poursuit Pelletier. Je me souviens quand tu es entré à la *Chanson de bord*, exactement à quoi tu ressemblais. Je n'avais jamais vu un homme aussi sensationnel. Je me souviens de tous tes gestes, de tout ce que nous avons fait ensemble. Je n'arrivais pas à t'oublier. Je ne pouvais plus dormir. Je ne pouvais plus manger. Wrigley ne m'a pas jeté dehors, je ne pouvais plus le supporter. Je suis parti, il fallait que je te retrouve. (Son rire est un peu ironique.) Ça s'appelle de l'amour, j'ai lu ça quelque part.

Cutler est au bord de la syncope.

– Oui, je sais, dit-il.

– De l'oxygène, dis-tu. Il faut qu'il respire de l'oxygène. Contenu dans une bouteille ? Comme à l'hôpital ?

Pelletier s'accroupit pour ramasser son short et l'enfiler. Cutler ressent l'angoisse d'un épouvantable égarement. Pelletier frappe sur la porte de la chambre de son pied nu.

– Je veux voir.

– Non. (Cutler s'allonge en travers du lit.) Il va se réveiller. (Il tâtonne sur le sol à la recherche de ses jeans.) Il te verra.

– Et s'il manquait d'oxygène, que se passerait-il ?

— Il suffoquerait. (Cutler trouve ses jeans, les enfile.) Il mourrait étouffé, ses poumons se videraient. (Cutler ferme sa braguette.) Je ne sais pas au juste. Tout ce que je sais, c'est qu'il a besoin de ça pour rester en vie.

— Je vois. (Pelletier ouvre la porte.) Viens.

— Non. (Cutler le prend par le bras.) J'ai déjà tué quelqu'un autrefois. Ça suffit. N'oublie jamais ça.

— Qui parle de tuer ? (Pelletier hoche la tête, cligne des yeux avec un petit sourire.) Pas moi. C'est à ça que tu pensais ? à tuer ce vieux pet ?

— Reviens te coucher, supplie Cutler.

— Personne ne va tuer personne. (Doucement Pelletier détache les doigts de Cutler de son bras.) Il y aura un simple accident, c'est tout. Quelque chose que personne n'aurait pu prévoir.

— Je ne sais pas comment c'est arrivé.

Les égratignures des ongles de Moody sur le bras de Cutler sont profondes et saignent encore. Elles le brûlent et il voudrait les gratter. Il n'en fait rien. Il a enfilé une chemise de flanelle écossaise afin de les dissimuler au médecin qui se trouve à quatre pattes aux côtés du corps de Moody, étendu sur le sol entre le lit et le mur. Le tube à oxygène est enroulé autour du bras de Moody. L'élastique n'est plus autour de sa tête. La bouteille à oxygène s'est renversée.

— Je le surveille la nuit. J'étais là à trois heures. (Il n'oubliera jamais le regard de Moody quand il a pressé l'oreiller sur son visage.) Il dormait à ce moment-là. Il m'a demandé du Séconal. Il était très agité. Je n'aimais pas lui en donner. Il était malade le lendemain. Mais il a insisté.

— Ça ne pouvait pas lui faire de mal.

Le docteur est jeune, impeccable et bien découplé. Son teint respire la santé. Il est homosexuel. C'est pour ça que Moody l'a choisi. Il se relève. L'espace est étroit avec le corps de Moody allongé là, et il est difficile de s'y mouvoir. Le docteur fait une longue enjambée peu assurée.

– C'est possible, tragique. Mais... (il presse amicalement le bras douloureux de Cutler)... il n'y avait rien à faire.

– J'aurais dû entendre tomber la bouteille, dit Cutler.

– Cessez de vous blâmer. (Le docteur jette autour de lui un coup d'œil averti.) Vous lui donniez les meilleurs soins. Son état ne justifiait pas la présence d'infirmières vingt-quatre heures sur vingt-quatre. Je voudrais que tous mes clients âgés soient soignés comme vous soigniez Stewart.

– Son pyjama était propre, dit Cutler. Les draps et les taies d'oreillers étaient propres. Je le baignais et le rasais tous les matins. Je lui coupais les cheveux toutes les semaines, les ongles. Je...

Le docteur le regarde attentivement.

– Vous vous sentez bien ? Je vais vous faire une piqûre. Un simple calmant jusqu'à ce que le choc s'apaise. Relevez votre manche.

– Non ! (Affolé Cutler serre étroitement le poignet de la chemise de flanelle.) Ça va bien. (Il regarde fixement la frêle silhouette immobile sur le sol.) Il était tatillon pour la nourriture. Il fallait sans arrêt que je trouve de nouvelles recettes pour ouvrir son appétit. Ce n'était pas toujours facile.

– Il avait repris du poids, dit le médecin.

– Vous leur direz pour le pyjama propre, n'est-ce pas ? dit Cutler, les draps propres.

– En parler à qui ? à la police ? (Le docteur sourit et hoche la tête.) Nul besoin d'une enquête. (Il se dirige vers le téléphone.) Quel service mortuaire dois-je appeler ?

– Quoi ? Oh ! celui qui disperse les cendres au-dessus de la mer, dit Cutler. Il n'était pas croyant et l'idée d'être enterré, cloué dans un cercueil lui faisait horreur. Comment s'appellent-ils... l'*Etoile du soir* ? Il avait réglé les frais d'avance.

— Avez-vous les papiers ? (Le docteur tient l'appareil.)

— Excusez-moi.

Cutler passe devant lui, le docteur s'écarte. Cutler ouvre le tiroir de la table de nuit, faisant trembler la lampe et le verre d'eau. Assurances, papiers de voiture, impôts et autres formalités sont rangés là, serrés par un élastique. Les mains de Cutler tremblent. Pour les dissimuler au médecin, Cutler se retourne et feuillette les documents. Il en sort un bleu où la mer, un bateau, une étoile se détachent en blanc. Il le donne au médecin et repousse le reste dans le tiroir. Le docteur déplie le formulaire, trouve le numéro de téléphone, le compose. Après avoir donné à l'*Etoile du soir* les renseignements qui lui sont demandés, il raccroche.

— Puis-je le remettre sur le lit ? demande Cutler. Il n'aurait pas aimé que des étrangers le voient étalé par terre.

7

— La vue est superbe, dit Quinn.

La vitre devant laquelle il se tient est l'une des grandes baies que l'on vient de mettre en place. Les bandes de papier marron qui les protégeaient lors du transport y sont encore collées. On voit le mastic blanc le long des cadres d'aluminium. Et ça sent le mastic. Jusqu'à ce matin, des panneaux de contre-plaqué fermaient les baies que la mer avait brisées. La pièce avait été de la sorte plongée dans l'obscurité. Aujourd'hui, elle est resplendissante de soleil.

Le parquet est neuf sous les espadrilles de Quinn. Lorsque la propriétaire avait fait visiter la maison à Cutler et à Pelletier, six semaines auparavant, toute cette pièce se trouvait de plain-pied avec la plage. Aujourd'hui, elle est à nouveau supportée par des piliers de ciment et d'acier, et les lames de parquet brisées, le sol défoncé par l'océan ont été remplacés. S'ils tiennent parole, les poseurs de moquette passeront demain.

Les travaux de réparation sont bruyants, incessants. Aujourd'hui même, ils se poursuivent – le débarcadère et l'escalier conduisant à la plage doivent être refaits. Le sable sous la demeure est jonché de poutres brisées, de morceaux de ciment, de plaques de plâtre arrachées par la mer, de fils rouillés, de carrés de papier goudronné, de sacs de ciment éventrés et à demi enterrés. Mais la maison est de nouveau habitable.

La seule à avoir résisté sur cette portion de plage, pas endommagée par les vents et les marées des tempêtes de printemps au point d'être rasée. Les propriétaires de ces résidences sinistrées n'étaient pas assurés, ou bien mal. Ils ne faisaient donc pas reconstruire. Le cinéaste à qui appartenait celle-ci ne veut plus entendre parler de bord de mer. Et il s'en est débarrassé, acceptant un prix ridicule afin de s'acheter une quiétude n'importe où pourvu que ce soit loin à l'intérieur des terres.

La femme du propriétaire, pourvue d'une grosse poitrine saillante sous un chandail moulant, de longs cheveux blonds et des yeux bleus globuleux qui semblaient ne jamais ciller, a passé la quarantaine. Après chaque long discours où elle vante les agréments de cette maison, elle leur tend une carte, comme agent immobilier de Las Vegas.

Cutler avait vu de nombreux agents immobiliers depuis la mort de Moody, surtout à Las Vegas. Pelletier aimait Las Vegas. Y gaspiller de l'argent, se moquer des costumes des danseuses, ricaner aux spectacles vulgaires de vieux comiques. Quand la propriétaire fut partie, Cutler et Pelletier restèrent sur la route à côté de la Porsche et contemplèrent en contrebas la maison à demi démolie, la mer était étincelante.

– Ce n'est pas Cormoran Cove, avait dit Cutler.

Pelletier avait haussé les épaules.

– C'en est pas loin.

Ils s'étaient renseignés sur le prix de deux propriétés en vente à Cormoran Cove. L'une était estimée un million deux cent cinquante mille, l'autre huit cent cinquante mille, et elle était plus petite que celle-ci. Moody avait économisé beaucoup d'argent, mais pas à ce point-là. En s'installant dans la Porsche, payée avec l'argent de l'assurance-vie de Moody, Cutler eut un sourire pour lui-même. Ces vents de tempêtes avaient gonflé sa chance. De nouveau. Comme lorsque ces vents avaient coupé cette route, lui donnant un alibi pour rentrer tard après avoir livré les feuillets à Quinn. Il lui avait été alors possible de s'arrêter à la *Chanson de bord* et d'y rencontrer Pelletier. Et maintenant, cette maison, si bon marché que l'acheter semblait un acte délictueux ; le genre de maison qu'il avait convoitée, assis sur le débarcadère de Quinn cet après-midi-là, en buvant le gin de qualité de Quinn. Cutler mit le moteur en marche, Pelletier se laissa tomber sur le siège passager et claqua la portière. Cutler desserra le frein à main en regardant Pelletier.

– Si ça te plaît pas, continuons à chercher dans les environs.

– C'est parfait, avait dit Pelletier.

Et maintenant il a la maison qu'il désirait tant, et Quinn s'y trouve en train de boire le gin de qualité de Cutler et d'admirer le point de vue. La moquette n'est pas seule à faire défaut. L'ameublement se compose seulement de tabourets, du bar du petit déjeuner et du lit qu'il partage avec Pelletier. Deux chambres et une salle de bains se trouvent en-dessous et ne sont qu'à moitié peintes. Il a rêvé qu'un jour, quand tout serait terminé ici, il irait chez Quinn au volant de la Porsche, qu'il inviterait Quinn et Véronique à venir prendre l'apéritif et à dîner. Il n'a jamais été certain d'avoir assez de courage pour le faire... Quinn lui fait encore peur... Mais Cutler savourait le rêve. Ce serait une sorte de triomphe.

« Quelle sorte de triomphe ? » La voix aigre de sa mère est en lui. « Il a gagné sa maison par son talent, son intelligence et un dur labeur. Comment as-tu acquis celle-ci ? par l'assassinat d'un vieil homme désemparé qui te faisait confiance. Et tu es fier de ça, petit gars ? » Cutler voit sa bouche dont les commissures s'affaissent exprimer dégoût et mépris. A-t-elle jamais ressenti autre chose pour lui que du dégoût et du mépris ? Il agite ses souvenirs. « Il a travaillé pour ça. Seigneur ce qu'il a pu travailler ! » Moody était mourant de toute façon. Moody voulait lui léguer son argent. Cutler a envie de descendre, de prendre le testament, les polices d'assurances et de les lui jeter à la figure. Ça la ferait taire.

— Quelque chose ne va pas ? dit Quinn.

— Quoi ?... Oh ! non, excusez-moi. (Cutler rit sans conviction.) J'étais en train de penser à tout le travail qui reste encore à faire ici.

Une heure durant il est resté dehors, en bas, à essayer de déblayer les saletés laissées par les ouvriers. La peinture aurait dû être achevée, il en déteste l'odeur, et la journée était trop merveilleusement belle pour la passer enfermé. Tout ce qu'il avait été capable de faire avait été de fourrer les sacs de ciment et de plâtre déchirés dans des sacs poubelle et de les rassembler contre le mur de la maison. Il lui aurait fallu un marteau pour casser les vieux panneaux d'aggloméré. Il avait fait tout son possible en sautant dessus à pieds joints. Un cri l'avait arrêté.

La réverbération sur le nouveau revêtement de la maison l'avait à moitié aveuglé quand il s'était retourné. Mais il lui était inutile de bien distinguer les traits de l'homme en short sur la plage en train d'enfiler un pantalon de velours. Cette silhouette massive et cette grosse tête étaient celles de Quinn. Il venait juste de sortir d'un bain de mer. L'eau ruisselait sur sa peau velue. Il se pencha pour ramasser ses objets personnels posés sur un mouchoir et les rangea dans ses poches. Il secoua le sable du mouchoir, s'essuya les cheveux avec et remonta la pente sablonneuse, scintillant de gouttelettes, le pantalon taché par l'humidité du short. Il fit disparaître le mouchoir et cligna des yeux.

– Darryl Cutler ! Non ? Qu'est-ce que vous fabriquez ici ?

– C'est un endroit dangereux pour se baigner. (Cutler tendait la main.) Le fond se dérobe. Il y a un ressac.

– C'est ce qu'on dit. (Quinn lui serra la main.) Dès que l'envie m'en prend, je suis dans l'eau. N'importe où, n'importe quand, de jour ou de nuit. (Il hochait tristement la tête.) Autrefois on pouvait se baigner nu. Il y a trop de monde maintenant.

– J'en fais partie. Cette maison est à moi. Je pensais vous inviter quand tout serait terminé.

– Vraiment ? (Quinn détaillait la maison avec un vif intérêt.) Qu'est devenue la maison de Stewart ? vous l'avez vendue ?

— Oh ! non. Mais il avait pensé venir s'installer dans le coin pour ses vieux jours.

Cutler souriait, attentif à laisser percer une pointe de mélancolie.

— Nous passions tous les beaux week-ends, toutes les vacances sur la plage. J'adorais ça aussi. (Il jeta un coup d'œil à la maison.) Je vivais beaucoup pour Stewart. A la fin, c'était devenu une habitude. Peut-être suis-je en train de vivre son rêve ?

— Je me promène souvent par ici. Et je m'étais demandé si quelqu'un prendrait le risque de racheter cette épave.

Le gros pied brun de Quinn, dans son espadrille, buta sur un madrier à moitié enterré dans le sable.

— J'espère que vous ne l'avez pas payée cher.

— Pour une propriété sur la plage, je pense que non, dit Cutler. Mais les réparations coûtent cher, et elles ne sont pas encore finies. Il y a le débarcadère à remettre en état. Ce sera vraiment bien après. Ça en valait la peine.

— Priez pour les basses eaux, grogna Quinn.

— Cette maison est une rescapée. Entrez, jetez un coup d'œil. (Cutler regarda vers le soleil en clignant des yeux.) Il doit être justement l'heure de prendre un verre.

Il avait acheté du gin Beefeater pour être prêt à recevoir Quinn, quand il aurait le courage de l'inviter, s'il l'avait jamais. Il grimpait rapidement la pente bordant la maison. Quinn marchait lourdement derrière lui. Les choses ne pouvaient pas mieux tourner. Pelletier ne reviendrait pas tant qu'il courrait ici le moindre risque d'avoir à bricoler. Pelletier était comme lui lorsqu'il était jeune... Le travail c'était pour les autres. Cutler fit entrer Quinn par la porte de la cuisine. La pièce était grande, entièrement remise à neuf avant que ne s'abattent les tempêtes, et la tourmente l'avait épargnée. Il y avait tout... des fours à micro-ondes et à convection, une rôtissoire, un grill, une plaque avec six brûleurs, un double évier en inox, un plan de travail dans tous les coins. Et le plafond n'était rien d'autre que la lumière du ciel.

— Martini ?

Quinn remarque :

— Stewart est parti plus tôt que vous ne pensiez. Je me souviens que vous disiez qu'il avait encore des années devant lui, que l'emphysème prenait son temps.

— Il a fait un œdème pulmonaire. (Cutler veille à ce qu'aucune inquiétude ne perce dans sa voix.) Il ne pouvait pas tenir longtemps sans oxygène.

— Je me souviens de ce tube qu'il portait.

Le regard de Quinn se perd du côté de la plage où des petits oiseaux aux pattes grêles se pressent au bord des vagues.

— Je me souviens de la bouteille à oxygène à côté de son lit.

— Oui. Eh bien, on ne sait pas comment mais, dans la nuit, ou au petit matin, le tube s'est détaché. Il avait parfois le sommeil agité. Il a dû avoir des difficultés respiratoires. Il s'est réveillé dans l'affolement, cherchant partout le tube dans l'obscurité, qui s'était enroulé autour de son poignet. Il est alors tombé du lit en renversant la bouteille. C'est la version du médecin.

— Vous ne le surveilliez pas la nuit ?

Quinn se retourne.

Cutler prend le verre de Quinn, et se dirige vers la cuisine en traversant la grande pièce vide inondée de soleil.

— Je n'ai pas dormi une nuit complète depuis des mois. A trois heures du matin tout allait bien.

— Etouffement ? C'est ça qui l'aurait tué alors ?

— Vous vous renseignez pour un scénario ? (Cutler rince les verres sous le robinet.) Je ne sais au juste, moi.

— Excusez-moi, dit Quinn, ce n'est pas très clair. Elle avait l'air lourde cette bouteille. Comment se fait-il que vous ne l'ayez pas entendue tomber ?

— Je ne cesse de me poser cette question.

Cutler essuie les verres, les remplit de glaçons tirés d'un réfrigérateur aux angles agressifs.

— Quand on vit avec un handicapé, on est toujours sur le qui-vive, même en dormant.

— Elle est tombée sur lui ? son corps aurait amorti le choc ?

Cutler mesure le Beefeater dans les verres, le versant doucement sur la glace.

— C'est possible.

Il rebouche la bouteille de gin, débouche la bouteille de vermouth, verse le vermouth dans les verres, rebouche le vermouth. Il frotte le bord des deux verres avec un zeste de citron. Il laisse tomber une olive, rapporte les verres dans la salle de séjour, en tend un à Quinn.

— Comment va Véronique ?

— Très bien, merci. Si vous venez vous installer ici, que deviendront les pièces au-dessus du magasin ?

— Je les loue comme bureaux.

— Vous vous prenez pour qui ? avait dit Fargo.

Les responsabilités la tourmentent. Elle entretient sœurs et beaux-frères et leur progéniture. Les plus grands sont bons pour le service, mais elle a besoin qu'ils aient besoin d'elle, se dit Cutler. Et comme ils le savent, ils se comportent en parasites, en incapables à seule fin de lui faire plaisir. « Je pensais que, puisque vous alliez vivre en bord de mer, Ernie et Joy et les enfants pourraient s'installer ici. »

— Les loyers se monteront à quatre mille dollars, lui avait expliqué Cutler. Ernie et Joy peuvent-ils payer quatre mille dollars ? non, si j'en crois ce que vous m'avez dit d'eux. Ernie, par exemple, ne lui avez-vous pas avancé l'argent de quinze contraventions ? le virtuose du violon ?

– Il n'a été emprisonné qu'une nuit, avait-elle protesté, indignée : jusqu'à l'ouverture de la banque, le lendemain matin.

– Votre banque bien sûr, avait dit Cutler.

– Il a connu une période de malchance. (Elle refoulait ses larmes.) Bien des hommes sont au chômage aujourd'hui, les emplois sont rares.

– Et ses enfants griffonneront sur les papiers peints, remarqua Cutler.

– Vous êtes plus mesquin que Mr Moody, dit-elle. Avec tout ce qu'il vous a laissé, je pensais que vous pourriez vous montrer plus généreux. A moi, il ne m'a rien laissé et j'étais avec lui depuis vingt ans, à travailler comme une esclave.

Maintenant les larmes coulaient noires de mascara. Elle ouvrit brusquement un tiroir du bureau pour prendre un mouchoir en papier et se tamponna les yeux. Elle se moucha en louchant furieusement.

– Mais à l'époque j'étais l'ennemie, non ? J'étais une femme. (Elle jeta le mouchoir trempé dans une corbeille à papier.) Oh ! qu'est-ce que j'aurais pas donné pour changer de place avec vous !

– Non, vous n'auriez rien donné, dit Cutler. Vous pouviez partir à cinq heures. Moi, il fallait que je le fasse manger, que je regarde la T.V. avec lui, que je le mette au lit. Le matin, il fallait que je le baigne et le rase, que je lui fasse de nouveau à manger. Il fallait que je fasse le ménage, la lessive, les courses, le conduise chez le docteur. C'était romantique en diable, Fargo. Un enchantement. Non ? La vie d'un garçon de compagnie. Acapulco, la Riviera. Une vraie partie de plaisir.

– Excusez-moi, (elle reniflait, prit un autre mouchoir) mais c'est dur d'être tenue à l'écart. Je lui donnais toute mon amitié, et...

— Et il vous donnait un chèque, dit Cutler. C'est la vie.

— Pas la vôtre ! (Elle s'enflammait.) Vous conduisez une Porsche, quand ce n'est pas ce morveux qui la conduit. (Elle maltraitait furieusement son nez avec le mouchoir.) Je suppose qu'il va vivre avec vous dans la maison de vos rêves sur la plage.

— Surveillez vos paroles, chérie, dit Cutler. Les emplois sont rares, ne l'oubliez pas. Vous avez raison, je suis plus mesquin que Mr Moody. Aussi gardez le sourire. (Riant de toutes ses dents, il pinça sa joue fanée.) Voilà une gentille fille !

Quinn s'assied, jambes croisées sur le parquet nu, sans quitter des yeux la plage, l'océan.

— Vous allez avoir la chance de pouvoir écrire maintenant ? Vous disiez que vous occuper de Moody ne vous laissait pas le temps.

— J'ai commencé un scénario. Quand il sera terminé, vous voudrez bien y jeter un œil.

— Quand vous voudrez, dit Quinn.

— C'est très gentil à vous, dit Cutler, en entendant la Porsche rugir derrière la maison et éparpiller les graviers du bas côté de la route.

Pelletier ne connaît que deux vitesses : plein-pot et arrêt brutal. La portière claque, puis des pas rapides.

— Fargo est toujours là ? demande Quinn. Elle s'occupe de l'affaire ?

— Elle l'a toujours fait. (Cutler surveille la porte de la cuisine.) Stewart aimait me faire confiance, mais c'était purement sentimental. J'irai là-bas dans deux jours, une semaine...

La porte de la cuisine claque.

— Zob ! explose Pelletier. Je suis cocu jusqu'à la moelle, regarde ! (Ses mains se portent à sa braguette, mais alors il aperçoit Quinn, et son sourire l'abandonne.) Oh ! merde !

— Phil Quinn, dit Cutler d'un ton égal. Le scénariste. Nous sommes voisins.(Puis s'adressant à Quinn.) Chick Pelletier, mon compagnon.

Quinn se lève lourdement.

— Ne bougez pas, s'écrie Pelletier. Je suis heureux de faire votre connaissance. Darryl m'a parlé de vous, ne m'a dit que du bien. (Il ouvre un placard pour prendre un verre.) Qu'est-ce que vous buvez ?

Quinn évite le regard de Cutler et se dirige péniblement vers la cuisine.

— Prenez le mien, dit-il à Pelletier sans le regarder, tout en posant son Martini sur le comptoir du petit déjeuner. Il faut que j'y aille, j'ai du travail.

— Ne partez pas à cause de moi. (Pelletier roule des yeux à l'adresse de Cutler.) Je ne veux pas vous déranger. Je vais aller faire un tour sur la plage.

Mais Quinn est sorti par la porte de derrière, ses semelles de corde crissent sur le sable. Pelletier rit. Cutler gémit :

— Oh ! Petit !

Il se lance à la poursuite de Quinn. Quand il tourne à l'angle de la maison, Quinn attaque déjà la descente, lourde silhouette tressautant à chaque pas, Cutler court après lui. Quinn trotte vers le bord humide et couvert de varech du rivage. Quand il y arrive, il prend la direction de Cormoran Cove.

— Que se passe-t-il ? crie Cutler. Attendez une minute.

Il ne le touche pas. Il le dépasse légèrement et se retourne pour lui faire face, marchant à reculons.

— Je ne comprends pas.

— Oh ! ne soyez pas stupide !

Quinn ne veut toujours pas le regarder. Il contemple la mer, sort des lunettes de soleil d'une poche de son pantalon. Il ajuste les branches sur ses grandes oreilles.

— Mais si, vous comprenez.

— Et alors, oui, je suis homosexuel, dit Cutler. Je n'y peux rien.

— Ce n'est pas la question.

Quinn n'arrête pas sa progression. Cutler marche toujours à reculons, essayant de percer les verres teintés de Quinn.

— L'argent de Stewart a payé cette maison. Toute cette mousse pour évoquer son rêve de se retirer un jour ici… Je parierais qu'il n'y voyait pas un sale petit voyou comme celui-là.

— Je ne suis pas un moine, dit Cutler.

— Vous êtes un con, dit Quinn. Il va vous prendre jusqu'au dernier centime et vous laissera sans rien, si ce n'est un herpès génital.

— Vous ne le connaissez pas.

— Je connais le genre par cœur. Ils font les délices de la plage.

Quinn se tait, renonce à l'amertume, se fait amical. Il prend Cutler par les épaules.

— Séparez-vous de lui, vous devez ça à Stewart. Rencontrez un gentil garçon avec une situation et un compte en banque, quelqu'un de votre âge.

Cutler ouvre le bec pour lâcher une remarque cinglante concernant Véronique ; comme quoi elle pourrait être sa petite fille… mais il ne dit rien. Quinn ne fait tout simplement pas le rapprochement. Il poursuit.

— Vous savez qui me rappelle ce gosse ? cette jeune pute blonde qu'avait épousée Irv. Liebowitz et qui l'a détruit… Un des meilleurs hommes qui ait jamais existé. C'est son frère jumeau.

— Il est inoffensif, dit Cutler, vous verrez.

8

Pelletier prend son petit déjeuner en silence. Des gaufres avec des fraises et de la crème fouettée. Sur la terrasse devant une table métallique émaillée blanc, assis, vêtu d'un short blanc, sur une chaise en tube de métal et osier blanc. L'assiette est blanche, et blanche la porcelaine des manches des couteaux, fourchettes et cuillers. Il lit *People Magazine*. Les histoires supposées vraies des acteurs de cinéma, des chanteurs de rock, des vedettes de feuilletons télé, leurs unions et leurs désunions l'absorbent. Cutler arrive avec la cafetière de verre et remplit la tasse de porcelaine blanche de Pelletier. Pelletier lève les yeux.

– Où en est ton manuscrit ?

Il essaye d'allumer une cigarette. Le briquet est en platine. Il voulait un briquet en platine. Il a eu un briquet en platine.

– Quand pourrai-je le lire ?

Cutler marmonne, indistinctement, remplit sa propre tasse, pose la cafetière et s'assied. Le vent fait tourner les pages du magazine, très vite comme en quête d'une chose précise. Cutler ramasse le magazine.

– Paul McCartney ? Comment peuvent-ils arrêter Paul McCartney ? Tu sais combien d'argent il se fait ? un million de dollars par semaine.

– Les dollars n'impressionnent pas les Canadiens, dit Pelletier. Les leurs ne valent pas autant. On devrait y aller. A Montréal. Ils ont les meilleurs restaurants au monde.

Le vent laisse une seconde de répit à la flamme du briquet et Pelletier peut allumer sa cigarette. Il glisse le briquet dans son short. Cutler aimerait être le briquet. Pelletier avale un peu de café.

– Je te laisse seul pour écrire, dit-il, comme tu me l'as demandé. Mais je commence à être écœuré du poker.

– Je m'en doute.

Pelletier passe ses journées dans les grandes salles de poker de Gardena. Le silence des moquettes épaisses, des rideaux épais, l'enfermement de la lumière électrique, de la fumée de cigarette. Cutler ne sait pas comment il peut supporter ça. Pelletier l'y a traîné quelquefois. Ça l'a exaspéré. Pas seulement les lieux... les gens. Des hommes au cuir tanné, en chemise de cow-boy de satin rouge et costume de polyester. Des femmes aux visages fanés, aux voix avinées, aux mains tavelées.

– Si tu veux gaspiller de l'argent, pourquoi ne vas-tu pas à Santa Anita ? au moins ça se passe en plein air.

– Les chevaux ne savent pas ce qu'ils font, dit Pelletier.

– Les joueurs de poker non plus, réplique Cutler.

– Je te demandais pour le manuscrit ? (Pelletier essuie de la crème fouettée sur son menton, pose la serviette.) Quand vas-tu le finir ? je veux être dans *People Magazine*.

– Nous allons aller à Montréal, dit Cutler, dès que j'aurai les billets d'avion et les réservations de l'hôtel. (Il regarde le jeune blond en clignant des yeux.) Tu as déjà été là-bas ?

– Mon nom, Pelletier, qu'en penses-tu ? polonais ? j'y suis né !

D'un air morne, il contemple la pâle lumière du matin se refléter sur la mer. Il fume, secouant des cendres que le vent emporte. Il boit son café sans entrain.

– Nous pourrons voir ma chère « maman ». (Il adresse à Cutler un sourire crispé, malheureux.) Entre deux verres, entre deux portes.

– Et ton père ? demande Cutler.

Pelletier fait la grimace et se lève.

– Qui ? dit-il frappant de ses talons nus sur les planches de la terrasse.

Il se dirige vers la chambre. Cutler se lève lourdement et rassemble les assiettes, tasses, couverts. Il les porte à l'intérieur, où il fait sombre et frais comparé à la température extérieure. Il est en train de rincer le batteur étincelant qu'il a utilisé pour fouetter la crème lorsqu'il entend Pelletier derrière lui. Il lui lance alors le cri du cœur :

– Je voudrais que tu restes ici aujourd'hui.

– Regarde-moi, dit Pelletier.

Cutler coupe l'eau, lâche le batteur dans l'évier, ramasse une serviette et se retourne en s'essuyant les mains. Pelletier n'a pas mis ses nippes de joueur de poker ni posé le Stetson rejeté en arrière. Il porte un costume de popeline, une chemise Oxford, cravate en tricot, tout neuf, tout bleu. Ce qui fait paraître ses yeux plus bleus que jamais.

– Tu me reconnais ?

Les mains sur les hanches il fait une pirouette.

– Qu'est-ce que je gagne si je devine ? demande Cutler.

– Des billets pour la première. Je vais voir mon agent. Quelqu'un doit me faire travailler dans le cinéma.

Cutler est d'humeur maussade et profère des jurons. Installé devant la machine à écrire dans la pièce du bas aménagée en cabinet de travail. C'est la réplique du bureau de Pullen à Van Nuys, mais au lieu d'un avocatier ombrageant un patio jonché de jouets d'enfants, ici c'est le sable et les vagues écumantes autour des rochers, la mer miroitante, les mouettes tournoyantes, et à l'horizon la fumée des bateaux. Il a installé des rayonnages pour les livres et des meubles classeurs en teck brillant. Vides, hormis les piles de scénarios de films rapportés de chez Moody. Il les étudie, essaye d'en retenir le savoir-faire. Peut-être le maîtrise-t-il. La réponse est oui, mais il est toujours incapable de trouver les mots pour le prouver. Il est dans un état voisin de la panique.

Pelletier pense ce qu'il dit. Il pense toujours ce qu'il dit. « Personne ne dit la vérité absolue, moi si, ça rend les gens furieux. » Cutler est furieux. L'argent pour aller jouer, n'est-ce pas suffisant, pourquoi ? la villa, la Porsche, les voyages à la Nouvelle-Orléans, à Acapulco, les chaussures cousues main, les meilleurs restaurants, le mieux en tout ? « Je veux être dans *People Magazine.* » Seigneur ! Cutler se lève brusquement, le fauteuil de cuir roule doucement derrière lui sur la moquette. Ecœuré, il arrête la machine à écrire et a comme un rire pour lui-même. Il a détesté ce ricanement concernant le manuscrit. De la merde. Cutler est décidé à mettre un terme à tout ça. En installant ce bureau et en envoyant Pelletier jouer afin de ne plus être dérangé durant ses heures d'écriture. Il semble qu'il y ait réussi.

Mais Pelletier n'a aucune patience. Moody était un romantique et aurait attendu éternellement. Pelletier est un réaliste. Avoir en main le manuscrit terminé, cela seul pourra le convaincre. Rien de moins. Mais Cutler n'arrive pas à ses fins. Il ne sait pas pourquoi. Il pensait qu'il avait besoin de liberté et, aujourd'hui, il a la liberté. Pourtant, il ne peut pas écrire. Erreur. Il n'ose pas. Les seules scènes que ses doigts pourraient distiller sur les calmes touches blanches de la machine sont de celles qui le réveillent en hurlant, pris dans ses cauchemars. Il ne faut plus qu'il porte ces scènes en lui. Elles le conduiront à la folie. Au nom de la miséricorde divine, il voudrait n'avoir jamais prétendu devant lui-même, devant Moody, devant Quinn et surtout devant Pelletier, qu'il pouvait écrire.

Si n'importe quel autre beau garçon ramassé au pied levé lui avait dit ce que Pelletier lui a dit ce matin avant de partir au volant de la Porsche, Cutler aurait coupé court en riant :

– Ici, tout le monde est acteur, tout le monde a un agent.

Mais il ne peut pas rire de Pelletier. Pelletier y croit. Cutler fait glisser le panneau vitré et sort. Il monte l'escalier menant à la terrasse. Dans la grande salle de séjour, il s'accroupit pour choisir parmi les piles de vidéo-cassettes rapportées par Pelletier... Des films qui l'intéressaient. Ce ne sont pas des films que Cutler cherche. Voilà ce qu'il cherche. Il éjecte la cassette qui se trouve dans le magnétoscope et y introduit celle-ci, puis il ferme le petit casier.

La télécommande pour la télévision et le magnétoscope est posée sur le coussin de toile à voile du canapé d'osier blanc. Il s'assied à côté, la prend, la manipule. Des papillotements et des tremblements apparaissent sur l'écran, puis l'image se stabilise. Une séquence publicitaire pour un soda. Des jeunes en shorts et débardeurs s'ébattent dans les bois près d'une rivière. Leurs peaux lisses et bronzées, rayonnantes de santé. Leurs dents, leurs yeux brillent. Chacun tient une boîte du soda vanté prise dans un bac de glace étincelante. Les espièglerie se multiplient. Un garçon blond, rieur, est renversé dans la rivière. Après un grand jaillissement d'éclaboussures, il refait surface, riant et chassant l'eau de ses cheveux jaunes, levant bien haut sa boîte de soda en signe de triomphe. C'est Chick Pelletier.

L'écran papillote, des numéros apparaissent, des confettis électroniques, des lettres blanches dans un coin, des codes, et Quincy apparaît, le visage empreint de compassion. La caméra recule. Le corps d'une jeune fille en maillot de bain cerise flotte à plat ventre dans une piscine privée. Des hommes sont agenouillés au bord du bassin pour soulever le corps. Un groupe de jeunes se tient à l'écart, avec des visages effrayés. La caméra survole les visages. L'un d'eux appartient à Chick Pelletier. Il y a une coupure brutale. Puis la même poignée de jeunes est réunie dans une cour d'école parlant avec animation, puis s'interrompt quand Quincy apparaît. Les cheveux de Pelletier brillent avant qu'il ne disparaisse par une porte dans un mur de briques.

Cutler sait ce qui suit. Pelletier dans un uniforme amidonné et débraillé. Coquine petite casquette, il vend des hamburgers et des frites dans une boutique au formica orange. Avec une demi-douzaine d'hommes jeunes et beaux, habillés de la même façon. Tous sourient impitoyablement. Ils chantent un refrain publicitaire. Cutler ne l'entend pas. Il a coupé le son. De toute façon, ils ne chantent pas. Pelletier lui a expliqué. Des professionnels chantaient dans un studio d'enregistrement. Les acteurs ne font que mimer les paroles. Truquage. Ça leur a pris deux jours de mise au point. L'écran devient gris et neigeux. Cutler coupe l'image, pose la télécommande et s'approche du téléphone.

Ralph Pullen a changé, il a grossi, et perdu beaucoup de cheveux. Il n'a plus sa barbe impeccable, ni sa moustache. Ses vêtements ont l'air d'avoir coûté cher, faits sur mesure, mais sa peau est trop blanche, comme s'il ne voyait jamais la lumière du jour. Derrière lui, sur le seuil de la cuisine de Cutler se tiennent deux garçons d'une dizaine d'années ; plus loin, une Volvo argent est garée le long de la route.

– Puisque c'est une plage, dit Pullen, j'ai pensé que je pouvais amener les garçons.

Cutler porte un tablier. Il était en train de cuisiner.

– Le poulet n'est pas très gros, dit-il, et il serre la main de Pullen.

– Ils ont mangé des hamburgers dans la voiture, dit Pullen. Vous vous souvenez de Darryl, les garçons ? dans l'ancienne maison à Van Nuys ?

Les garçons lui destinent des sourires de circonstance et des poignées de main molles. Ils entrent avec leur père et restent là, muets, tandis que Cutler se défait de son tablier. Il prépare les Martini ; ils errent sur la terrasse où Cutler a mis la table pour deux. Cutler tend un verre à Pullen et en tenant le sien, il pousse Pullen dehors.

– Il y a un filet de volley-ball dans le coffre en bas, dit-il aux garçons, ça vous intéresse ?

Les garçons sont ou ne sont pas intéressés, mais ils descendent docilement l'escalier. Assis à la table en compagnie de leur père, Cutler les entend fouiller dans le coffre. Ils le font sans joie ; ils traînent l'équipement sur la pente sablonneuse. L'un d'eux se retourne et crie :

– On peut nager ici ?

Cutler place ses mains en porte-voix.

– C'est trop dangereux. C'est profond et il y a un mauvais courant, leur crie-t-il.

Ils baissent la tête, donnent des coups de pied dans le sable et entreprennent d'installer le filet de volley-ball, avec une maladresse exagérée. Cutler se détourne, lève son verre et adresse à Pullen une ombre de sourire.

– Merci d'être venu.

Il goûte son Martini.

– C'est gentil de m'avoir invité.

Pullen goûte son Martini.

— Je vous ai volé votre machine à écrire, dit Cutler. Je veux vous faire un chèque avant que vous partiez.

Pullen hoche la tête, ferme les yeux, agite une main comme pour écarter une chose invisible.

— Je me suis servi de vous tant que j'ai eu besoin de vos services et, quand je n'ai plus eu besoin de vous, je vous ai jeté dehors. Je m'en tire bien. (Il rit tristement pour lui-même.) Vous avez bien gagné cette machine à écrire. Et autre chose aussi que vous avez choisi d'emporter. Vous m'avez sauvé la vie. Vous le saviez ?

Cutler ouvre grand les yeux.

— Je croyais que c'était le contraire.

— Non. J'étais au bord du suicide quand Caroline est partie.

— Vous n'en aviez pas l'air, dit Cutler. Vous paraissiez heureux.

— Dès que je vous ai rencontré, je l'ai été. (Pullen sourit.) La vérité !

Il regarde au loin ; il est calme. Les garçons ont installé le filet. Quand Pullen se retourne vers Cutler, ses yeux sont tristes.

— Au cas où l'idée vous passerait par la tête, ne vous mariez pas. Ne laissez jamais quelqu'un prendre une importance telle dans votre vie qu'il vous en dépossède. Rappelez-vous... L'enfer, c'est les autres. (Il s'essaye à la gaieté, se redresse dans son fauteuil, rit sans conviction.) Vous savez qui a dit ça ? Je ne connais personne qui le sache.

— Elle est revenue, dit Cutler.

Tout était calme. Il entendit le bruit de la clef dans la serrure de la grande porte. Il était assis dans l'agréable bureau de Pullen, en train de taper un roman. Le dernier. Il ne devait jamais le terminer. Il n'imaginait pas que Pullen pût revenir une heure à peine après son départ. Cutler arrêta la machine et se leva pour aller voir. Elle portait une valise et un sac de vêtements. Elle s'arrêta quand elle le vit. Bouleversée.

— Qui êtes-vous ? Que faites-vous ici ?

— Je travaille pour Ralph... pour Mr Pullen.

— C'est Darryl.

Les garçons arrivaient derrière elle, porteurs de gros cartons dans leurs petits bras. Des vêtements clairs étaient pliés dans un carton, des jouets de plastique éclatant s'échappaient de l'autre.

— Il est toujours ici.

— Ah ! Oui ?

Elle scruta Cutler un instant, puis passa devant lui, se dirigeant vers la chambre. Il courut derrière elle.

— Laissez-moi porter tout ça, dit-il.

Elle poursuivit son chemin.

— Vous étiez en train de taper quand je suis arrivée. Vous feriez peut-être mieux d'y retourner.

— Est-ce qu'il vous attendait ?

Le cœur serré, Cutler la vit traverser la chambre et ouvrir l'armoire. Elle se raidit. Les vêtements de Cutler étaient accrochés dans la partie qui avait été la sienne.

— Il ne m'avait pas dit que vous arriviez, dit-il.

— Il n'en savait rien. Ça a été un décision subite.

Elle écartait des vêtements, le métal des portemanteaux cliqueta et elle accrocha les siens. Elle se retourna vers lui, ensorcelante... chevelure noire, silhouette élancée, évanescente.

— Vous vivez ici ?

— Provisoirement.

Il se glissa devant elle et commença à se charger de chemises et de pantalons.

— J'utilisais cet endroit parce que les enfants viennent en week-end et que leur chambre... Il y a une armoire dans le bureau. Je vais tout enlever, excusez-moi.

Il transpirait, ses mains tremblaient. Il laissa tomber un chandail. Quand il se baissa pour le ramasser, les porte-manteaux lui échappèrent des mains. Il n'avait pas beaucoup de vêtements. Mais en cet instant on aurait cru tout un rayon de grands magasins. Il ramassa le ballot comme il put et disparut avec. Il laissa tomber les affaires sur le canapé de cuir du bureau, se saisit du téléphone et composa le numéro de Brackett House. Alors qu'il attendait la réponse de Pullen, il vit passer Caroline qui se dirigeait vers la voiture. Par la fenêtre il apercevait le capot dans la lumière du soleil, mouchetée de feuilles.

– Votre femme est là.

– Vous plaisantez, dit Pullen. Qu'est-ce qu'elle veut ?

– Elle a rapporté ses vêtements, dit Cutler. Les enfants l'accompagnent et ils ont rapporté leurs affaires. Je crois qu'elle est revenue pour de bon.

Pullen laissa échapper un cri de joie qui résonna à l'oreille de Cutler. Il se raidit et écarta l'écouteur. Pullen bafouillait d'énervement.

– Installez-la. Où est-elle ? Appelez-la. Allez la chercher. Je veux lui parler.

– Qu'est-ce que je fais ? demanda Cutler.

– Non, ne l'appelez pas. Ne lui dites pas que vous m'avez parlé. J'arrive, tout de suite.

– Et moi ? avait demandé Cutler, mais le téléphone ne fit que bourdonner. Couvrant le soupir des vagues, glissant et se retirant, les cris des mouettes, le grondement des voitures sur l'autoroute, on entend à présent claquer un ballon, les garçons le lancent et le relancent par-dessus le filet. Buvant son Martini, Pullen observe les enfants. Comme s'il l'avait fait depuis un siècle et comme s'il allait désormais le faire pendant des siècles. Telle une statue.

– Vous étiez heureux ce jour là, dit Cutler.

Le rire de Pullen est sans joie.

— Le bonheur ne dure pas. Les malentendus persistent.

Il se redresse, vide son verre, le lève maintenant qu'il ne contient rien d'autre que des glaçons et des zestes de citron.

— S'il vous plaît, Monsieur... j'en prendrais bien un autre.

— Pourquoi pas. (Cutler jette un coup d'œil sur sa montre, prend un verre.) Le déjeuner est prêt, je pensais que nous boirions du vin.

Il se lève et rapporte les verres de Martini dans la cuisine. Pullen se traîne derrière lui.

— Vous vivez seul ?

— En apparence seulement.

Cutler pose les verres dans l'évier. Il ouvre le réfrigérateur, en sort une fine bouteille vert pâle de pinot blanc, ferme le réfrigérateur, tend la bouteille et un tire-bouchon à poignée de porcelaine blanche à Pullen.

— Ça n'a rien à voir avec ce que nous avons vécu, vous et moi, ensemble. Je ne vous ai jamais aimé. Je ne savais pas ce que c'était, j'étais trop jeune.

— Et maintenant... (Pullen défait délicatement la capsule qui enserre le goulot de la bouteille et visse doucement le tire-bouchon dans le bouchon)... Vous êtes plus vieux, et ça fait mal, c'est ça ?

— Je l'ai renvoyé pour pouvoir écrire, dit Cutler.

La bouteille entre les cuisses, tirant sur le tire-bouchon, Pullen contemple la grande et belle pièce.

— C'est beau, cher. C'est à vous, oui ? Parfait. Ainsi, vous avez réussi. Vous me disiez au téléphone... (Le bouchon sort avec un petit pop.)... que vous aviez besoin de mon aide.

Il se redresse, avec une légère grimace comme si son dos lui était douloureux. Il pose la bouteille sur le comptoir, et retire le bouchon avec précaution.

– Je ne suis pas comptable et encore moins conseiller matrimonial.

Il pose le tire-bouchon et tape légèrement du plat de la main sur le bouchon remis dans le goulot.

– Qui finance tout ça ?

– L'écriture.

Cutler sort une miche de pain du jour, la pose sur une planche, la découpe.

– Vous m'avez appris autrefois. (Il plie une serviette dans une corbeille, dépose les tranches de pain dans la serviette et la recouvre.) Je n'arrive plus à m'en souvenir. (Des assiettes de laitue, tomate, avocat sont posées sur le comptoir. Il les recouvre de mayonnaise.) Je voudrais que vous recommenciez à zéro avec moi.

Il est tard. Les vagues déferlent avec un froissement d'étoffe lourde. La fraîcheur entre par la fenêtre ouverte de la chambre obscure. Ils sont allongés nus. Pelletier s'étire et soupire.

– Tu fais ça si bien.

Il se penche sur Cutler pour prendre cigarettes et briquet. Dans le halo de la flamme, son visage rêveur se fait sérieux.

– Nous ferions mieux d'oublier Montréal. (Il place une cigarette allumée entre les lèvres de Cutler). Hoffy a essayé de me joindre, il m'a fait une scène parce que je n'ai pas gardé le contact avec lui. Il va me trouver du travail.

– Je savais qu'il ne renoncerait pas, dit Cutler, l'air morne.

9

La maison est une boîte avec une façade en verre, perchée sur de minces tubes d'acier en haut d'une pente raide des collines d'Hollywood, à la hauteur du défilé de Cahuenga. Tout d'abord Cutler voit la maison d'en-bas, en se penchant par la portière de la Porsche qui remonte sur la route en lacets, entre buissons, rocailles et rangées d'eucalyptus déchiquetés. La façade vitrée de la maison reçoit un soleil matinal à la lumière comme poussiéreuse. Les plis des rideaux tirés derrière la baie vitrée pendent sans grâce. L'endroit, par son aspect, déprime Cutler.

Pullen lui a fait un croquis sommaire, et Cutler trouve son chemin en montant la côte par des petits sentiers défoncés portant des noms tels que Fougère ou Bellevue, jusqu'à la boîte à lettres de Pullen, la Volvo argent garée à proximité. Un vieux setter roux dort dans l'ombre de la voiture. Il lève la gueule pour observer Cutler qui range la Porsche, mais très vite il juge inutile de bouger et, replaçant sa gueule entre ses pattes, il ferme les yeux.

Cutler arrête le moteur de la Porsche et sort de la voiture, surpris par le calme environnant. Le ronronnement de l'intense circulation en bas n'est plus qu'un murmure ici. Le bruissement du vent dans les grands arbres s'entend davantage. Un oiseau au chant moqueur vocalise. Cutler cherche à l'apercevoir ; il ne découvre qu'un écureuil sur une branche, qui l'épie, les yeux brillants, en agitant la queue. Une passerelle branlante en planches mène à la porte de la maison ; la pluie et le soleil ont craquelé le vernis et en ont décoloré la teinte d'origine en marbrures. Avant qu'il n'ait frappé à la porte, elle s'ouvre.

Pullen est sur le seuil, vêtu d'une sorte de peignoir de bain neuf. Velours marron foncé à rayures marron plus clair. Il est pieds nus. Cutler pense que le peignoir est tout ce qu'il porte, en plus de la lotion après rasage. L'odeur en est si forte qu'elle laisse supposer que Pullen a vidé la bouteille sur lui. Pullen sourit et tend la main. Mais son regard est apeuré et sa main morte quand Cutler la serre. Pullen commence à dire quelque chose, sa voix se brise, il s'éclaircit laborieusement la gorge et fait une nouvelle tentative. Infructueuse, craintive.

— Vous avez fini par trouver. Pas facile, non ?

— Heureusement j'avais le croquis. (Cutler regarde Pullen de haut en bas et s'excuse.) Je m'excuse, je suis venu trop tôt.

— Quoi ? (Pullen se comporte comme s'il allait rougir pour peu qu'il en fût capable. Il fait semblant de consulter sa montre.) Non, vous êtes juste à l'heure.

Il jette un coup d'œil sur sa personne, passe ses mains sur le velours neuf.

— Vous voulez dire que je ne suis pas en tenue. Eh bien… je… (Il s'interrompt, reprend la main de Cutler, l'entraîne à l'intérieur.) Je ne croyais pas le tralala indispensable. Aujourd'hui c'est un jour de repos. Je ne pensais pas que vous… (Dans la grande pièce obscure aux rideaux fermés, il regarde Cutler.) Je ne pensais pas que vous seriez gêné.

Cutler est davantage surpris et écœuré. Mais il répond :

— Pas du tout, vous êtes chez vous, prenez vos aises. Ça ne me dérange pas.

Il passe devant Pullen. La pièce est en désordre. Des magazines et des livres traînent sur les meubles et les tapis. Le fouillis est agrémenté de coffrets de jeux électroniques, d'albums de disques, de boîtes de soda vides, de barquettes de pizza, de chaussettes et de sous-vêtements en boule, de chaussures de gymnastique, d'une guitare, d'une raquette de tennis. Il flotte une odeur d'atmosphère confinée.

— Vous ne m'avez pas dit qu'elle était partie de nouveau.

— Ça arrive. (Pullen hausse les épaules.) Mais ce n'est jamais définitif. (Il tente la grimace de la tristesse étonnament drôle, mais n'y réussit pas.) Elle ne peut pas vivre avec moi — ni sans moi.

— Elle n'a pas emmené les garçons ?

— Ils ont trouvé une excuse pour venir me rejoindre, dit Pullen, sans pour autant me laisser croire que je leur suis nécessaire.

— Et vous disiez que vous n'étiez pas un expert en conseils matrimoniaux.

— C'est une façon de parler, dit Pullen.

Il regarde toujours Cutler, comme si celui-ci était un morceau de choix parmi des produits de consommation courante et dont il redoute d'avoir à demander le prix. Puis il hoche un peu la tête et se force à sourire.

— Bon. (Il se frotte les mains avec entrain.) Je vous ai promis un petit déjeuner, non ? (Il se retourne, s'éloigne en lançant par-dessus son épaule.) Je ne suis pas un grand cuisinier comme vous. Ce sera un déjeuner mémorable.

D'un pas lourd, il s'engage dans un couloir sombre, avec une envolée de robe de chambre. Il a les jambes un peu arquées.

— Mais je sais faire un œuf brouillé, et je ne fais pas forcément brûler le lard. Hou ! (Il s'esquive.) Faites gaffe à la planche à roulettes ! (Il ouvre une porte donnant sur une cuisine ensoleillée.) Venez, asseyez-vous.

La table dans un coin salle à manger est en fer forgé blanc avec un dessus en verre mal essuyé. Un film de poussière grasse recouvre la cuisinière et le comptoir. La vaisselle est entassée dans l'évier. Des plantes languissent dans de jolis pots, assoiffées visiblement. Cutler enlève l'exemplaire du *Times* de la veille d'une chaise en fer forgé blanc et s'assied.

Pullen fait tinter verres, glaçons, bouteilles. Il

perfore le couvercle d'une boîte de jus de tomate, coupe maladroitement un citron en tranches et, en sueur après tant d'efforts, présente à Cutler un bloody-mary dans un verre zébré par une traînée de sauce Worcestershire.

– Merci.

Cutler goûte le breuvage. La dose de vodka est si forte qu'il en a les larmes aux yeux. Pullen cherche à l'enivrer. Pullen s'est trompé sur les raisons qui ont poussé Cutler à lui téléphoner, à l'inviter chez lui, puis à accepter de venir ici. Maintenant il est là avec son verre, souriant à Cutler, l'œil suppliant. Cutler, l'ombre d'un sourire interrogateur, lui demande :

– Déjeuner ?

Pullen sursaute. Du jus de tomate coule sur son menton.

– Quoi ? Oh ! oui, bien sûr !

Il s'éloigne et s'affaire avec les poêles, les œufs, les saucisses, l'emballage crissant d'une miche de pain.

– Et l'écriture aussi, l'écriture. (Il a l'air sarcastique.) C'est pour ça que je suis venu, dit Cutler. Je viens de recevoir une merveilleuse proposition... Quelqu'un qui peut vraiment faire quelque chose pour moi dans le cinéma. Mais je n'ai pas de manuscrit. Il faut que j'écrive un manuscrit. Et je n'ai pas l'ombre d'une idée.

– Une idée. (Pullen renifle.) Quand avez-vous vu un film avec une idée ?

– Vous voyez ce que je veux dire... une histoire. Et il y faudrait un rôle important pour un homme jeune qui a à peine vingt ans.

– Sait-il danser ?

Pullen débite en tranches une pomme de terre sur une planche à découper avec la même aisance que pour le citron.

– Mettez-y de la drogue, une femme battue,

des amitiés lesbiennes, un pauvre vieil homme mourant du cancer. Situez ça à Saint-Tropez. Un mari divorcé enlève son propre enfant. (Pullen laisse tomber les pommes de terre dans la graisse grésillante.) Et le seul endroit pour s'en sortir, c'est l'espace interstellaire avec des robots et des êtres couverts de longues fourrures.

– Je parle sérieusement, dit Cutler.

– Le sérieux ne remplit pas les salles. (Pullen place des tranches de pain dans un grille-pain brûlant.) Qui est ce gosse à peine âgé de vingt ans ? (Il se retourne et regarde Cutler. Avec amertume.) Votre amant ?

– Vous aviez des règles pour mener un récit, dit Cutler. Quelque chose comme A. B. C... Je n'arrive pas à m'en souvenir.

Pullen abaisse le levier du grille-pain.

– A est un personnage qui désire C. (Le grille-pain bourdonne.) Et B, c'est celui qui vient gêner sa manœuvre. Comment il contrecarre, contourne, surpasse B, c'est ça l'histoire. Dans les romans prétentieux, il échoue. Dans les bons romans, il réussit, mais ça ne change rien. (Le pain saute du grille-pain.) Diable !

Pullen rabaisse le levier, le pain saute à nouveau. Cutler se lève, sort les tranches de pain de l'appareil qu'il retourne au-dessus de l'évier. Des miettes brûlées tombent. Il tapote le fond. Encore des miettes. Il remet le grille-pain en place, ainsi que les tranches de pain et pousse le levier.

– Maintenant ça va marcher, dit-il.

Pullen l'attrape et l'embrasse maladroitement. Il coince Cutler contre le comptoir. L'odeur de la lotion après rasage est écœurante. Sous la robe de chambre, le désir de l'homme est d'une dureté évidente. Il bafouille à l'oreille de Cutler, moite, la voix tremblante :

– Oublions le cinéma. Tu n'es pas venu pour

le déjeuner, tu n'es pas venu pour parler.

– Oh ! mais que si !

Cutler l'écarte, retourne à la table, prend son verre...

– Désolé qu'il en aille ainsi.

Il vide le breuvage dans l'évier en retenant les glaçons. La boîte de jus de tomate est sur le comptoir. Il verse le jus dans son verre, pose la boîte, lève le verre à l'adresse du visage pétrifié de Pullen, et lui fait un grand sourire.

– Voilà pour la nourriture, dit-il, et pour A, B et C.

Il boit, cesse de sourire, pose le verre avec un clic et se dirige vers la porte.

– Et pour qu'on essaye jamais deux fois le même truc sur la même victime, d'accord.

Il s'engage dans le couloir sombre.

– Oh ! attends, écoute, arrête, ne pars pas. (D'un pas lourd, Pullen le poursuit.) Je regrette, je ne voulais pas...

Cutler bute sur la planche à roulettes et tombe. C'est une mauvaise chute qui le prive d'air, puis qui lui fait perdre connaissance. Il est étendu sur la moquette rèche, incapable de bouger. Il a obscurément conscience de la présence de Pullen agenouillé à ses côtés et qui lui parle.

– Oh ! mon Dieu, ça va ? Darryl, Darryl ! (Les mains de Pullen le secouent par les épaules.) Oh ! mon Dieu ! (Pullen se relève. La lumière pénètre dans le couloir.) Oh ! Jésus, du sang !

– Du sang ? murmure Cutler.

La conscience lui revient. Il essaye de se lever, il n'y parvient pas. Il a dû se cogner la tête.

– Quel sang ?

Pullen s'agenouille à nouveau près de lui. La robe de chambre s'entrouve. Cutler avait raison. L'homme est nu en-dessous. Il détourne son visage. Pullen soulève un des poignets de Cutler.

— Tu t'es coupé la main, une vilaine plaie. Tu peux te lever ? Laisse-moi t'aider.

— Ça va, grogne Cutler.

Il se met à quatre pattes. Il voit le sang tacher la moquette. Il voit une boîte en plastique cassée sur la moquette, les morceaux tranchants brillent dans la lumière. Il lève sa main gauche, la retourne, la contemple bêtement. Deux profondes coupures entaillent la paume de cette main et le sang coule le long de son bras. Il se remet debout et donne un furieux coup de pied dans la boîte.

— Qu'est-ce que c'est que ça ?

— C'est aux garçons, dit Pullen, des pièces de jeux d'échecs ? des jetons de poker ? Ils ne rangent jamais rien. Viens. (Il passe un bras autour de Cutler ; Cutler s'en défait aussitôt avec mauvaise humeur.) Allons dans la salle de bains. Il faut bander cette main.

« Tu ne fais attention à rien. » La voix de sa mère gronde en lui. « Tu ne peux pas regarder où tu mets les pieds... Tu n'es plus un bébé qui apprend à marcher, tu sais. Tu es un grand garçon. Quand te décideras-tu à grandir ? Est-ce que tu me vois tomber à chaque instant ? » Il est dans la salle de bains sinistre d'une maison du vieux Portland. Assis sur le couvercle des toilettes au bois de chêne fissuré, le réservoir est au-dessus avec une chaîne qui pend, raide de peinture blanche. Il s'est écorché un genou. Elle est accroupie devant lui, le barbouillant de teinture d'iode. « Cesse de pleurer. Tu es un garçon et non une petite fille pleurnicharde. Bien sûr, ça pique, ça doit piquer. »

— La ferme, hurle Cutler.

Il est assis sur le couvercle laqué des toilettes d'une salle de bains qui devrait être laquée également, mais qui est embuée d'humidité. Des serviettes de toilette en boule et des sous-vêtements sales s'échappent d'une corbeille pleine à ras bord.

Pullen est accroupi devant lui et enroule de la gaze sur la main qui ne cesse pas de saigner. Il a l'air embarrassé et mortifié.

— Oui, je n'ai rien dit, Darryl, ça ne s'arrête pas de saigner.

— J'ai taché ta robe de chambre neuve, dit sourdement Cutler.

Pullen baisse les yeux.

— Oh ! merde ! (Il se lève et s'en défait.) Ecoute. On n'y peut rien, ce n'est pas de ta faute. (Il laisse tomber la robe de chambre dans la baignoire.) Je vais appeler un médecin.

Il sort nu de la salle de bains, et Pelletier apparaît. Pullen :

— Qui êtes-vous ?

Pelletier désigne Cutler du doigt.

— Demandez-le lui. (Il regarde Pullen de haut en bas.) Il est tombé du lit, c'est ça ?

Cutler se sent pris de vertige.

— Je croyais que tu t'évanouissais à la vue du sang, dit-il. Et du sang, il y en a !

La gaze qui entoure sa main en est imbibée. Le sang forme une large tache rouge entre ses pieds sur le tapis fatigué de la salle de bains.

— Laisse-le passer. Il va chercher de l'aide.

Pelletier se recule pour que Pullen puisse passer. Pullen sort.

— J'avais besoin de la voiture.

Pelletier s'appuie contre la porte, regarde Cutler comme si celui-ci n'était pas en train de se vider de son sang, ou plutôt comme si cela ne le concernait pas.

— J'ai appelé chez Moody, tu m'avais dit que tu y serais.

Ça tourbillonne dans la tête de Cutler. Il ferme les yeux.

— La voiture, pour quoi ?

— Hoffy a appelé. Une audition pour une publicité. J'ai donc téléphoné pour que tu ramènes la voiture et tu n'étais pas là. Fargo ne savait pas où tu étais. Personne ne savait rien. Veux-tu ouvrir les yeux et me regarder.

Cutler ouvre les yeux. Sa vision est floue.

– Et alors, comment es-tu venu ici, en taxi ?

– En limousine, dit Pelletier. Je croyais que tu étais fou de moi. Qu'a donc ce vieux type que je n'aurais pas ?

– Comment m'as-tu trouvé ?

Cutler entend sa voix, lointaine, faible à ses propres oreilles.

– Sa carte professionnelle était sur ton bureau, avec son adresse personnelle derrière. Jeudi, c'est ça ? Je ne pensais pas que vous feriez ça dans son bureau.

– Nous n'avons fait ça nulle part, dit Cutler d'un air las. Il s'est trompé, et toi aussi.

Pullen revient. Il a enfilé un T-shirt et un blue jean propre, trop étroit. Il se balance d'un pied sur l'autre pour chausser des espadrilles crasseuses avec des élastiques sur les côtés.

– Ils ne peuvent pas venir. Ils disent que nous devons nous rendre au service des urgences de l'hôpital le plus proche.

– Très bien.

Cutler respire profondément et essaye de se lever. Il n'en a pas la force. Il regarde Pelletier.

– Chick est là maintenant. Il va me conduire.

– Désolé. (Pelletier consulte sa montre.) Il faut que je parte. L'audition est dans moins d'une demi-heure.

– Une limousine ? dit Cutler. Tu ne parles pas sérieusement ?

– Une Rolls-Royce, lui répond Pelletier. Si avec ça je n'obtiens pas le rôle, c'est à désespérer !

– C'est de la folie, explose Cutler.

– Si j'avais ma propre voiture... (Pelletier est

loin maintenant), ça n'arriverait pas.

Et la porte d'entrée de Pullen claque.

Le vent est vif et frais, le soleil chaud, des banderoles en plastique, rouges, bleues, jaunes, volettent avec des claquements d'ailes d'oiseaux sur des fils tendus entre les hauts pylônes argentés d'un garage en plein air où sont exposés sur des rangées des voitures à vendre. Cutler se souvient du jour où sa mère l'avait emmené chercher la Sunbeam ; il y a bien longtemps dans un Portland gris et pluvieux. Il désirait tellement un de ces jouets brillants qu'il manquait d'air. Il souriait si largement que son visage lui était douloureux. Il en avait choisi une rouge.

Il se demande quelle couleur Pelletier va choisir. C'est alors qu'il s'aperçoit que Pelletier n'est pas à ses côtés. Cutler s'est perdu dans un rêve d'adolescent, fait de convoitise, de moteur, parmi le scintillement des chromes et l'éclat des tôles lustrées. Il se retourne ; Pelletier se trouve à l'autre extrémité du terrain et semble bouder. Cutler lève sa main gauche bandée pour lui faire signe. Le jeune blond ne bronche pas. Cutler s'approche et Pelletier lui demande :

— Pourquoi tu m'as amené ici ? Tu ne vas pas me refiler une de ces ferrailles japonaises. Tu as une Porsche, Darryl. Je veux une Porsche.

Sa chevelure s'agite comme une fleur jaune.

— C'était l'argent de l'assurance-vie de Moody, dit Cutler. La totalité.

— Trouve de l'argent.

Pelletier traverse l'allée, se laisse tomber dans la Porsche. Il claque la portière et branche la radio-cassette. Très fort. Le vent de la mer emporte la musique, la disperse sur le parking. Cutler traverse l'allée recouverte de sable.

— Très bien, dit-il, prends la Porsche. Je conduirai

une de celles-là.

Pelletier fait une grimace. La musique est trop forte, il n'a pas entendu. Il arrête la cassette.

– Qu'est-ce que tu dis ?

Cutler répète.

Pelletier lui tend une main lasse.

– Les clefs ?

Cutler se souvient vaguement d'une scène de ce genre qu'il a déjà été amené à vivre. Il y avait aussi une chaussée crissante sous ses pas ce jour-là. Devant le café Alamo. Shorty. La choucroute. Mais c'était laid. Aujourd'hui c'est beau. Le sourire de Pelletier est beau alors que Cutler détache les clefs de la Porsche de son trousseau et les laisse tomber dans la main du gosse. Pelletier sort de la voiture avec légèreté, comme dans un rêve, il en fait le tour, la touche. Il joue avec les clefs.

– Puis-je aussi avoir les papiers ?

– J'ai dit qu'elle était à toi, répond Cutler. Va à l'hôtel de ville demain et fais faire le transfert de titre de propriété. Ce sera assez tôt ?

La circulation est intense sur Washington Boulevard. Un vendeur en veste écossaise surveille la scène depuis l'autre rive de cet océan de voitures étincelantes. Pelletier s'en fiche. Il agrippe Cutler par les épaules et l'embrasse passionnément sur la bouche.

– Tu n'es pas comme les autres. (Il sourit de toutes ses dents et manipule les clefs. Ses yeux brillent.) Vraiment différent.

– Viens.(Cutler le prend par le bras.) J'en veux une rouge.

10

Au printemps qui avait précédé sa mort, son

père était revenu à Portland. Au volant d'une Continentale décapotable or, flambant neuf. En compagnie d'une jeune femme blonde portant des lunettes noires. C'était un samedi gris et froid, les collines entourant la ville étaient voilées par la pluie. La salle de séjour du duplex délabré que Cutler et sa mère louaient cette année-là était pourvue d'une large baie vitrée. Un gros buisson de lilas prospérait devant celle-ci. Les abeilles venaient butiner les fleurs quand le soleil brillait. Pas ce jour-là.

Sa mère était au travail. Cutler allongé sur la peluche au vert décoloré du divan près de la fenêtre, tournait tristement les pages d'un vieil album de bandes dessinées. Il avait fumé trois cigarettes volées et il était en proie à une légère nausée. Le whisky en principe devait y remédier, et il en avait avalé un peu, mais sans résultat notable, hormis une légère migraine.

Le héros d'une des bandes dessinées était musclé et ne portait qu'un casque fantaisie, des bottes, une cape fixée aux épaules et une bande de tissu entre les jambes. Il y avait là un renflement qui fascinait Cutler. Il regardait fixement le dessin et il sentait sa bouche se faire sèche et son cœur battre plus vite. Il savait ce qu'il convenait de pratiquer pour se calmer. Mais il s'y refusait.

Maudite pluie ! Il jeta l'album à travers la pièce. Toute la semaine à ronger son frein dans les mornes salles de classe somnolentes, à rêver au week-end prochain, où il pourrait retourner au parc. La semaine dernière, il y avait rencontré un homme, Harvey. Cutler ne connaissait pas son âge. Ses cheveux blonds étaient clairsemés. Il avait peut-être trente ans. Pas aussi musclé que le héros de la bande dessinée. Trop maigre. Calme, avec un sourire craintif. Effrayé de formuler ce qu'il avait en tête. Mais Cutler comprenait. Ce qu'il éprouva dans la voiture minable de cet homme fut merveilleux. Et il mourait d'envie que ça recommence. Mais l'homme ne serait pas là, sous la pluie. Il n'y aurait que les arbres dénudés et trempés. Les statues, les grandes pelouses vertes détrempées. Et personne.

Pourtant, il ne pouvait pas rester ici à se souvenir. Il se leva pour aller chercher son imperméable. Et il entendit claquer la portière d'une voiture. Deux portières. Il revint à la fenêtre zébrée de pluie et regarda. Il vit la superbe voiture, puis un homme et une femme grimper les marches au ciment fissuré et remonter l'allée en courant. Ils baissaient la tête à cause de la pluie. Il ne pouvait pas voir leurs visages. Puis leurs pas s'assourdirent sous le porche, et la sonnette d'entrée retentit dans la cuisine.

Il avait quatorze ans. Ce qui voulait dire qu'il n'avait pas vu son père depuis neuf ans. Mais, quand il ouvrit la porte pourvue en hauteur d'un petit vitrail rose, il le reconnut. Le regarder, c'était comme se regarder dans un miroir... mais dans un avenir lointain. A son âge, le visage de Cutler était encore mignon. Le visage de son père était beau. Marqué aussi. Avec deux rides profondes sous les pommettes. Il découvrit des dents éblouissantes dans un séduisant sourire. Son rire le plus profond, le plus spontané.

– Qu'en dis-tu ? demanda-t-il à la jeune femme.

– C'est ton portrait tout craché, répondit-elle.

– Tu me reconnais ? dit Ransom Cutler.

– Vous deviez envoyer de l'argent, dit Cutler.

Ça lui avait échappé. Sans doute le plus surprenant était qu'il n'eut pas dit : « Oui, c'est vous le fils de pute ! », les seuls qualificatifs dont se soit jamais servi sa mère lorsqu'elle parlait de son père.

– C'était un accord, que vous aviez passé.

– Pour envoyer de l'argent, dit sont père, il

faut avoir de l'argent. On peut entrer ? Ta mère est-là ? Je te présente Tammy Fancher.

La jeune femme entra et tendit la main. Elle était si jolie qu'elle en était irréelle. Des gouttes de pluie brillaient sur ses lunettes noires. Cutler serra la main. Elle était froide, humide et petite. Cutler la lâcha et se détourna.

— Ma mère est au travail. Elle travaille quarante-huit heures par semaine. Debout. Dans un magasin. Parce que vous n'avez jamais envoyé d'argent.

— J'ai apporté de l'argent, dit Ransom Cutler.

La porte d'entrée se referma. Ses pas et les pas de la jeune femme résonnèrent dans l'entrée.

— Dix mille dollars. Qu'en dis-tu ?

Cutler se tenait sur la moquette défraîchie parmi les meubles fatigués de la salle de séjour, et observait l'homme. Il était mauvais en arithmétique, mais ça lui semblait peu pour le prix de neuf années. Il hocha la tête.

— J'en sais rien. Il faut demander.

La jeune femme frissonna et se recroquevilla.

— Fait froid ici.

Elle s'assit sur le canapé et chercha un paquet de cigarettes dans son sac. Quand elle en alluma une, l'allumette tremblait dans sa main.

— Pas étonnant que t'aies choisi L.A., dit-elle.

— Un peu de café nous réchaufferait, dit Ransom Cutler.

— Elle ne rentrera pas avant cinq heures et demie, répondit Cutler. Si vous voulez la voir, vous pouvez aller au magasin « Vêtements pour Dames ». Il s'éloigna pour qu'ils ne voient pas qu'il n'avait pas de montre, et fit semblant de consulter l'objet invisible.

— Il faut que je parte maintenant. L'école.

— C'est samedi, remarqua Ransom Cutler.

— Une répétition théâtrale avec la classe, mentit

Cutler.

— Tammy est dans le cinéma. (Ransom Cutler sourit en la regardant.) Si tu viens à L.A., elle te fera entrer dans les studios. Tu pourras voir comment s'y prennent les professionnels.

Cutler ouvrit de grands yeux.

— Comment que j'irai à L.A. ?

— Nous allons au Canada, dit son père.

— Je vais repérer des extérieurs là-bas, dit la jeune femme. Juste une semaine.

— Nous te prendrons à notre retour, dit Ransom Cutler. Nous t'emmènerons avec nous. Tu pourras sortir au soleil tous les jours, Disneyland. La plage. Les champs de course.

— C'est là que vous avez gagné les dix mille dollars ? demanda Cutler.

— Quatre-vingt-cinq mille, reprit Ransom Cutler. En un seul jour. C'est vraiment quelque chose le champ de course !

Il sortit une enveloppe de la poche intérieure de sa veste et la posa sur la table basse éraflée.

— C'est un chèque au porteur. Il est approvisionné. Cutler regarde l'enveloppe.

— Elle pensera qu'il aurait dû être plus gros, dit-il.

La jeune femme blonde se leva.

— Tu parles trop, dit-elle au père de Cutler. Viens, partons. (Elle passa son bras sous le sien et l'attira.) Quel besoin avais-tu de parler des quatre-vingt-cinq mille dollars ?

— Si je ne t'en avais pas parlé, remarque Ransom Cutler, tu ne serais pas avec moi maintenant, si ?

Il la laissa l'entraîner vers l'entrée, mais de bonne grâce. Il sourit à Cutler par-dessus son épaule.

— Nous repasserons pour te prendre le vingt-trois, prépare tes affaires.

Tammy Fancher l'entraîna. La porte s'ouvrit avec un petit tremblement. Elle était lourde d'humidité.

— Il est temps que nous fassions plus ample connaissance, toi et moi, cria Cutler.

Cutler passa dans l'entrée.

— Elle ne me laissera pas partir, dit-il.

Ils étaient maintenant sous le porche. Son père se libéra de l'emprise de la jeune femme.

— Une minute, dit-il. (Il regarda gravement Cutler.) Quel âge as-tu ?

— Juste quatorze ans. Elle a ma garde, elle ne me laissera pas partir.

Il agita une main dissuasive.

— J'arriverai... J'arriverai à la convaincre, tu verras.

Il sourit et se livra aux mains de la jeune femme qui se refermèrent sur son bras. Ils descendirent les marches ensemble, courbés sous la pluie, courant le long de l'allée. De la rue, son père lui cria :

— Tiens-toi prêt !

Et les portières claquèrent.

Les tribunes de Santa Anita sont une vaste caverne, froide, grise, sombre. Trop de métal, de poutrelles, de gradins, de barrières. Trop de ciment nu. L'ouverture de la caverne baille au nord, le soleil n'y brille jamais, et l'air y est froid et humide. Les tribunes font face à une piste cendrée, un grand ovale d'herbe verte aux pieds des collines, s'élevant jusqu'à de grosses montagnes rousses. Le soleil brille sur les clôtures blanches et les soies aux couleurs criardes des jockeys. Le soleil moire les robes des chevaux. Le soleil étincelle sur le long porte-voix doré dans lequel s'époumonne un homme en veste rouge lorsqu'il annonce chaque course. Mais derrière tout ça, on marche dans les ordures : talons de tickets froissés, gobelets en carton, boîtes de carton gris, emballages de hamburgers, mégots. Et le soleil n'y brille jamais. Cutler frissonne et se lève.

— C'est du temps perdu, dit-il.

Pelletier, penché en avant sur son siège, les coudes sur les genoux, est en train d'étudier le programme des courses. Des bulletins de pari s'étalent à ses pieds. Cutler a peur de lui demander combien il a déjà perdu ; tous ses paris ont été perdus. Pelletier se lève en repliant le programme.

— Seulement deux courses encore avant *Chick's Luck*. (Il sourit à Cutler.) Comment pourrais-je perdre avec *Chick's Luck* ?

Cutler fait quelques pas.

— On dirait que ta martingale n'est pas au point.

Il cherche une issue. Il désigne un grand rectangle de lumière.

— Tu ne peux même pas voir les chevaux d'ici.

— Va au paddock, lui dit Pelletier. Tu pourras presque les toucher en tendant la main.

Il suit Cutler dans la vaste salle ensoleillée où les guichets sont ouverts. Des files d'attente se sont formées. Des hommes, des femmes, des enfants, impatients d'échanger du liquide contre du vent. Où vont-ils chercher les vêtements qu'ils portent... les affreux bermudas écossais et les chemises hawaïennes des hommes, les blue jeans bouffants et les blouses à volants des femmes, les casquettes de base-ball et les chapeaux de paille mexicains ?

Cutler hoche la tête. Il fouille du regard les files de parieurs. Il cherche son père. Qui n'est jamais revenu le chercher. Et qui est mort, neuf mois après l'entrevue à Portland. Tammy est morte avec lui. Dans la Continentale Mark IV décapotable. Lors d'une tempête de neige, une nuit, dans les montagnes de San Bernardino. Ils sont morts de froid dans leurs tenues de ski. Pourtant Cutler le cherche. Il n'a jamais assisté à une course jusqu'à aujourd'hui, mais quand il pense à son père, c'est toujours ici qu'il le voit, gagnant tout cet argent.

Pelletier donne un coup de coude dans le bras de Cutler.

– Un *Chili dog ?* Les meilleurs de l'Ouest.

Il tient la chose d'aspect peu ragoûtant qui dépasse d'un cornet de papier et d'une serviette papier.

– Tu descends au paddock par ici. (Cutler prend le *Chili dog*. Pelletier tend le doigt.) Je vais faire mon pari… (il enfourne dans sa bouche son *Chili dog*, puis il s'éloigne en l'avalant goulûment)… et je te rejoins ici.

Cutler le suit des yeux, le cœur serré. Il ne comprend pas comment ce garçon peut devenir chaque jour un peu plus beau. Impossible ! Il jette le *Chili dog* intact dans une poubelle avant de descendre.

Les chevaux ne sont pas aussi minuscules et fragiles qu'on pouvait le croire vus des tribunes. Ils sont grands, et des muscles d'acier roulent sous leur superbe pelage. Certains ne sont pas fatigués par la course. Ils se cabrent, rejettent leurs têtes en arrière. Ils défilent entre les palissades pour se rendre dans un long et sombre abri, à demi enterré, où les lads les font aller au pas afin de les calmer. Les jockeys suivent sans se presser, leurs éclatantes soieries un peu froissées. Des gosses sur leurs talons, avec leurs carnets d'autographes, des programmes, des stylos. Les jockeys signent sans interrompre leur marche. Ils sont aussi minuscules et aussi fragiles qu'on l'imagine depuis les tribunes.

Quand ils ont disparu, Cutler flâne dans les allées derrière les tribunes, entre les pelouses et les corbeilles de fleurs, entrant et sortant de l'ombre d'oliviers noueux dont le vent argente les feuilles en les retournant. Il contemple la statue de bronze d'un jockey tenant sa selle, quand il devine Pelletier à ses côtés.

– On dirait des poupées, dit Cutler.

— Ils sont tous mariés à des blondes gigantesques, avec d'énormes poitrines.

— Tu me fais bâiller. Quel perdant as-tu joué cette fois ?

— Tu ne le sauras pas avant qu'il ait gagné. Regarde, ils entrent au paddock pour la prochaine course. (Pelletier s'éloigne, son rire poursuit Cutler.) Voilà ce que j'aime... regarder les jockeys grimper sur leurs selles... on dirait des petites filles de cinq ans au manège.

Parfois c'est vrai, sa remarque est juste. Les chevaux sont rétifs. Ils tournent, se cabrent et les lads, garçons et filles, qui essayent de les retenir, ne sont pas assez vigoureux, pas assez lourds, pour les maîtriser. Des hommes en costumes ou vestes de sport aident les jockeys à monter, et parfois le résultat est assez comique. Les jockeys restent impassibles. Et personne ne se moque d'eux, sauf Pelletier. Un jockey, dont la petite botte a glissé sur l'étrier, se démène pour se remettre en selle. Une fois parvenu à ses fins, il jette un regard mauvais sur Pelletier. Il fait tourner son cheval et le dirige sur Pelletier comme une arme. Le sourire de Pelletier s'efface et il recule en s'écartant de la palissade, bousculant les gens derrière lui. Le jockey se moque de lui, retient le cheval qui s'éloigne en dansant. Pelletier ouvre la bouche pour répliquer, mais Cutler la couvre de sa main et l'entraîne.

— C'est aussi mon cheval, dit Pelletier, le cheval numéro six.

— Merveilleux, dit Cutler. A vingt contre un.

— On ne gagne pas d'argent en jouant les favoris, dit Pelletier.

— Tu ne gagnes pas du tout, répond Cutler.

— Attends *Chick's Luck*, dit Pelletier en retournant vers les tribunes.

Cutler ne le suit pas. De grosses voix hurlent

par-dessus les pelouses ensoleillées et les corbeilles de fleurs. Il va s'asseoir sur un banc sous un olivier et entend que le cheval numéro six termine quatrième. Pelletier ne se montre pas. Il attend la fin de la course suivante. Puis il revient.

— Je voudrais que tu sois avec moi pour celle-ci, dit-il en lui tendant la main.

C'est la dernière course de la journée. Le soleil à l'ouest a perdu de son ardeur, les tribunes sont plus froides et plus obscures. La foule s'est clairsemée. Les portefeuilles se sont vidés. Pourquoi rester quand on ne peut plus parier ? Cutler se rend compte qu'il devrait fixer une limite aux pertes quotidiennes de Pelletier. Mais l'idée s'évanouit aussi vite qu'elle est apparue. Comment le lui dire ? quels mots prononcer ? Pelletier est impulsif. Il pourrait faire sa valise et partir.

Sur sa froide chaise d'acier, Cutler observe les chevaux qui promènent tranquillement leurs gros numéros autour de la piste en se rendant à la barrière de départ, blanche et semblable à un jouet vue de si loin. Cutler tend le bras et tire le programme de la poche revolver de Pelletier.

— Ne lis pas maintenant, dit Pelletier. Ils se mettent en place pour le départ. La course commence dans une seconde.

Cutler grogne et cherche la neuvième course. *Chick's Luck* est un cheval rapide qui n'a jamais couru sur une aussi longue distance. Il a rapporté de l'argent dans neuf courses sur onze, mais n'est arrivé premier que trois fois. La voix de l'annonceur résonne dans les hauts-parleurs au-dessus des têtes.

— Ils sont partis.

Cutler replie le programme et tente d'apercevoir les chevaux-jouets peiner sur la piste de l'autre côté du vaste ovale.

— Il est en tête, dit Pelletier en se levant.

— Et au premier tournant, annonce le commentateur officiel, c'est *Chick's Luck* qui a une longueur d'avance, *Sir Calico* est second à la corde et *Longstem* suivi de ... (Cutler se lève pour suivre la course.) Et maintenant, ils entament la dernière ligne droite...

— Il se détache !

Pelletier donne un coup de poing dans le vide.

— ... Et voilà *Main Chance* à l'extérieur, c'est *Main Chance* et *Sir Calico* qui se disputent la deuxième place. *Chick's Luck* prend la corde et mène d'une encolure.

Chick's Luck est un petit cheval gris, le jockey en tunique à losanges le cravache. *Sir Calico* et *Main Chance* sont des bais de piste. Le jockey de *Main Chance* est presque couché sur l'encolure de son cheval. Il cravache frénétiquement. Il dépasse *Sir Calico*. *Chick's Luck* piétine. Les grands bais allongent la foulée.

— A la ligne d'arrivée, premier *Main Chance* d'une tête, *Sir Calico* second, et *Chick's Luck*...

Le bourdonnement de la foule s'apaise. Et piétinant les ordures, ils envahissent les escaliers et gagnent les sorties.

— *Chick's Luck*, parfait, dit Cutler dans le dos de Pelletier.

— Rappelle-toi : au grand air et au soleil. (Pelletier sourit et tape sur l'épaule de Cutler.) Ce n'est jamais que de l'argent. (Il sort de la travée.) Attendons demain.

Cutler le suit.

— Combien as-tu perdu aujourd'hui ?

Pelletier hausse les épaules.

— Treize, quatorze cents ?

Cutler ne peut pas parler. Pas avant qu'ils ne soient dans la voiture, avançant au pas pour sortir du parking. Ses mains sont mortes sur le volant. Il a froid intérieurement. Il s'éclaircit la gorge, et pourtant sa voix reste altérée.

— Nous ne pouvons pas nous le permettre, dit-il.

— Allons dîner à *Ma maison* ce soir, répond Pelletier.

Cutler entre chez Moody, souriant et détendu, et Fargo fonce sur lui tel un oiseau de proie. Sa vieille blouse trop large ondule et voltige comme si elle perdait des plumes. Ses doigts comme des serres sur le bras de Cutler. Elle l'entraîne dans la salle brillamment éclairée où fonctionnent les polycopieuses étincelantes et où cliquettent les machines à écrire, les traitements de textes, où le papier blanc miroite, semblable à de la neige. Elle le pousse devant elle, le fait entrer dans le bureau « privé » et referme la porte.

— Vous êtes en train de foutre l'affaire en l'air, dit-elle.

— Oh ! du calme, supplie Cutler. Je viens à peine d'arriver.

— Vous le laissez signer des chèques !

Sur le bureau, elle laisse des chèques contresignés.

— Les avez-vous additionnés ? Des bijoux, une caméra, une planche de surf de huit cents dollars ? (Les chèques retombent en soupirs sur le bureau.) Des costumes. Pas de chez Décrochez-moi-ça. De chez Brooks et Brothers. (Ses doigts griffus retournent les chèques. Elle en saisit un, deux, trois et les lui montre.) Des chèques de caisse, en liquide, tirés en liquide. (Elle lit les chèques.) Mille dollars, sept cent quatre-vingts. Deux mille dollars.

— Imaginez alors s'il avait une carte de crédit, dit Cutler.

— C'est contraire à nos accords, dit-elle. Comment pouvez-vous accepter ça ? Je n'ai même pas pu régler la paye vendredi dernier. J'ai dû payer Lester sur la petite caisse. (Son regard s'enflamme à la vue d'un autre chèque, elle s'en empare.) Location de voiture ?

– Il fallait qu'il se rende à une audition, dit Cutler.

– Ce qui explique la nouvelle voiture ? demande-t-elle.

– C'est ce qui l'explique, répond Cutler, en gage d'amour.

– Vous vous payez sur la bête et largement ; où passe tout cet argent ?

– Ça ne suffit pas, dit Cutler d'une voix blanche.

– Ça doit suffire à présent, s'écrie-t-elle. J'ai des factures à payer. (Elle se saisit d'une poignée de billets de banque couleur pastel et les agite devant lui.) Je jongle du mieux que je peux, je paye ça ce mois-ci, ça le mois d'après. Mais ça ne peut pas continuer, Darryl. (Les larmes lui montent aux yeux, elle les essuie et se barbouille de mascara.) Nous sommes au rouge question crédit. Ils m'ont alertée à la banque.

Elle se laisse lourdement tomber dans son fauteuil, regarde les papiers, hoche tristement la tête :

– Que dirait Mr Moody ?

– Pourquoi ne pas aller lui poser la question directement ? ironise Cutler.

Elle est sidérée, pâlit un instant sous son maquillage, puis rougit de colère.

– Il joue, c'est ça... Ce farceur ! Ça explique tous ces chèques dans les hôtels de Las Vegas.

– Les casinos. (Cutler se dirige vers la porte.) C'est toujours un plaisir de bavarder avec vous Fargo.

– Je sais que c'est faux. (Elle a l'air gênée, blessée, désemparée.) Darryl, je vous en prie.

Il sourit, temporise.

– Il a du travail à présent, des rôles pour la publicité à la télé. Il gagnera son propre argent.

– Dieu merci ! dit Fargo.

– Ça dépend du point de vue, répond Cutler.

11

Des ongles grattent le cadre métallique de la fenêtre entrebâillée. Cutler ouvre un œil. A côté de lui, sous un drap et une couverture chauffante, Pelletier s'agite, murmure mais ne se réveille pas. Cutler se redresse sur les coudes et scrute l'obscurité. Il ne fait pas encore jour. La silhouette dehors sur la terrasse est floue. Les lèvres de Cutler sont trop sèches pour pouvoir articuler un son. Il les humecte avec sa langue et jette un coup d'œil au réveil sur la table de nuit. Les chiffres rouges indiquent quatre heures cinquante. Il s'assied, pose ses pieds par terre et fait d'une voix enrouée :

— Qui est là et que voulez-vous ?

— Chick Pelletier ? (La voix est jeune et enjouée.) Jésus, je suis désolé. Je me suis trompé de maison ?

Cutler fouille derrière lui sans se retourner et pousse légèrement Pelletier.

— Quelqu'un pour toi, dit-il.

Il cherche à tâtons le paquet de cigarettes sur la table de nuit et, de ses doigts engourdis, en tire une maladroitement, la colle au coin de sa bouche. Il se sert du briquet en platine de Pelletier, puis il élève la flamme et jette un regard par la fenêtre entrouverte. Inutilement. Il éteint la flamme.

— Quelle drôle d'heure pour un rendez-vous, fait-il.

— Dis-lui de s'en aller, grogne Pelletier, la tête dans l'oreiller.

— Chick Pelletier vous demande de partir, dit Cutler à la vague silhouette sur la terrasse, et moi aussi.

Le visiteur entre dans la chambre.

— Il voulait prendre une leçon de surf.

Cutler arrive à le distinguer. Mince, musclé. Les cheveux blonds. Il porte une veste légère et ample sur une combinaison de plongée.

— C'est un rendez-vous de travail.

Il s'approche du lit et enlève les couvertures, découvrant la nudité de Pelletier.

— Eh ! danseur ? dit le surfer. Remue-toi, bébé. C'est le moment de profiter des belles.

— Merde ! grogne Pelletier dans l'oreiller.

Le surfer se saisit des chevilles de Pelletier et le tire hors du lit.

— Allons-y, la marée est haute.

Dans l'obscurité, Cutler voit briller les dents de l'inconnu qui poursuit :

— C'est ce qu'il m'a conseillé de lui faire, le tirer du lit...

A plat ventre sur le tapis, Pelletier s'agite faiblement.

— J'ai changé d'avis.

Péniblement, il réussit à se mettre à quatre pattes, le visage, les bras, le torse en travers du lit. Le surfer l'attrape par-derrière à bras le corps et le met sur pieds.

— Vous auriez rien pour protéger son cul ?

Pelletier a acheté une coûteuse combinaison de plongée. Cutler inspire, se passe une main sur le visage, se lève et sort la chose de l'armoire, la tend à l'inconnu. Pelletier est pantelant dans les bras du jeune homme, aussi mou presque que la combinaison. Sa tête pend, il respire comme s'il dormait encore.

— Asseyez-le sur une chaise, dit Cutler. Je vais la lui mettre.

Agenouillé, il s'affaire pour faire glisser les pieds et les jambes de Pelletier dans les jambes de la combinaison. Cutler se souvient de sa vie avec Moody. Il tire d'un coup sec sur le dur tissu en caoutchouc.

— Mets-y du tien, supplie-t-il. Allons Chick, cesse de faire l'idiot.

Pelletier se redresse et bouscule Cutler qui se retrouve assis sur le tapis. Pelletier tire la combinaison sur ses jambes. Sa petite queue bien ferme reste dressée, à l'extérieur. Ça gêne et embarrasse sûrement le surfer, mais ça ne préoccupe nullement Pelletier.

— Il faut que je pisse, dit-il, en sortant de la chambre.

Cutler se relève et récupère sa cigarette dans le cendrier.

— Ils sont toujours comme ça ? demande-t-il.

— Assez souvent, répond le surfer. Des jeunes paresseux. Mais si on veut faire du surf, le meilleur moment c'est le matin de bonne heure.

— Ça va durer combien de temps ?

Cutler s'assied, l'air las.

— C'est vous qui le connaissez, répond le surfer, pas moi.

— Alors ça durera toujours, dit Cutler, à moins que je me plaigne.

— Je ne serai pas toujours là. Avec ce qu'il me paye, je peux vivre à Hawaï une moitié de l'année, et l'autre moitié en Australie. Et je ne peux pas perdre mon temps. (D'un geste, il désigne la terrasse grise, le sable gris, l'océan gris.) La Californie, c'est parfait pour les débutants. Pour moi, cette période-là est révolue.

Cutler écrase sa cigarette. Sur le palier on entend la chasse d'eau. Cutler voudrait bien retourner dormir. Mais il questionne le surfer :

— Vous gagnez des concours ? des trophées ?

— Ne me demandez pas de vous les montrer. J'encaisse les chèques et je voyage léger. De toute façon, ils finiraient par se perdre avec tous ces transports aériens.

— Vous voyagez beaucoup ? demande Cutler.

— Dites un pays... j'y suis allé ! répond le surfer. (Il se lève et regarde la mer.) Il est homosexuel, n'est-ce pas ? Je ne crois pas qu'il veuille continuer. Il pourrait abîmer sa petite personne.

— Si vous croyez qu'il a peur de quoi que ce soit, montez en voiture avec lui.

— La Porsche ? cent combien ?

— J'essaye de ne pas regarder le compteur, répond Cutler.

Pelletier fait irruption sur le palier. Une forme se dessine dans l'embrasure de la porte, la gueule de requin de la planche. Elle luit sous la pâle lueur de l'aube. Elle effleure une lampe qui est à deux doigts de tomber.

— Pas de ceinture de sécurité là-dessus, dit le surfer.

— Il pense que tu es une nana, dit Cutler à Pelletier.

Pelletier pousse la planche vers l'inconnu.

— Portez-la, lui dit-il.

Le surfer s'écarte et la planche tombe sur le sol avec fracas.

— J'ai déjà la mienne à porter.

Il sort sur la terrasse. Sa silhouette s'amenuise alors qu'il descend les marches vers la plage. Sa voix s'affaiblit.

— Il faut faire attention à ce truc, ça coûte un paquet. Il ne faut pas les laisser cogner par terre.

Pelletier se baisse pour ramasser la planche en grognant. Elle est plus grande que lui.

— Alors tu es une nana ? lui demande Cutler.

— Je te montrerai ça en rentrant, lui répond Pelletier, et il sort avec sa planche.

Cutler sourit, s'étire, et retourne au lit…

Il a de l'eau jusqu'à la poitrine et il pleure. Avec en tête la voix de ses six ans, stridente, terrorisée.

— Où se trouve-t-il ?

Sa mère est à côté de lui. Son maillot de bain est en jersey bleu. Un bonnet de bain bleu avec un motif de vague en relief couvre ses cheveux. Elle tient à la main une bouée de sauvetage rayée vert et bleu. Elle vient de la lui retirer ; ses bras et une de ses oreilles lui font mal, là où le plastique l'a écorché. Où ça se passe ? sur la rivière, un lac, au bord de la mer ? Elle est furieuse après lui. Son visage qui paraît étrangement nu sans maquillage, étrangement jeune, comme si elle était une inconnue, rouge de colère.

— Oh ! cesse de crier, dit-elle. Il n'y a rien à faire avec toi, regarde, maintenant tout le monde nous remarque. Ils se disent que ta mère est en train de te martyriser.

Elle lui tape sur l'épaule. Elle le secoue au point qu'il en claque des dents, la morve et les larmes salées emplissent sa bouche. Il tend les mains vers la bouée de sauvetage, il ne sait pas comment ça s'appelle, mais c'est la survie. Il n'a pas peur de l'eau tant qu'il a ça autour de la poitrine pour le soutenir. Mais sans ça, il est terrifié. Elle la maintient en l'air hors de son atteinte. Il la regarde désespérément, et le soleil lui brûle les yeux.

— Tu ne l'auras pas, lui dit-elle. Si tu l'as, tu n'apprendras jamais à nager.

— Je peux nager, hurle-t-il, mais je ne veux pas.

— Ne mens pas. (Elle le frappe sur la tête de ses doigts osseux.) Viens maintenant, tu vois tous les autres enfants, ils te regardent. Ils pensent que tu es une nana. Regarde cette petite fille. Elle est plus jeune que toi, et elle nage, nage… Darryl.

Il regarde autour de lui à travers le voile de ses tristes larmes. Partout des enfants nagent. Il lui semble que des centaines, des milliers, que tous les enfants du monde nagent... Et tous, ils sourient en nageant. Ils rient, ils sont heureux. Il ferme les yeux et hurle. Et tout à coup, quelqu'un le saisit par la taille et le plaque à plat ventre sur l'eau. La surprise le suffoque. De l'eau pénètre dans son nez, dans sa bouche. Il étouffe, tousse, crache, se débat entre ces mains qui le tiennent afin de sortir sa tête hors de l'eau. Il agite ses bras, donne des coups de pied.

– Comme ça, dit une voix d'homme, redresse la tête, fais la grenouille, bats des jambes.

Il sort sa tête de l'eau et hurle.

– C'est très bien, fait la voix de l'homme. Tourne ta tête sur le côté. (Une grosse main a saisi son crâne et le redresse.) Continue à battre des jambes, tout va bien, je te tiens, barbotte, remue tes jambes comme une grenouille. Ça y est. Tu vois ? c'est pas compliqué. Tu nages. L'homme le lâche.

Il coule. Sous l'eau c'est le silence et le ralenti. Son petit corps maigre dans son minuscule caleçon de bain vert et bleu se retourne lentement, paresseusement, une fois, deux fois. Il gît sur le sable et le gravier, il lève les yeux. La surface de l'eau avec le soleil qui s'y reflète ressemble à une fine peau d'un brun clair. Pendant un instant qui lui paraît très long, il n'a pas peur, il est étourdi. Il voit les jambes poilues d'un homme à côté de lui. Il voit les jambes pâles de sa mère. Puis des mains l'agrippent et le sortent de l'eau dans l'éclat du soleil et il aspire l'air frénétiquement, il s'étrangle, sanglote, se débat. Il frappe l'homme dans sa lutte. L'homme le maintient à distance et rit de toutes ses dures dents blanches. Il est petit, brun, musclé, jeune.

– Eh ! du calme l'ami, tout va bien.

— Il n'apprendra jamais, jamais, dit la mère de Cutler. Il le fait exprès pour me faire honte.

— Il a tout simplement peur de l'eau, dit l'homme. Certains gosses sont comme ça. Laissons-le souffler.

Cutler cesse de crier pour écouter. De ses yeux embués, il fixe les deux adultes.

L'homme le retient dans l'eau.

— Tu ne lui apprendras pas à nager en te mettant en colère après lui.

— Quand j'aurai besoin de tes conseils pour élever un enfant... (Lorraine Cutler empoigne Cutler par le bras...) je te ferai signe. Merci...

Au grand soulagement de Cutler, elle gagne le rivage, le traînant derrière elle. Par-dessus son épaule, elle grogne :

— Tu n'es toi-même qu'un enfant.

— Et merci de ton aide, lui répond le jeune homme.

Une fois sur le sable, sa mère le punit en le séchant, en le frottant violemment avec la serviette qui sert de râpe.

— Tu vois les ennuis que tu me fais ? Tu humilies ta mère en public partout où nous allons.

A genoux, elle replie la serviette avec des gestes saccadés. Elle cligne des yeux pour retenir ses larmes. Elle secoue la couverture en faisant voltiger le sable.

— Pourquoi ? je voudrais bien le savoir. (Elle pousse vers lui un seau de plastique jaune.) Prends ça.

Dedans il y a un jouet, un camion-benne-basculante et un sac en papier brun avec des sandwichs et des cookies. Il le prend en reniflant ; elle laisse tomber la bouée de sauvetage sur sa tête autour de son cou, enfile des sandales de caoutchouc, se redresse, se drape dans une jupe à fleurs et boucle sa ceinture.

Serrant contre elle la couverture et la serviette pliées, elle se dirige vers l'esplanade salée où les pare-brises brillent au soleil. Cutler la suit en traînant les pieds.

– On rentre, dit-elle sans se retourner. Comme ça personne ne verra comment tu traites ta mère.

Cutler s'arrête et jette un coup d'œil derrière lui, sur la foule des baigneurs, espérant apercevoir le jeune homme, mais le soleil est trop fort... Il n'arrive pas à le distinguer.

– Darryl, l'appelle durement sa mère, et il trotte vers elle.

Elle maintient la portière de la voiture ouverte, et quand il monte elle lui donne une nouvelle tape sur le crâne de sa main noueuse.

– Horreur, dit-il, et il se réveille.

En se débattant dans son rêve, il s'est cogné la tête contre la table de nuit. Il s'assied au bord du lit. Le soleil brille sur la mer. Il frissonne et, d'un pas mal assuré, il traverse la pièce pour aller tirer les rideaux.

Des voitures sont garées sur deux ou trois rangs le long du sentier au-dessus de la maison. Quand il coupe le moteur de la Celica, la musique rock qui monte vers lui est si assourdissante qu'il se demande par quel miracle le toit est encore en place. Il sort de la voiture, claque la portière et se dirige vers l'escalier de bois peint en blanc qui vous conduit cahin-caha jusqu'à la porte de la cuisine. La musique le fait tiquer. Des rires et des cris fusent à travers le tintamarre, pas des cris de fureur, des hurlements de folle gaieté. Il entend le martèlement des pas en cadence. On danse. La porte de la cuisine est ouverte. Il entre et reçoit le choc du vacarme comme un coup de poing dans la poitrine.

Dans la longue pièce blanche, contre le reflet

de la mer sur les trois grandes baies vitrées, l'une d'elles ouverte sur la terrasse, des corps se meuvent en mesure, des bras s'agitent, de longues chevelures s'envolent. Les corps sont beaux et quasiment nus. Les garçons, les hommes jeunes portent de larges shorts imprimés de fleurs.

— ... Les surfers n'aiment pas les culs moulés, avait expliqué Pelletier, ils estiment que seules les filles ont de jolis culs.

Les jeunes femmes portent des bikinis larges comme des timbres postes. Des boîtes de soda, des boîtes de bière, vertes, rouges, dorées, brillent dans la lumière. La brise marine a beau disperser la fumée, Cutler sent l'odeur de la marijuana.

En quête de Pelletier, il se fraye un chemin à travers la pièce. Tout le monde ne danse pas, les canapés et les fauteuils d'osier garnis de toile à voile sont occupés. Quand un morceau se termine, avant que l'autre ne commence, alors que les hauts-parleurs ne diffusent que du silence, il surprend :

— *Rincon*, merde, c'est un endroit comme un autre sur cette côte stupide. Il s'y passe quelque chose peut-être un jour sur cinq. Le reste du temps c'est d'un morne.

— L'Australie, mon vieux, l'Afrique du Sud, Hawaï, mais ne me parlez plus de la Californie.

C'est Saluto, l'entraîneur de Pelletier. Il lève, en guise de salut, une main lasse et des sourcils décolorés par le soleil en direction de Cutler. Cutler lui adresse un signe de tête.

La musique explose, et les danseurs reprennent frémissements et martèlements. Cutler s'avance parmi ces corps qui dispensent de la chaleur qu'ils ont reçue du soleil la journée durant. Une fille dorée s'arrête de danser, ouvre de grands yeux, exhibe des dents superbes.

— Hé ! beauté, déshabille-toi et amène-toi un peu.

Cutler lui grimace un sourire et s'éloigne. Derrière lui il l'entend crier par-dessus le vacarme :

– Quel connard ! d'où il vient ?

Et quelqu'un crie la réponse :

– Je crois que c'est le propriétaire de la maison.

Cutler sort sur la terrasse où les jeunes bavardent, bâillent, se bécotent. Il descend jusqu'au dernier palier. Les planches de surf y sont alignées ; de toutes les couleurs, de toutes les tailles, pointues, émoussées, vernies de résine et de cire, certaines ont des ailerons tranchants. Des planches calées contre le mur de la maison, d'autres plantées dans le sable, appuyées sur la terrasse. Les plus jeunes se sont rassemblés là, les coudes posés sur la rampe, ou assis dessus, bavardant et riant. Un gros rouquin s'appuie sur des béquilles, il a une jambe dans le plâtre. Un garçon de type polynésien tourne la tête pour jeter un coup d'œil sur Cutler, et Cutler tressaille. Quelque chose de terrible est marqué sur le visage de ce garçon qui détourne son regard en disant :

– Non, mon vieux, ça ne vaut pas la peine, laisse tomber ça, regarde ce qu'un truc bien pointu m'a fait.

Cutler, dans sa hâte d'échapper à ces voix, descend jusque sur le sable et tombe nez à nez sur une fille brune aux cheveux courts, assise là, un bloc à dessin posé sur ses genoux. Elle a couvert une page de croquis de surfers. Du beau travail de professionnel.

– Excusez-moi, dit Cutler en s'écartant.

Il a vu Pelletier… lançant un ballon orange pardessus un filet vert, en compagnie d'une poignée de joueurs de volley. Le sable s'envole sous leurs pieds nus. Plus loin, une demi-douzaine de surfers s'exercent avec élégance sur les vagues basses, inconscients semble-t-il de leur grâce. L'eau est de couleur changeante, allant du vert au bleu, au rouge, en passant par toutes les nuances dégradées. Derrière le rouleau de vagues, un jeune homme s'est hissé sur les rochers déchiquetés où cormorans, mouettes et pélicans aiment à se rassembler. Perché sur le plus haut, il hurle des plaisanteries grasses à l'adresse des surfers qui glissent à ses pieds.

Cutler se dirige vers Pelletier et fronce les sourcils parce qu'il croit reconnaître la mince jeune femme blonde à ses côtés qui saute après la balle en riant. Véronique Quinn. Impossible, et pourtant Philippe Quinn est là, trapu, brun, assis sur le sable, les bras autour des genoux, au milieu des jeunes qui regardent la partie, applaudissent et plaisantent. Pas tous. Deux d'entre eux, juste derrière Cutler, l'un contre l'autre sur une serviette emmêlent leurs corps. La sueur brille sur leur peau cuivrée. Cutler les dépasse et s'assied à côté de Quinn qui le regarde en haussant ses épais sourcils bruns.

— Vous êtes en retard, dit-il.

— Je ne savais pas que vous veniez, répond Cutler.

— Moi non plus. Nous sommes sortis pour une promenade paisible sur la plage et nous sommes tombés là-dessus.

Une bouteille de bière est coincée dans le sable entre ses pieds chaussés de grosses sandales. Cutler s'en empare, regarde l'étiquette, les remet en place.

— Il y a du champagne si vous le désirez, dit-il. (Quinn hoche la tête.) Merci, je pense rentrer.

Cutler se lève.

— Je vais aller prévenir Véronique.

— N'essayez pas, fait Quinn. Quand elle sera prête, elle se manifestera.

Il boit à même le goulot de la bouteille de bière, la repose, s'essuie la bouche. D'un signe de tête, il désigne Pelletier qui rampe, le visage dans le sable pour livrer la balle à un grand gars qui pourra la jouer.

– Un vrai lézard. Qu'est-ce que je vous avais dit, constate Quinn.

– C'est un acteur, réplique Cutler. J'ai des cassettes qui le prouvent. Et jeudi il tourne une nouvelle publicité.

Il observe Pelletier qui tout à coup sent sa présence, le regarde, sourit, lui fait signe. Puis il dit quelque chose à Véronique et s'approche au petit trot. Les muscles luisants de sueur, haletant. Il remonte la ceinture de son large et long short et écarte les cheveux de son front. Il tend la main à Cutler et l'aide à se remettre sur pieds.

– Allons jusqu'à la maison. Je veux te montrer quelque chose.

– Tu ne m'avais pas dit que tu organisais une party, dit Cutler...

– C'est une soirée d'adieu en l'honneur de Saluto, répond Pelletier en remontant de la plage, traînant Cutler derrière lui.

– Venez Mr Quinn. Il faut que vous voyiez ça, c'est formidable.

Quinn grogne et se lève.

– Véronique, hurle-t-il.

Il fait un grand geste de la main. Elle s'immobilise, le regarde, et le ballon passant par-dessus le filet, la frappe en pleine poitrine ; elle se retrouve brutalement assise sur le sable et pousse un cri. Elle n'a aucun mal, le cri s'adresse à Quinn. C'est un cri d'indignation pour avoir été dérangée. Des garçons musclés la relèvent et elle interpelle Quinn :

– Rentre sans moi, Phil, je suis occupée, on est en train de gagner.

Des acclamations s'élèvent.

Quinn rejoint Cutler et Pelletier, et grimpe péniblement la pente sablonneuse en leur compagnie tout en ronchonnant :

– Filles et garçons d'or tous devront...

– Comme le commun des mortels, enchaîne Cutler.

– Redevenir poussière.

Pelletier lève un sourcil perplexe.

– Quoi ? (Puis il aperçoit la fille brune avec son bloc de croquis sur les marches.) Hé ! Melissa. Qu'est-ce que tu fais là ? Elle lève un instant vers lui un regard sombre, plein de reproches, puis s'intéresse à son crayon.

– Toi et Saluto, vous pensiez que je ne vous découvrirais pas, fait-elle.

– Tu es folle, dit Pelletier en gravissant les marches.

Il se fraye un chemin parmi les surfers assemblés sur la terrasse, passe devant ceux qui se tiennent sur le seuil de la porte. La musique et la danse ont cessé. Un groupe de jeunes s'est agglutiné devant le poste de télévision. Un jeu électronique est en marche. Il y a des « hou », des cris aigus, des gémissements. Pelletier guide Cutler et Quinn à travers la longue pièce et s'arrête devant le bar où Saluto, assis solitaire sur un tabouret, boit d'un air morose, à même une bouteille de bière, tout en contemplant une statuette posée sur le bar. On la dirait en bronze. Elle représente un surfer à demi accroupi sur sa planche. Quand Saluto s'aperçoit de la présence de Pelletier et de ses amis, il leur adresse un pâle sourire :

– C'est censé me représenter, dit-il. Qu'en pensez-vous ?

– Ça pourrait être Pelletier, mais c'est vous, dit Cutler.

– Il me la laisse, dit Pelletier rayonnant.

Quinn passe une main sur la statuette.

– Beau travail. De qui ?

– Mélissa, répond Pelletier, (la fille sur les marches. Il jette un coup d'œil derrière Cutler et

Quinn) mais ne le dites pas.

– Non, dit Saluto, au nom du ciel, elle m'en veut déjà à mort que je sois venu ici sans elle. Elle me tuerait si elle savait que j'ai laissé ça derrière moi... son gage d'amour.

– Il voyage léger, explique Cutler à Quinn.

Quinn se détourne.

– Je vais suivre la partie de volley. Si je n'assiste pas à la victoire de Véronique, je vais en entendre parler pendant cent sept ans.

Les portes du supermarché glissent en s'écartant devant lui, il pousse un chariot métallique étincelant sous l'éclat du soleil, les portes se referment derrière lui avec un léger clic. Il cligne des yeux dans l'éblouissement, cherchant la Celica rouge parmi les rangées de voitures du parking du centre commercial au revêtement immaculé. Il la repère et se remet à pousser le chariot dans sa direction. Il est étrangement perdu. Seules deux choses bougent... lui-même et une immense bannière étoilée qui claque au vent de la mer en haut d'un grand mât.

Il coince le chariot derrière la Celica, prend les clefs dans son jean, ouvre le coffre, charge les sacs d'épicerie dans la voiture. Il claque le coffre et range le chariot hors du chemin. En regardant autour de lui, il s'aperçoit qu'il n'est plus seul. Des clients sont sortis du marché, de la droguerie, du salon de coiffure, de la boulangerie, de la boutique de fleurs, de la librairie. Tous à la fois. Ils se dirigent vers leurs voitures. De nouveaux bruits se mêlent au claquement du drapeau... des voix, des portières qui se ferment, des moteurs qui démarrent. Quelqu'un actionne un avertisseur, Cutler se sent soulagé.

A travers la vitre de la Celica, le soleil a chauffé le simili cuir du siège baquet. Il abaisse la vitre et ferme la portière. La garniture rouge du volant est brûlante. Il engage la clef de contact mais, derrière lui, la route est encombrée. Il lui faut attendre et guetter un trou dans le rétroviseur pour pouvoir manœuvrer. C'est assez long. Et quand le moment se présente, c'est à petite allure qu'il gagne la sortie puis la route de la côte.

Un établissement de restauration rapide, le *Cooper Penny*, que Cutler appelle le *Cooper penis*, fait face à la route et, derrière le bâtiment, se trouve un bureau de la Caisse d'Epargne surmonté d'une pendule et d'un thermomètre détraqués tous les deux. Cutler doit s'y arrêter et il s'avance au ralenti. C'est alors que les portes de la Caisse d'Epargne s'ouvrent laissant passer Pelletier. Un chapeau de cow-boy repoussé en arrière sur ses cheveux en broussaille. Cutler donne un coup d'avertisseur et agite les bras. Pelletier fronce les sourcils, s'approche de la voiture en trottinant, chaussé de ses bottes de cow-boy. Il porte des lunettes de soleil, il tient à la main un livret de Caisse d'Epargne. Il le glisse dans sa poche arrière, enlève son chapeau et passe la tête par la vitre baissée.

– Tu as fait des courses ? demande-t-il.

– Je croyais que tu tournais, dit Cutler.

– J'en ai fini. (Pelletier fait une grimace.) Dieu merci. Je veux dire que c'est quelque chose de remplir sa bouche souriante d'Amarillo Brand Chili devant un barbecue à Encino. Et ils exigent qu'on le recrache. Ils affirment que si on l'avale à chaque prise, on risque l'évanouissement !

– Charmant, dit Cutler. Et le décor ne devient pas trop glissant à force ?

– Ils ont mis des seaux aseptisés, explique Pelletier. En plastique jaune remplis d'eau. Elégant, non ?

Cutler, les sourcils froncés, regarde les portes du bureau de Caisse d'Epargne.

— Qu'est-ce que tu faisais là ? C'est quoi ce livret ?

Pelletier hausse les épaules.

— J'ai fait un chèque, un reliquat.

— Pourquoi ? (Cutler a un creux dans l'estomac.) Est-ce que je suis comme Wrigley ? Est-ce que je te fiche à la porte nu-pieds, enceinte de moi ?

— Une femme a besoin de beaucoup d'argent, dit Pelletier.

Cutler sent monter colère et impatience.

— Combien payes-tu Saluto, en réalité ? Assez pour vivre un an ?

Les voitures qui roulaient lentement entre Cutler et l'autoroute sont loin maintenant. Derrière la Celica, des avertisseurs commencent leurs plaintes, leurs protestations s'élèvent. Pelletier sort sa tête de la voiture, se redresse, fait un pas en arrière, regarde les voitures.

— C'est vrai, il a un train de vie modeste, ça doit lui suffire cinq mille dollars pour un an. Pourquoi pas, Darryl ? Pour moi, c'est rentable. Tout ce qu'un acteur apprend, c'est que l'argent est dans une banque.

Il remet son chapeau de cow-boy.

Les coups d'avertisseur fusent.

— C'était mes cinq mille dollars, hurle Cutler. Tu n'as pas pensé que je pourrais avoir envie de les revoir ?

Pelletier grimace.

— Il y a un tel bruit ici.

Il jette un nouveau coup d'œil sur les voitures qui s'entassent. Il se penche, les mains sur les genoux, et fouille du regard l'intérieur de la Celica.

— Je ne crois pas avoir bien entendu ce que tu disais Darryl. J'espère par-dessus tout avoir mal entendu.

Cutler a un sourire crispé.

— Ce n'est pas grave, dit-il en accélérant.

12

Il a hâte de retrouver la terre ferme. Le ciel est bleu, la mer est bleue et calme. Le yacht de Tony Baron s'éloigne cap sud-sud-ouest où somnolent les îles du chenal. Cutler demeure derrière une vitre afin d'observer ces îles et d'y surprendre un signe de vie, mais il ne distingue rien. On dit que des chèvres vivent ici, des cochons sauvages et même du bétail. Il en doute. Maintenant, il se tient à la poupe et regarde la ville, le scintillement du soleil sur une glace, les immeubles blancs, les toits rouges à moitié cachés par les arbres, et derrière tout cela les montagnes. Il voudrait déjà y accoster, se retrouver assis dans un frais patio avec une fontaine, de bonnes choses sur la table, boire de grands margaritas. Santa Barbara est plein d'endroits de ce genre.

Ici, c'est torride et impitoyable. L'eau profonde, houleuse, sifflant contre la coque du bateau, suffit à l'inquiéter. Plus le bateau s'éloigne, plus la solitude augmente. Il scrute l'étendue des vagues à la recherche d'un signe de vie. Il lui est arrivé d'apercevoir des têtes noires et lisses de lions de mer. Mais cela ne s'est produit qu'une fois. Des mouettes ont suivi le bateau depuis les quais ; elles sont reparties. Au départ, tout le monde se tenait sur le pont. Un jeune Noir, vêtu d'une chemise à manches ornées de volants, chantait des calypsos. Un agréable tintement de glaçons dans les verres se faisait entendre. Maintenant, deux jeunes hommes d'équipage, torse nu, protégeant leurs yeux de leurs avant-bras, font un petit somme sur une passerelle. Tous les invités sont descendus se mettre à l'abri du soleil.

Mais Cutler ne se sent pas à l'aise en bas. Avec les conversations et les rires, les bruits du repas... Au menu, il y avait des huîtres, du crabe, des abalones, parfaitement présentés... Il entendait travailler la coque, et sentait la force et le poids de l'eau contre celle-ci. Il avait englouti son repas et remonté rapidement l'escalier des cabines ; le roulis du bateau le faisant heurter les planches vernies d'une épaule puis de l'autre avant d'émerger en clignant des yeux dans l'éblouissement du soleil, de la chaleur. Et l'insolation, la platitude de kilomètres et de kilomètres de néant, s'étendant de plus en plus vide au fur et à mesure que le bateau avançait, lui faisait ressentir ce qu'il n'avait ressenti qu'une fois dans sa vie, il y avait bien longtemps. Si longtemps qu'il avait oublié jusqu'à ce jour.

Après que son père les eut abandonnés, sa mère avait dû reprendre pied, et Cutler était trop jeune alors pour qu'elle pût le laisser seul. Elle l'avait conduit à la ferme de son frère dans le Dakota.

C'était un pays très différent des environs de Portland où il y avait beaucoup de montagnes, de rivières, d'arbres. Le Dakota était définitivement plat et vide. Comme l'océan. Une mer de blé agitée par le vent comme l'océan était agité par le vent. « Des vagues ambrées de grains. » Rien à l'horizon, heure après heure. De temps à autre un corbeau peut-être. Plus rarement encore un triste alignement de peupliers. Un clocher. Puis de nouveau rien pendant des kilomètres et des kilomètres.

Et la ferme, quand ils y étaient arrivés ! Les planches nues de l'étable et des bâtiments lessivées comme celles des ponts du bateau. Elles craquaient aussi dans le vent qui soufflait là-bas, comme il souffle pareillement ici dans ce vide plat et bleu.

Il tourne le dos à la terre et observe la surface vernie du bateau. Autrefois bien sûr, le vent était à l'origine de tout, le vent en mer ou son absence signifiait mouvement ou panne… Le bateau a deux mâts solides. Cutler examine l'accastillage. La peinture bloque les poulies. Les voiles sont affalées et encordées. La robuste mâture, sous laquelle un homme de sa taille pour passer doit se pencher… Quand ces voiles ont-elles été mises au vent pour la dernière fois ? Si les cordes qui les retiennent devaient être dénouées, si les filins étaient tendus, si les voiles étaient hissées, n'allaient-elles pas se déchirer, partir en morceaux, pendre en lambeaux, pour flotter inutilement au vent ? Un moteur cogne sous les ponts. Il se retourne, s'appuie sur la rampe, contemple l'écumant sillage déployé en éventail de l'hélice. Si le moteur tombait en panne, que personne ne puisse y remédier, avec des voiles déchiquetées, resteraient-ils immobilisés là pour toujours ? un bateau peint sur un océan peint ? Il n'aime pas ça.

— Malade ? lui demande-t-on.

Cutler se retourne ; l'homme à ses côtés, petit, osseux, le visage tanné comme un vieux cuir, c'est Tony Baron, le scénariste. Un vieil habitué de chez Moody, un de ceux que, par un excès de romantisme, Moody appelait ses amis pour la simple raison qu'ils lui adressaient un hello ! lancé pardessus le comptoir des années durant. Baron porte une casquette de marin.

— J'ai ce qu'il faut pour ça.

— Je ne suis pas malade, dit Cutler.

— Vous vérifiez l'état de notre canot de sauvetage ?

— Les chaînes sont tellement soudées par la peinture… Pourriez-vous le descendre si c'était nécessaire ?

Les lèvres de Baron se crispent.

– Nous ne doublons pas le cap Horn au cœur de l'hiver. (Il passe un doigt sur sa moustache blanche.) Ce bateau a soixante ans et n'a jamais dématé. Ne vous en faites pas.

– Alors je suis heureux d'être à bord, ment Cutler. Merci.

– Remerciez Véronique Quinn, réplique Baron. Elle n'aurait pas voulu venir si je ne vous avais pas invité. Phil ne serait pas venu sans elle. Et c'est la cérémonie d'adieu de Phil. Non ? Quinn part en Turquie pour un tournage. Il en est le producteur et le scénariste. Véronique ne l'accompagne pas.

Baron jette à Cutler un coup d'œil bizarre, se dirige vers la poupe, se retourne et, légèrement balancé par l'oscillation du bateau, il observe Cutler.

– Stewart vous manque ?

– Tous les jours, répond Cutler. Il aurait adoré cette croisière.

Baron cligne des yeux, surpris, fronce les sourcils et hoche tristement la tête.

– Seigneur, comme vous dites vrai. C'est drôle. Manque d'imagination. On associe quelqu'un comme Stewart à son commerce, comme s'il n'avait pas d'autre existence en dehors de ça. J'aurais pu l'inviter, très souvent. Vous avez raison, il aurait sûrement aimé ça. Je regrette. De quoi est-il mort ?

– Trois paquets de cigarettes par jour, répond Cutler.

Baron écarte l'idée d'une main tavelée.

– Fumer ne tue pas les gens. Ce sont les gènes. Tout est affaire de sang. Mes ancêtres étaient des pêcheurs sardes durs au mal. Ma mère est morte à quatre-vingt-dix-huit ans. Je ne l'ai jamais vue sans cigarette.

– J'ignore qui étaient mes ancêtres, dit Cutler.

– Des Anglais, dit Baron. Cutler ? Ils fabriquaient des couteaux.

Cutler regarde le blazer bleu marine à boutons dorés de Baron, la poche de poitrine est plate.

— Vous ne fumez pas ?

— Pourquoi prendre des risques ?

Baron sourit et de nouveau se détourne.

Des jeunes en riant font irruption dans l'escalier des cabines. Ils l'entourent, presque nus. Tous sont bruns, hormis Véronique et Pelletier dont les chevelures argentées brillent. Véronique passe un bras autour de la taille de Baron, le faisant ainsi et si brusquement ressembler à une momie millénaire.

— Quand pourrons-nous nager, Tony ? Vous aviez promis que nous pourrions nager.

Baron regarde sa montre.

— Quand nous jetterons l'ancre à Las Cruces.

Un acteur noir de téléfilms policiers fixe l'horizon.

— C'est encore long, dit-il, l'air incrédule.

Baron sort un fouillis de cordes et bâtons d'un coffre de bois et le soulève.

— Ça s'accroche à la rampe et vous descendez.

Pelletier s'approche de Cutler.

— Où étais-tu passé ?

— Je ne croyais pas que ça t'inquiéterait.

Le garçon porte un mini slip de bain. Personne ne les regarde. Un instant Cutler pose sa main en coupe sur le sexe.

— Tu n'as pas peur d'exploser ?

— Ça va arriver si tu n'arrêtes pas. Oh ! c'est pas formidable ? Hou ! (Il sourit à tout, à la mer, au ciel, au bateau.) Achète-moi un bateau, d'accord ?

— D'accord, répond Cutler.

Après une descente bruyante à l'aide de l'échelle de corde de bois, il y a un bain avec cris de ravissement, dans l'eau verte et cristalline de la petite baie de l'île, parmi les dérives des grosses méduses blanches. Puis, après avoir regrimpé l'échelle, les beaux corps ruisselants, les jeunes ont regagné leurs cabines, laissant de nouveau un pont désert à Cutler... et les hommes d'équipage une fois de plus se sont endormis sur le panneau d'écoutille. Le sloop se dirigeant vers le sud. Pendant un moment, Cutler contemple les falaises noires, volcaniques de l'île, parsemées ici et là de verdure tenace. Mais il ne voit ni chèvres ni cochons, ni bétail occupé à brouter. Aucune vie.

La dernière vision de la terre enfuie, la longue et mince blancheur du bateau oscille comme l'aiguille d'une boussole au-delà de l'extrémité déchiquetée de l'île la plus basse, Anacapo, et gagne le large. La force du Pacifique éprouve Cutler, l'oblige à se redresser et à se maintenir fermement à la rampe pendant un long moment. L'océan a glissé ses épaules sous le bateau et le soulève tel un bois flottant. Et c'est une calme journée. « Des pêcheurs sardes. » Il frissonne sous le soleil. Certains hommes doivent-ils prendre la mer tous les jours pour vivre ? Pour lui, c'est la première fois et il sait déjà que la mer n'est pas une compagne pour l'homme.

Avec le coucher du soleil, la fraîcheur a envahi le pont. Le chanteur noir enfile à nouveau sa chemise à volants. Les jeunes en bikinis se lèvent et s'activent en bas afin de se vêtir de pantalons bouffants, de vestes en toile de parachute, surtaillés, la mode du jour. Baron n'a pas éclairé le pont. Un feu de navigation brille au haut du mât. Quelques lumières aux hublots, mais elles laissent le pont dans l'obscurité du fait des étoiles. Les étoiles ici sont étincelantes et innombrables. Assis sur le pont, appuyés à la rampe ou perchés dans les agrès, tout le monde s'émerveille à haute voix de la splendeur des étoiles. Puis la nuit tombe. L'étincelle rouge d'une cigarette décrit une courbe, comme une petite comète. Dans l'obscurité, la voix d'une jeune femme se fait ironique.

– Personne ne croit plus aux fantômes.

– Personne ne croit plus à rien, dit Tony Baron.

– Aérobic, propose l'un.

– Cocaïne, dit l'autre.

– Quoi qu'il en soit, grogne Phil Quinn, nous avons tous un fantôme qui nous hante. On a beau prétendre que non, c'est ainsi.

Un murmure parcourt le pont. Approbation, contestation. Cutler se détourne, appuyé contre un hublot, le regard fixé sur le halo de Santa Barbara au loin, et ses lumières portuaires qui se reflètent dans l'eau. Le moteur fait frémir le pont sous ses pieds. Mais on n'a pas l'impression d'avancer. On se croirait plutôt immobilisé. Il consulte sa montre. Seulement deux minutes écoulées depuis son dernier coup d'œil sur le cadran ; il soupire. Il ne veut pas entendre la suite. Personne ne connaît les fantômes comme lui. Moody lui apparaît, les yeux pleins d'une terreur folle. Le garçon désarticulé de Portland, affublé de son étincelant casque de protection. Il est presque mort de peur. Ce bavardage pourtant n'est qu'une histoire d'enfants... qui jouent à se faire peur mutuellement dans une cave avec des contes de revenants. Mais il ne peut s'empêcher d'y prêter attention. La nuit sinon est trop silencieuse. Et le bateau ne mesure que quatre-vingt-dix pieds de long.

– Nous nous croyions perdus. Puis nous avons aperçu des lumières à travers la neige, à travers les arbres. Et alors la loge du gardien est apparue. Un feu brûlait dans la cheminée de la pièce principale. La cuisine était fermée, mais la maîtresse de maison nous a préparé à dîner. Toutes les pièces de la dépendance étaient meublées, et une cabane était vide. Et il y avait là quelque chose d'étrange. Comme si elle n'avait jamais servi. Nous étions morts de fatigue, et nous nous sommes endormis immédiatement, mais plus tard, quelque chose m'a réveillé, et j'ai eu peur. La tempête était terminée, pas un souffle de vent, plus de neige. Et alors j'ai entendu ce qui m'avait réveillé. Un coup frappé à la porte. Ma montre indiquait deux heures et demie. J'ai attendu que mon père fasse un mouvement, mais il n'a pas bronché. On continuait à frapper.

Tout de même, j'avais presque treize ans. Pourquoi ne pas aller voir à la porte ? Le plancher était froid. J'ai ouvert la porte. Il n'y avait personne, pas l'ombre d'une présence. J'avais affreusement froid. J'ai fermé la porte et je suis retourné me coucher. Je ne sais pas du tout combien de temps. Mais les coups se sont faits de nouveau entendre et m'ont réveillé. J'ai ouvert la porte. Pas la moindre trace de pas dans la neige. Mes parents dormaient encore, et je décrétais que j'avais rêvé. Je retournai me blottir sous mes couvertures. Mais je ne parvenais pas à me rendormir, et les coups recommencèrent. Mes parents ne bougeaient pas. J'allai voir à la fenêtre, l'ouvris, relevai le battant, passai la tête. Les coups continuaient, mais il n'y avait personne. Absolument personne.

– Une branche d'arbre cognant sur le toit, proposa quelqu'un.

– Il n'y avait pas de vent. Et pas de branche d'arbre. Le lendemain matin, je racontai tout à mes parents. Au petit déjeuner, ma mère questionna la femme. Elle pâlit et changea de sujet. Quand mon père paya la note, il interrogea le mari. Papa était avocat, il savait poser les questions. L'histoire était la suivante. Quelques hivers auparavant, au cours d'une tempête de neige, la voiture d'une femme était tombée en panne sur la route. Elle en était sortie et avait avancé à l'aveuglette à travers le bois, jusqu'à cette cabane, et avait frappé, frappé... On pouvait le dire parce que ses doigts étaient ensanglantés quand ils l'avaient retrouvée... mais la cabane était vide et elle était morte de froid devant cette porte. Ils ne veulent plus la louer...

Cutler voit son père et la jeune femme blonde dans la voiture dont la capote ne peut les protéger du froid. Assis là, dans leurs tenues de ski, coincés dans un fossé par la neige et l'obscurité, mourant de froid dans les bras l'un de l'autre. Il avait imaginé tout cela, scène par scène ; pourtant il n'avait jamais lu un mot sur ce qui s'était réellement passé. Mais pour lui, le film de ses scènes imaginaires est vrai. Il ne peut rien imaginer d'autre puisqu'il ne s'était jamais soucié de l'homme, et encore moins de la femme ! Comme il avait eu envie d'encaisser le chèque et de partir ! Loin de sa mère. Dont il ne se souciait pas davantage. Mais il n'était pas assez roué pour ça. Et quand bien même, s'était-il dit, elle aurait été plus rouée que lui. Elle l'aurait rattrapé et le lui aurait fait payer cher. Il avait remis le chèque dans l'enveloppe et laissé où son père l'avait posé, sur la table basse.

A la nuit tombée sur le bateau, une jeune femme raconte :

— Oh ! on aurait dit une maison hantée, absolument. Une grande vieille bâtisse sur laquelle il ne restait presque plus de crépi, grandes cours envahies par les mauvaises herbes ; des buissons et des arbres, un vrai maquis. Vérandas avec des marches effondrées, des fenêtres cassées. Nous étions partis de L.A. et n'étions arrivés là qu'au coucher du soleil, on s'attendait à voir des chauves-souris s'envoler des tours. Non ! Vraiment, il y avait des tours. Une grille en fer rouillée, une porte grinçante. Exactement comme Annette nous l'avait prédit.

— Ainsi, vous deviez être une spécialiste, dit Baron.

— Oui, dans la recherche parapsychologique en première année au Collège. Avions-nous peur ? eux peut-être pas, moi si. Mais personne n'a manifesté son appréhension.

— Vous avez vraiment fait ça, s'étonna une jeune voix.

— Absolument. Nous avons pris nos sacs de couchage, des lampes électriques. Un thermos de café, des sandwichs et des biscuits, je ne mens pas, des brownies. (Elle éclate de rire et tousse.) Nous nous sommes installés pour la nuit, par terre dans la salle de séjour. Vous voyez ? c'était pour rire, je veux dire ces histoires de fantômes... et nous ne pensions pas vraiment que quelque chose pouvait nous arriver.

— Une sombre nuit de tempête ? dit une voix. Des nuages filant comme le vent devant la lune ? Un chien hurlant ?

— Simplement la nuit mélancolique d'une petite ville. (Une allumette craque. La petite flamme éclaire un instant le visage de la conteuse. Cutler l'avait déjà remarquée, cheveux roux frisés, le corps sculpté d'une nageuse olympique. L'allumette s'éteint. L'odeur du tabac est douce dans l'air de la nuit.) Seulement voilà, nous étions à l'extrême limite de la ville. Nous avons tiré au sort qui monterait la garde en premier et soufflé les chandelles. Annette nous a réveillés. Quelque chose courait à l'étage, claquait les portes. Nous avons pris les lampes électriques et nous sommes montés. (Le fou rire recommence.) Accrochés les uns aux autres. Annette ne cessait de répéter : « Qui est là ? » Sa voix tremblait. J'avais perdu la mienne en ce qui me concerne. En haut de l'escalier, nous avons regardé partout avec nos lampes, mais il n'y avait rien à voir, à part la poussière du plâtre effrité et des toiles d'araignées.

— Des vagabonds sans doute, dit Quinn. Il y

avait des bouteilles de vin ?

– Non, dit la jeune femme. Rien de ce genre. Et vous voulez savoir pourquoi ? (Elle marque un temps avant de reprendre, assez long pour pouvoir tirer sur sa cigarette. L'incandescence se fait dans l'obscurité.) Nous ne les avons pas vus ce soir-là, mais nous sommes remontés dans la matinée. Tout était sens dessus dessous sur le palier, et dans les chambres nous avons trouvé des traces.

– C'est ce qu'on vient de vous dire, dit Baron. Des clochards, des vagabonds.

– Pas des traces humaines. (La jeune femme se lève et, pâle silhouette dans l'obscurité, se dirige vers la passerelle où se trouve Cutler et s'y appuie, près de lui.) C'étaient les traces d'un énorme oiseau.

– Qu'est-ce qu'une autruche serait venue faire à Mill Creek ? s'étonne Cutler.

– Le fantôme d'une autruche, dit quelqu'un

– Ce n'était pas un fantôme, dit Quinn. C'était un démon. Regardez les peintures de Hieronymus Bosch. Les démons ont des pieds comme ça... d'énormes pattes d'oiseaux, pleines d'écailles avec de longues griffes.

– Mon producteur ! s'exclame l'acteur noir dans l'obscurité.

Tandis que tout le monde rit aux éclats, Cutler descend. La cabine de poupe sinistre, déserte sous son faible éclairage. Il presse le pas. Il n'y a aucune précipitation à manifester dans la mise en route du système d'évacuation. Une longue poignée de fer est placée contre le réservoir des toilettes. Pour actionner la chasse d'eau, il faut pomper... pomper et pomper encore, avec cette poignée. Si Baron a les moyens de s'offrir un bateau, ne pourrait-il se permettre d'aménager un étroit couloir de planches vernissées ? Il entend des murmures et des rires étouffés à travers la porte fermée d'une cabine. Il n'est pas le seul à ne pas s'intéresser aux histoires de fantômes. Il grimpe sur le pont.

Maintenant, c'est Baron qui a pris la parole :

— J'étais sûr que c'était Irv. Mais c'était impossible. Il était mort. Mais il était là. La rue était étroite, ici tout le monde prenait son temps, les voitures, les bicyclettes, les ânes. Le car se traînait. Je criais par la fenêtre : Irv ! Irv. Liebowitz ! L'allée centrale du car était encombrée de bagages. Je ne pouvais pas rejoindre le chauffeur. Je lui criais de s'arrêter, mais pas en espagnol, je n'arrivais pas à me souvenir des mots espagnols pour ça. Il ne s'est donc pas arrêté. Quand j'ai regardé derrière moi, Irv. n'était plus là. Et je me suis dit qu'il n'y avait jamais été.

« Il faisait terriblement chaud, et entre-temps, j'étais retourné à ma pension et je l'avais oublié. J'avais envie de boire frais et de prendre une douche. Mais après le dîner, alors que j'essayais de m'endormir... dormir, c'était pour ça que j'étais venu, deux semaines de repos complet, pas de téléphone, pas de machine à écrire... Je repensais à Irv. assis à cette table de cantina. Je me suis habillé et suis reparti à sa recherche. Je ne me souvenais pas du nom du bar. Je ne me sentais pas en terre connue. A part les petits garçons bruns et maigres qui se pendaient à mes basques... Hé ! Monsieur, vous voulez ma sœur ? Ça au moins, ça n'avait pas changé.

— Raciste de merde, dit l'acteur noir.

— Excusez-moi pour ce détail, dit Baron... Après m'être trompé une douzaine de fois, je trouvais *La Colombe blanche*. Sept petites tables, une piste de danse carrée de six pieds, une télévision noir et blanc sur une étagère en hauteur au-dessus du comptoir, un orchestre sur une estrade dans un coin, une guitare, un accordéon, une trompette, un serveur avec une barbe de deux jours et une chemise blanche impeccable, col boutonné, pas de cravate. Il était occupé. Il fallait que je pose mes questions durant les pauses. Le nom ne lui disait rien. La description, vieille veste de tweed, avec pièces de cuir aux coudes, casquette de base-ball publicitaire, cheveux gris, longs sur le col ? Un gringo. Un gars de Brooklyn, âgé de soixante ans peut-il être un gringo ? Peu importe. Le serveur ne cessait de hocher la tête. « Lo siento mucho, Senor. » Il était désolé !

— Irv. possédait plus d'une veste de ce genre, dit Quinn, et dont il ne voulait pas se séparer. Ça rendait folle la petite sorcière, et il détestait les coiffeurs. Et il adorait la publicité étalée sur les casquettes !

— Le lendemain, je suis retourné à *La Colombe blanche*... L'après-midi, le soir, de bonne heure, sur le tard. Il n'était jamais là. Comment aurait-il pu y être ? Je ne l'avais vu qu'en imagination, pourquoi pas ? On vieillit et notre univers commence à se dépeupler. Des gens meurent autour de vous. C'est naturel, mais qui peut dire que ça nous soit agréable ? Je voulais qu'Irv. soit vivant, c'était ça. Pourquoi est-ce que j'étais là ? Epuisement nerveux. Je commençais à me demander ce que signifiait réellement l'épuisement nerveux. Est-ce que je perdais la tête ? Je ne pouvais pas supporter ça. J'ai cessé de me rendre à *La Colombe blanche*. Il fallait que j'oublie Irv. Liebowitz.

« Et j'y ai presque réussi. Alors, par une nuit chaude où je n'arrivais pas à dormir, j'étais à ma fenêtre, et je le vis dans la rue. Il était debout sous un lampadaire qui n'éclairait pas beaucoup à cause des arbres. Mais son visage était levé. Il me regardait, et c'était Irv. j'en étais sûr. J'ai enfilé mon pantalon, j'ai descendu les marches quatre à quatre, j'ai traversé le patio et je me suis retrouvé dans la rue. J'empruntais une ruelle qui conduisait à la rue où je l'avais vu… si c'était lui. Personne, rien, le silence, le vide. Il était trois heures du matin. Quelquefois on croit que dans les rues la vie ne s'arrête jamais… mais… les rires, les disputes, la musique, ça s'arrête. Et à ce moment-là, le silence devient inquiétant. Je suis retourné dans ma chambre, en ne cessant de jeter des coups d'œil par-dessus mon épaule.

– C'est tout ? demanda quelqu'un.

– Je suis trop merveilleux conteur pour me contenter de cette fin, dit Baron. Je l'ai revu une dernière fois. Je veux dire… j'ai cru le voir. Dans la matinée du jour où je devais prendre l'avion pour rentrer chez moi à Tinsil Town. J'avais des choses à acheter pour des amis. Et je l'ai vu au *Mercado*. En train d'acheter des pieds de porc. Mon cœur s'est mis à cogner. Mais cette fois, je n'ai pas crié. Je m'imaginais que je lui avais fait peur en criant son nom depuis le car. Il s'était peut-être caché. Cette fois, je me suis approché calmement, me suis placé à ses côtés devant l'étalage du boucher, et j'ai posé une main sur son bras. « Irv., lui ai-je fait, que faites-vous ici ? comment allez-vous ? »

« Alors, il s'est retourné et m'a regardé. Ce n'était pas Irv. Evidemment. Des pieds de porc ? Parler d'épuisement nerveux ! Il portait la casquette de base-ball et la vieille veste de tweed avec des pièces de cuir aux coudes. Il était petit et maigre comme Irv. Il avait l'âge de Irv. Mais il était mexicain. Il m'a fait un petit sourire en me disant qu'il ne parlait pas « ingles ». Je me suis excusé en « espagnol »… Et… (Baron se lève avec un rire penaud.) C'est pas terrible comme histoire de fantôme, mais elle a eu au moins le mérite de nous ramener à la maison.

Les jeunes hommes d'équipage commencent à s'activer silencieusement sur le pont, chaussés de leurs chaussons à semelle de feutre. Le bateau glisse sur l'eau comme sur une glace noire. Les lumières du port se reflètent en jaune sur l'eau. Les invités s'agitent, s'étirent, bâillent, soupirent, leurs pas se mettent à marteler, à résonner dans l'escalier qui conduit aux cabines. Baron s'approche et s'appuie contre la rampe à côté de Cutler.

– Vous voyez ? dit-il. Nul besoin du canot de sauvetage.

Cutler se redresse, se retourne, cherche.

– Avez-vous vu Chick ?

– Me voilà. (Pelletier sort de l'ombre en souriant, Véronique pendue à son bras.) Merci, Mr Baron, dit-il.

– Tony, rectifie Baron, je suis content que ça vous ait plu.

13

Un camion jaune est garé sur le bas-côté de la route en surplomb de la maison. Les camions se surchargent, se compliquent d'aménagements, d'enjolivements. Il n'est pas rare de les voir là, mais il aurait préféré que ce camion ne soit pas à l'endroit précis où il se gare habituellement. Il s'arrête, l'avant de la Celica presque contre le pare-choc du camion, il coupe le moteur et sort, l'air soucieux. Les portes arrière du camion sont ouvertes. Et par terre, derrière le camion, sont empilés des cartons, des tas de classeurs, des liasses de papier. Des feuilles s'envolent en direction de l'autoroute. Un homme saute lourdement de l'arrière du camion, se retourne et tire une autre pile de cartons.

— Hé ! fait Cutler, que se passe-t-il ?

L'homme est trapu, entre deux âges, habillé de façon anonyme. Il biaise son regard sous d'épais sourcils bruns.

— Vous êtes Darryl Cutler. Vous habitez en-dessous, non ?

— Je n'ai jamais commandé ça.

Cutler examine le déballage. Il lui trouve quelque chose de familier. Un coup de vent enroule une feuille autour de ses chevilles. Il se penche dessus. Il déchiffre l'en-tête « Stewart Moody, Bureau de dactylographie ». Il regarde l'homme brun en clignant des yeux.

— Vous êtes Ernie Fargo. Qu'est-ce que ça veut dire, sortez-moi tout ça d'ici.

Ernie hausse les épaules, grogne, pose une autre pile de classeurs. De la poussière s'envole.

— Ma sœur me l'a demandé — des papiers d'affaires. Importants. Ils vous appartiennent. Les Japonais qui ont acheté la maison... n'allaient pas en prendre soin. Simplement tout laissé dans le magasin, à l'entrée, le garage. Laissant aux démolisseurs le soin de tout casser. (Il regrimpe dans le camion.) Elle dit que vous devez garder les archives de l'affaire pendant cinq ans, sept, quelque chose comme ça.

Il pousse les cartons à coups de pied sur le plateau de chargement, puis à nouveau il saute sur le bas-côté.

— Elle était certaine que vous refuseriez de prendre vos responsabilités.

— Elle était certaine que je détesterais ça, sûrement oui.

Cutler donne un coup de pied dans un carton.

— Et elle déteste se retrouver sans travail après tant d'années, réplique Ernie Fargo.

Il s'arrête, un paquet de manuscrits liés ensemble sous le bras et regarde Cutler dans les yeux.

– Elle était très avertie pour certaines choses, mais affreusement stupide pour d'autres. Je l'avais prévenue que ça arriverait. Quand un beau gosse fait son apparition et que... (Ernie pose le paquet par terre en grognant)... ça se passe exactement comme ça. Le vieux Moody a cassé sa pipe, j'ai tout de suite compris. Elle me disait : « Darryl a besoin de moi pour faire marcher l'affaire. » « Il n'y aura pas d'affaire, petite sœur, je lui ai dit. Il va vendre. Tout ce qu'il aimait chez Moody c'était son argent. Et il y a plus d'argent dans le terrain sous la maison que dans ce que l'affaire rapporterait après une vie de labeur ! »

– Le vieux Moody avait fait son temps, dit Cutler. Il était condamné et il est mort. C'est comme ça avec l'emphysème.

Ernie Fargo rit et claque les portières du camion.

– Si quelqu'un pousse un peu à la roue, oui.

Il met en place les barres qui maintiennent fermées les portes et se dirige vers la cabine.

– Une minute, dit Cutler. Vous n'allez pas partir et me laisser tout ça ici. Ecoutez, ça va se répandre sur l'autoroute. Ramassez-moi ça, Ernie. Remportez-le avec vous.

– Ça ne me concerne plus, dit Ernie, l'air indifférent. (De ses doigts velus, il défait l'emprise de Cutler sur son bras.) C'est votre affaire, pas la mienne, n'importe qui le comprendrait.

– De quel permis vous êtes-vous servi pour conduire le camion ? Le tribunal vous a privé du vôtre, si ma mémoire est bonne.

Cutler se dirige vers l'escalier de bois blanc qui zigzague sur la pente de colline jusqu'à la porte de sa cuisine.

– Je vais téléphoner au shérif, Ernie.

Cutler s'engage dans l'escalier. Et il découvre

Véronique Quinn en sandales, jean et blouson, marchant sans aisance sur le sable en direction de Cormoran Cove. Que transporte-t-elle ? Cutler croit sentir l'escalier trembler et regarde en bas, où les cheveux de Pelletier brillent au soleil. Il monte l'escalier, lève la tête, il porte des lunettes noires.

— Que se passe-t-il ? il m'a semblé entendre ta voix.

Derrière Cutler, la portière du camion de location claque. Il se retourne pour remonter l'escalier.

— Non, Ernie. Attendez.

Mais le moteur du camion se met en marche.

— Bon Dieu ! attendez, hurle Cutler.

Il court derrière le camion, mais l'accès à l'autoroute est dégagé et Ernie s'y engage dans le rugissement du moteur, les grincements du changement de vitesse, chargeant l'air de gaz d'échappement bleus. Cutler tousse. Derrière lui, Pelletier surgit au haut de la colline.

— Qu'est-ce que c'est que ce déballage ?

Il s'avance, en fait le tour, fronçant les sourcils, hochant la tête à droite, à gauche. Il lève les yeux et fixe Cutler à travers ses lunettes noires.

— Ça vient de chez Moody. Pourquoi ?

— Il n'y a plus de chez Moody. Que faisait Véronique ici ?

— Elle m'apprenait le tric-trac. Elle se sent seule. Quinn lui manque. Et tout ce qu'un acteur apprend...

— C'est que l'argent se trouve à la banque... achève tristement Cutler.

Pelletier remonte les lunettes de soleil sur son front et fronce les sourcils.

— Qu'est-ce que tu veux dire par « il n'y a plus de chez Moody » ?

— Pourquoi est-elle partie quand je suis arrivé ? demande Cutler.

— Elle se sent fautive. Elle m'a entraîné sur une

couchette à bord du bateau de Tony Baron, l'autre soir, quand vous racontiez des histoires de fantômes sur le pont. Et maintenant, elle brûle pour moi.

Cutler ramasse un classeur.

— As-tu couché aussi avec Saluto ?

Le classeur tombe, le système de fermeture s'est relâché. Tenant le tout dans ses bras, il descend l'escalier.

— Qu'est-ce que tu comptes faire, dit Pelletier, tu vas garder tout ça ?

— On ne peut pas laisser ça ici. Le camion de la voirie ne passera pas avant plusieurs jours. Ça s'envole déjà dans tous les coins.

— Alors ? (Pelletier remet les lunettes sur son nez.) Qui a fait une grosse bêtise ? ta mère.

— La tienne, dit Cutler. Avec le premier qui lui a adressé la parole.

Pelletier a un rire bref. Il suit Cutler.

— Est-ce moi qui ai vendu l'affaire de Moody ? (Il a l'air un peu angoissé par cette idée, mais pas mécontent.) Qu'est-ce que tu vas faire pour l'argent maintenant ? Tu m'as promis un bateau, tu te rappelles ? Les détails de la brochure sont imprimés dans ma tête.

Sur le palier de l'escalier, Cutler pose le classeur sur la rampe blanche.

— Longueur quarante et un pieds neuf pouces, douze pieds dix de large, voilure trois cent trente-sept mètres carrés, moteur diesel de cinquante chevaux, intérieur en teck, finition main. Fabriqué à Taïwan. (Il maintient le classeur contre sa hanche, tend la main, retire les lunettes de Pelletier, le regarde dans les yeux.) N'ai-je pas toujours tenu mes promesses ?

— Tu as bien fait qu'il en soit ainsi. (Pelletier l'embrasse légèrement, reprend ses lunettes.) Phil vieillit. Véronique ne cesse de parler de divorcer pour m'épouser. (Il remet ses lunettes, prend le classeur et descend l'escalier avec. Sa voix s'envole avec la brise chaude de soleil.) Je pourrais vivre très largement avec la pension alimentaire qu'elle obtiendra.

En pantalon de coton blanc, large et court, et veste de kimono assortie, sanglée par une large ceinture, Pelletier prend des poses étudiées, rébarbatives, entre les meubles d'osier et de toile du large salon. Il pousse des cris rauques, traque des ennemis imaginaires, fonçant sur les assaillants, tel un héros de bandes dessinées. Cutler est content. Cutler est content de tout. Il aime le vêtement de coton, il aime en dévêtir Pelletier. Ils ont acheté une natte de paille bleue et l'ont étendue sur le sol de la chambre. Pelletier debout, bien d'aplomb, semble menacer le grand rectangle de ciel, d'océan et de plage ensoleillée. Il avance un pied, une épaule, genoux légèrement fléchis, les coudes pressés contre les flancs, il lève les mains, dresse deux doigts, recourbe deux doigts, lève les pouces. Et Cutler attaque. Pelletier pousse un glapissement, tiré d'un film de karaté. Il se saisit du bras de Cutler, fait voltiger Cutler en l'air. Cutler retombe sur le dos, gronde, le souffle coupé. Il éclate de rire, attrape la cheville de Pelletier, le fait basculer sur la natte et le défait de son pyjama blanc. La suite ne ressemble pas à un film de karaté. Davantage à une de ces vidéo-cassettes que Pelletier a rapportées à la maison, mais en plus vivant.

– Je cherche Chick Pelletier.

Une frêle silhouette s'avance dans le halo rouge de l'océan, du ciel au crépuscule, et se présente à la porte du bureau de Cutler. Un bureau devenu entrepôt. Les classeurs marron chiné de chez Moody, les vieux cartons de fournitures de bureau, les paquets de manuscrits et d'imprimés, encombrent la pièce. Il y a à peine assez de place pour la table sur laquelle est posée la machine à écrire et pour que Cutler puisse reculer son fauteuil. Il s'installe encore là parfois, quand Pelletier n'occupe pas l'endroit, il fume un tas de cigarettes, et n'arrive pas à écrire. L'effort lui donne la migraine, et la diversion de l'homme frêle est la bienvenue. Cutler se faufile entre le bureau et le fauteuil, serre la main froide de l'homme, l'entraîne sur la terrasse, le guide vers l'escalier. L'homme est âgé et minuscule. Il ne doit pas peser plus de cinquante kilos. Son léger costume d'été couleur pastel est incroyablement net, ses boutons de manchettes sont faits de deux pépites qui semblent trop lourdes pour lui. Dans la salle de séjour obscure, quand Cutler allume une lampe, il regarde la pièce vide avec étonnement. Il dit, légèrement déçu :

— Il n'est pas là ?

— A sa leçon de karaté, répond Cutler. Cinq soirées par semaine. La salle se trouve à Pico. Une de ces adresses avec cinq chiffres.

— Je sais où c'est, dit Hoffy. Il n'y est pas, c'est pourquoi je suis ici.

Cutler se sent défaillir.

— Asseyez-vous. Vous voulez boire ?

— Perrier, dit Hoffy, et il pince le pli impeccable de son pantalon en s'asseyant.

— Avec une tranche de citron ?

Cutler traverse la pièce pour se rendre dans la cuisine.

— Peut-être va-t-il bientôt rentrer ?

Il grimace dans la lumière du réfrigérateur en prenant une des petites bouteilles vertes étiquetées. Il sort des glaçons du congélateur, en met une pleine poignée dans un grand verre, ouvre la bouteille, remplit le verre. Il prend un citron dans une corbeille sur le comptoir du petit déjeuner, en coupe une tranche qu'il place sur le bord du verre. Il ouvre à nouveau le congélateur et laisse tomber d'autres glaçons dans un gros verre trapu qu'il remplit de scotch. Il rapporte les boissons.

— Sinon, je peux prendre un message... Non ?

Il colle le grand verre dans la main du petit homme. Aux doigts, de grosses bagues prétentieuses jettent les feux de tous leurs diamants.

— Quoi qu'il en soit, heureux de vous rencontrer...

Il sourit, repousse les boîtiers des vidéo-cassettes et s'assied sur le canapé.

— Il parle beaucoup de vous. Il vous fait confiance.

— Ce manuscrit.. (Impeccablement posé sur ses impeccables genoux...) Il y a un grand rôle pour lui. Il désire interpréter des rôles dramatiques. Et il s'agit d'un rôle dramatique. Evidemment, il tue sa mère, son père, sa sœur. Le bel enfant intelligent et si charmant, avec des parents beaux, intelligents, charmants et célèbres. Premier de sa classe au lycée, bourse universitaire. Le rêve de toute la petite bourgeoisie, vous me suivez ? Seulement il tue toute sa famille, un soir, pendant le dîner.

— Pour un acteur, il n'y a rien à attendre d'un rôle comme ça, dit Cutler.

Hoffy boit un peu d'eau pétillante, repose le verre, se lève, tend le manuscrit à Cutler.

— Il y a beaucoup d'argent derrière tout ça. Un bon metteur en scène, de bons acteurs. Il devrait le faire.

— Je lui en ferai part, dit Cutler.

— Vous ne savez pas où je peux le trouver ?

Cutler secoue la tête.

— Je suis désolé que vous ayez fait tout ce trajet pour rien. Pourquoi n'avez-vous pas téléphoné ?

— C'était sur mon chemin, je me rends à une soirée à Zuma.

Il jette un coup d'œil à sa montre, sort du doux halo des lampes, et se retrouve dans l'espace des panneaux vitrés sur glissières. Dehors, il fait sombre à présent. Le crépuscule est toujours furtif. Il contemple les lumières le long du rivage au loin. Ces pâles couleurs lui donnent un aspect fantomatique.

– C'est ça l'ennui avec vous autres homosexuels, dit-il. (Il lève une main sans se retourner.) Ne m'interrompez pas. Je sais. J'avais un frère comme ça. Les couples ne peuvent maintenir de relations durables quand l'un ne sait jamais où se trouve l'autre. Il faut tout se dire. J'ai été marié quarante-deux ans. Une totale honnêteté l'un envers l'autre, la sincérité, la confiance. Il n'y a pas d'autre méthode.

– Avec une femme, dit Cutler. Pendant quarante-deux ans.

– C'est pareil.

Hoffy entre dans l'obscurité. Les talons de ses chaussures coûteuses frappent légèrement la terrasse, les marches, tels les sabots d'un daim. Cutler aurait pu lui indiquer la porte de la cuisine pour sortir. Il aurait eu moins à grimper, Cutler ne bouge pas du canapé. Il boit son verre lentement. D'en bas, Hoffy lui crie « Bonne nuit ».

Cutler se met à déchirer le manuscrit.

Les lampadaires brillent le long des rues en espalier incurvées de Cormoran Cove. Les fenêtres des maisons basses brillent. En conduisant lentement, il peut voir le côté cour. Le reflet bleu des piscines. La fumée des barbecues donne à l'air un piquant particulier. Des gens circulent entre les plantes tropicales, porteurs de boissons, de plats. Tous sourient.

Des jeunes se baignent dans une piscine. Des têtes lisses s'agitent, des mains battent l'eau. Un ballon décrit une courbe et tombe avec un flac sonore, des gouttes d'eau étincellent comme des perles de verre.

Tout est calme et sombre chez Phil Quinn. Pourtant Pelletier est là. La Porsche veille aux côtés de la petite Alfa rouge et de la lourde B.M.W., non loin de la boîte à lettres. Cutler, au volant de la Celica, les dépasse et s'arrête à l'ombre d'un gros laurier rose. Il sort et referme doucement la portière. Ses chaussures de toile lui permettent de descendre l'escalier de la terrasse tout aussi silencieusement. Une faible ampoule brûle dans une lanterne chinoise de pierre brute sur des planches à l'entrée d'une porte-fenêtre. Comme lors de sa première visite ici, il regarde par le carreau de la pièce en enfilade jusqu'à l'autre extrémité et aperçoit faiblement l'océan nocturne et les rochers noirs et tranchants émergeant des vagues. Personne ne bouge dans la pièce, ni sur la terrasse en bas.

Comment la maison est-elle distribuée exactement ? il n'en sait rien. Il ne l'a jamais entièrement visitée, sans doute sur deux niveaux comme la sienne. Il suit un étroit balcon latéral. Il ne voit aucun escalier. Il se retrouve sur la terrasse où il s'était entretenu d'écriture avec Quinn, et où il s'était souvenu de la nuit ; celle du garçon à bicyclette, où il avait bu ce grand Martini quand Véronique l'avait toisé avec mépris et abandonné ses mots croisés. Ici non plus, pas d'escalier. Il doit donc être à l'intérieur. Puisqu'il y a des chambres en bas. Il voit de la lumière se refléter sur les vitres des fenêtres.

Il s'agenouille et regarde entre les planches pour être sûr. Il retient son souffle et tend l'oreille. Il n'entend que le soupir des vagues et les rires d'une soirée plus haut dans la rue. Il se penche sur la rampe de la terrasse et scrute l'obscurité. Il n'arrive pas à mesurer la hauteur de la descente. Et s'il gagne le bas sans s'être brisé la nuque, que fera-t-il ?... Donner un coup de poing dans la fenêtre et hurler ? A quoi cela l'avancera-t-il ? Pelletier se moquera de lui, c'est tout. Il se redresse, s'écorche les tibias contre une chaise longue en bois de sequoia, pousse un juron. Pourquoi est-il venu ici ? Il boitille le long du balcon, se retrouve dans la rue, reprend sa voiture.

14

Il tremble tellement qu'il peut à peine descendre l'escalier qui conduit de la route à sa maison obscure. Il se cramponne à la rampe. La clef racle en ratant le trou de la serrure de la porte de la cuisine avant qu'il puisse l'y faire entrer et ouvrir. Il manœuvre l'interrupteur et grimace dans la lumière. Il ouvre toutes grandes les portes d'un placard et se saisit d'un verre, le verre lui échappe des mains, heurte la statuette en bronze du surfer sur le comptoir du petit déjeuner. Le goulot épais de la grosse bouteille verte de J and B cogne sur le bord du verre qu'il essaye de ne pas lâcher. La moitié des glaçons sortis se sont égarés sur le comptoir. Le verre cliquette contre ses dents lorsqu'il essaye de boire. Le whisky coule sur ses mains, sur son menton.

La première gorgée lui coupe les jambes et il s'assied sur le sol qui brille sous le dur éclairage. Il est adossé à la porte d'un placard. Il transpire. Va-t-il dormir ? Il essaye de boire un peu plus de whisky. Il avale de travers, tousse, suffoque. Il entend sa voix résonner dans la maison vide. « Garce, garce, garce. » Les larmes coulent, son nez coule. Il les essuie d'un revers de main. Quand il finit son whisky, il ne tremble plus et cesse de pleurer. Il se redresse, remplit de nouveau son verre, l'emporte sur la terrasse.

Le vent de la mer se glisse sous ses vêtements moites de sueur et le fait frissonner. Il pose le verre sur le bord de la balustrade et tâte sa poche de chemise à la recherche d'une cigarette. Le paquet est humide, mou, les cigarettes aplaties ; néanmoins il en allume une, couvrant la flamme d'un briquet de plastique bon marché (pas de platine pour Darryl), afin de l'abriter du vent. Le vent emporte la fumée. Il fait glisser le briquet dans une poche et reprend son verre. Il boit avec obstination, scrutant l'obscurité d'un air menaçant. Il veut faire du mal à Pelletier. Mais s'il s'y essaye, Pelletier le quittera.

« Et bon débarras ! » dit sa mère en lui-même. Cutler ne l'écoute pas. Et Véronique ? Comme toutes les jolies petites choses faciles, elle est fragile. Il pourrait la désarticuler comme un poulet. Ses mains s'ouvrent et se ferment. Comme ça lui ferait du bien. Mais à quoi ça l'avancerait ? Est-ce que Pelletier y attache la moindre importance, ou bien mêle-t-il sa nudité à la sienne pour torturer Cutler ? La bouche de Cutler se crispe. Il grogne comme un dogue. Sans doute. Sans doute Pelletier regarderait-il les ailes, les pattes, les cuisses disloquées en haussant les épaules avant de s'éloigner. Cutler termine tristement son whisky. Puis il se souvient de Quinn. Quinn est fou de Véronique. Et un de ces jours, Quinn reviendra de Turquie.

Cutler éclate de rire et jette son verre dans la nuit. Il tend ses deux poings aux étoiles. Voilà la réponse. Aucun besoin de faire quoi que ce soit à

Pelletier. Il racontera à Quinn ce qui s'est passé durant son absence et Quinn fera passer un mauvais quart d'heure à Pelletier. Tandis que Cutler observera...Cutler s'arrangera pour ne pas rater ça. En riant, il se douche et se couche. Il veut dormir quand Pelletier rentrera. A son retour de chez Véronique, mais en calculant son temps afin que Cutler puisse croire qu'il revient de son cours de karaté. Mais il est tôt pour s'endormir. Quand il ferme les yeux, il voit Pelletier nu avec Véronique nue, tous deux dorés, souples, enlacés, acharnés. Il entend leurs soupirs, leurs gémissements, voit leur tension, leurs frémissements, il entend le cri de Pelletier, la plainte de Véronique. Il les voit s'effondrer pantelants, luisants de sueur, s'écartant l'un de l'autre sur les draps froissés, souriants, épuisés.

Brusquement, il se lève dans l'obscurité, cherche la robe de chambre, retourne à la cuisine prendre un autre verre. Il se laisse tomber sur le canapé, ouvre la télévision, regarde sans les voir le défilé des images colorées. Il se monte la tête. Il ne dira jamais rien à Quinn. Il n'a pas assez de courage. De toute façon, Quinn n'est pas un personnage d'opérette. Quinn ne se servira jamais de ses poings contre Pelletier. Quinn prendra un avocat. Et même si ça se passait comme Cutler l'imagine, une correction ne résoudrait rien. En couchant avec Véronique, Pelletier signifie à Cutler qu'il désire obtenir quelque chose de lui. Et quand Pelletier veut quelque chose, il n'accepte pas de produit de substitution.

Ce n'est pas le bateau. Pelletier sait que le bateau lui est acquis. Non... Pelletier veut être une star.. Voilà ! Il veut être dans *People Magazine*. Et maintenant, ce soir, voilà Hoffy qui arrive avec son manuscrit pourri. Cutler s'imaginait toujours qu'il avait du temps devant lui. Maintenant, c'est fini. Dans quelques jours, Hoffy téléphonera à

Pelletier au sujet du manuscrit. Cutler doit avoir quelque chose à lui offrir à la place de ce manuscrit. C'est-à-dire un autre manuscrit, son propre manuscrit. Il grogne, hoche la tête, éteint la télévision. Rien n'a réussi à lui faire écrire un manuscrit. La contrainte de la jalousie y réussira. Il avale le fond de whisky dans son verre qu'il repose bruyamment sous la lampe, se lève et descend.

Les planches de l'escalier et de la terrasse sont couvertes de sable. Il enlève le sable de ses pieds nus, marche sur le tapis, et allume la lampe de bureau et l'ordinateur, il s'assied. Ses mains errent sur la surface blanche et fraîche du bureau à la recherche de cigarettes. Le paquet est vide. Il traverse le palier dans le noir et entre dans la chambre pour prendre un autre paquet. La robe de chambre n'est pas pratique pour travailler. Il enfile un col roulé et un jean. La fumée s'enroule en spirale autour de sa tête. Il tape en lettres majuscules sur les paisibles touches : PERDANTS, BATTUS. Il renifle ironiquement : « Avant-poste », « Sentinelles, Sentinelles perdues ». Quoi ? il lui faut un titre.

L'histoire est claire dans sa tête. Elle l'est depuis des semaines. Début, milieu, fin. Une jeune femme, une artiste célèbre, est follement amoureuse d'un surfer qui n'aime que le surf. Survient un jeune homme qui s'intéresse très fort à la fille, mais elle n'aime que le surfer qu'elle ne peut pas avoir. A.B.C. Rien à faire. Ses doigts tourmentent de nouveau les touches. « Surf, mon amour ? » C'est pas mal. Au diable ! Il trouvera le titre n'importe quand, ce qu'il faut, à présent, c'est écrire... écrire... écrire... écrire. Il décrit une longue plage solitaire, dans le petit matin, le brouillard, l'herbe de la dune, une fille marche seule sur la plage, bloc de croquis sous le bras. Parfois, la vague vient lécher ses pieds nus. Il l'assied sur la dune. Elle observe les mouettes qui tournoient dans l'air gris et froid, les bécasses sur leurs pattes fragiles qui courent sur le sable humide. Le soleil se lève au-delà des collines, derrière elle. Elle commence à dessiner. Et... Et... ?

Il recommence. Un jeune homme est endormi dans la chambre d'un motel. Nous voyons la pièce, le conditionneur d'air démoli, le coin cuisine avec ses boîtes de conserves vides, les barquettes de pizza, la vaisselle sale dans l'évier. Le garçon dort nu sur un lit défait. Des planches de surf appuyées contre le mur de la chambre, une voile de couleur éclatante pour planche à voile. La photo d'un surfer chevauchant une immense vague, découpée dans un magazine, orne le mur. Un radio-réveil sonne, le garçon se réveille péniblement, il l'arrête et se retourne dans son lit pour dormir encore un peu, puis d'un seul coup il se lève. Le motel de la plage vu de l'extérieur, l'on voit s'ouvrir la porte de sa chambre. Il sort, portant sa planche. Il se dirige vers la mer. Et... Et... ?

Cutler fronce les sourcils, allume sa dixième cigarette. Il appuie sur une touche de l'ordinateur. L'imprimante placée à côté grince, grince. Le papier sort avec des mots qu'il a vus se dessiner en verdâtre sur l'écran. L'imprimante s'arrête. Cutler arrache la feuille. Le résultat lui paraît incroyablement court. Cinq pages. Un manuscrit doit compter de cent vingt à cent cinquante feuillets. Ça va durer éternellement. Et il n'a pas l'éternité devant lui. Il se passe la main dans les cheveux. Elle se couvre de sueur.

Paniqué. Il repousse le fauteuil à roulettes, qui heurte une pile des fournitures de Moody, et un carton lui tombe sur l'épaule, le coin en est tranchant. Il vacille sous son poids et son front donne contre l'ordinateur. Il se redresse pour se libérer du fauteuil, et sa cuisse accroche le rebord du bureau. Furieux, il attrape le carton, le jette à travers la pièce. Le carton atterrit sur le seuil de la porte, éclate, et tout son contenu se répand sur la terrasse : classeurs, feuillets, enveloppes. Immédiatement, le vent les emporte.

Il ne sait pas s'il doit rire ou pleurer, il s'en tire par un grognement et, clopin-clopant, il sort pour courir après les papiers et les rassembler. Quand il en a une pleine brassée, d'un coup de pied il redresse le carton et y entasse ce qu'il vient de récolter. La remise en ordre attendra. Il ramasse encore quelques papiers. Finalement tout est dans le carton. Ce qui s'est envolé sur la plage reviendra ; il referme le carton, va chercher du papier collant dans une armoire. Alors qu'il s'apprête à rabattre le dessus, un nom attire son regard.

Le nom est inscrit à la main avec un stylo feutre en haut, dans le coin gauche d'une enveloppe kraft défraîchie. Les timbres sont collés en désordre dans le haut du coin droit... des timbres à un dollar. Cutler s'empare de l'enveloppe. Elle est épaisse et lourde, recommandée, et a été tamponnée un peu partout. Elle est adressée à Stewart Moody, Service de dactylographie, à l'aide du même feutre qui devait être bien fatigué. Le cachet de la poste est brouillé, mais le nom de la ville se révèle être Perez. Il date de deux ans. Il lit l'adresse où la renvoyer sous le nom de l'expéditeur : Motel Pavot d'Or, 9 Perez C.A. Le nom de l'expéditeur est Irv. Liebowitz. Etait. Cutler retourne l'enveloppe, elle est collée. Il s'assied par terre et l'ouvre.

Une lettre très mal écrite sur le dessus d'une épaisse liasse de feuillets. Il jette à peine un coup d'œil sur la lettre. Ce qui l'intéresse, ce sont les feuillets en-dessous. Il les parcourt. Ce sont les pages d'un manuscrit — elles aussi sont très mal écrites, avec de nombreuses corrections au crayon à bille. *Une vie en or*, par Irv. Liebowitz. Dévoré de curiosité, Cutler commence à lire. En son temps Irv. Liebowitz s'était vu descerner l'Oscar. Puis il s'était mis à boire... avant de partir dans le désert et y mourir au fond d'un ravin, dévoré par les busards. Perez se trouve dans le désert. Il s'était terré là pour échapper aux avocats de son ex-femme. C'était un homme fini. Quel genre de manuscrit avait-il pu écrire ?

Il est bon. Cutler lit avec un intérêt et une excitation croissants. Il en a des crampes, il change de position, s'allonge à plat ventre par terre comme un enfant, lit et tourne les pages de plus en plus vite. A la dernière page, il est si ému et agité que les larmes lui montent aux yeux. Il renifle, s'assied, cherche la lettre. Il a le regard voilé, du bout des doigts il s'essuie les yeux et lit la lettre.

Cher Stewart. Je sais que c'est encore plus mal écrit que d'habitude, qu'il y a davantage de ratures. Trop à coup sûr lorsque l'on demande un service. Mais je vous supplie de vous en charger. Vous avez toujours été le plus qualifié pour tirer une copie impeccable de mon fichu travail et de mon écriture illisible, et je vous demande une fois encore de me venir en aide. Je sais que vous le ferez. Vous ne m'avez jamais laissé tomber. Je n'ai pas réussi à trouver de Xerox par ici au milieu des arbres de Joshua, c'est donc mon unique exemplaire. Veillez à ce qu'il ne lui arrive rien. Faites-moi vingt belles copies, faites en enregistrer une au Syndicat et envoyez-moi le reste à l'adresse indiquée sur l'enveloppe. D'accord ? Je suis en état de paranoïa avancée, gardez donc le secret sur mon adresse. Ne vous inquiétez pas pour le chèque de Victorville, la banque est sûre. Si le montant est insuffisant, faites-le moi savoir et j'enverrai le complément. Merci, vieux pote. Irv.

Cutler a le sourire moqueur. Moody aurait été flatté de l'expression « vieux pote ». Cutler secoue l'enveloppe et en fait glisser le chèque. Il le laisse tomber, jaune sur le tapis bleu, et le regarde. Il fronce les sourcils, cligne des yeux, sa langue humecte ses lèvres sèches, son cœur cogne. Il s'était imaginé que l'humidité depuis le temps avait recollé l'enveloppe. Pas du tout. Si Moody l'avait ouverte, le chèque serait parti à la banque avec le reste des recettes de la journée. Moody n'a jamais ouvert l'enveloppe. Pourquoi ? Il n'y a qu'une réponse... avant qu'elle n'arrive, Moody avait appris la mort d'Irv. Liebowitz. Ne sachant que faire du paquet, il avait fini par l'oublier. Cutler se met à rire. Moody lui rend encore service.

La Porsche fait crisser le gravier sur le bas-côté de la route au-dessus de la maison, et Cutler s'arrête en sueur dans le faisceau des phares, harrassé, à proximité des monceaux de rebuts venus de chez Moody. Il vient de les transporter jusqu'ici pour le camion-benne demain matin. Pelletier éteint les phares, sort de la Porsche dans son équipement de karaté. Il n'y a pas de lumière hormis celle des étoiles, mais Cutler le voit.

— Je pensais que tu t'en débarrasserais jamais, dit Pelletier.

— Il faut faire de la place, dit Cutler. Demain je commence le découpage de ton film.

— Ouais ? (Pelletier ferme la voiture.) De quoi ça parle ?

— Un gymnaste olympique qui a le cancer se bat pour gagner. Les Jeux Olympiques ont lieu l'été prochain. Tout le monde en aura le cœur brisé. On t'aimera pour toujours.

Pelletier hoche la tête.

— Tu ne m'en avais jamais parlé.

Il a l'air sceptique.

— Je n'avais pas terminé l'histoire.

Cutler s'avance vers lui, pose ses mains sur ses

épaules, l'embrasse.
– Je voulais être sûr de mon coup.
Pelletier devrait exhaler l'odeur de son club de karaté, de la douche. Il sent le parfum de Véronique. Cutler lui prend la main et le guide vers l'escalier.
– Je ne voulais pas que tu te réjouisses trop tôt pour risquer ensuite une déception.
– Je ne suis pas un gymnaste.
Pelletier descend l'escalier. Ses vêtements le font se détacher tel un spectre dans l'obscurité. L'océan rugit dans le noir. Son souffle est glacé.
– Pourquoi m'as-tu écrit ça ?
– Parce que tu as la taille d'un gymnaste, et que le surf et le karaté ne sont pas représentés aux Jeux Olympiques. (Il sourit.) Vois les choses sous cet angle... Tout ce qu'un acteur apprend, c'est que l'argent se trouve dans une banque.
Pelletier grogne.
– Il va falloir que je me trouve un répétiteur. J'ai combien de temps ? Quand auras-tu fini le découpage ?
– Je n'ai plus qu'à le faire taper, dit Cutler.
– Il faudra qu'ils engagent une doublure pour moi, remarque Pelletier.
– Une gymnaste des pays de l'Est, propose Cutler.

15

La chaleur monte de la terre sablonneuse et il lui semble que les épineux, les arbres de Joshua et la ligne droite du revêtement ondulent devant lui. Il aurait dû partir plus tôt. Mais il ne voulait pas avoir à répondre aux questions de Pelletier.

Le soleil était déjà haut quand le jeune blond était parti pour la plage en minuscule caleçon de bain jaune. En route pour sa séance avec Véronique. Pas une partie de jacquet. Cutler aurait dû partir avant le lever du soleil alors que le gosse dormait encore. Il fait incroyablement chaud.

La Celica n'est pas équipée d'air conditionné... Quand il l'a achetée, il essayait d'économiser de l'argent. Il transpire. Le siège baquet en faux cuir à ses côtés est recouvert de mouchoirs en papier trempés. Mais il a beau s'essuyer le visage et le cou, la sueur est là. Les vitres sont baissées, le toit est ouvert et il conduit vite pour maintenir un courant d'air, mais l'air a tout de la fournaise. A un moment donné, il s'est arrêté pour se défaire de sa chemise. Sa peau alors se collait au dossier et il a dû s'arrêter à nouveau pour remettre sa chemise.

Il attrape la vieille carte sur le tableau de bord et la consulte pour la vingtième fois. Il y a la marque qu'il a faite avant de partir. Elle indique Perez. Ou devrait l'indiquer si celui qui a tracé la carte était à jeun ce jour-là. Pas étonnant qu'Irv. Liebowitz soit mort dans le coin. Comme Cutler, il devait sans doute croire que le désert n'existe que dans les films. Et qu'il suffisait de quitter son siège, de s'avancer sur le bas-côté jusqu'à une aire de stationnement pour boire un grand verre désaltérant plein de glaçons. La bouche, la gorge et les poumons de Cutler sont comme brûlés par le sable. Il repose la carte sur le tableau de bord. Et écarquille les yeux. Comment peut-on vivre là, il n'en sait rien, mais il sait comment on peut y mourir. Les guêpes, les sauterelles, les papillons viennent se suicider contre son pare-brise. A travers cette bouillie, il lui semble apercevoir, au loin sur la route, un alignement de bâtiments frissonnant sous la chaleur. A moins que ce ne soit un mirage.

Perez se trouve où il est censé se trouver.

D'abord une station service rouillée avec une petite maison derrière, le toit de la maison est fait de plaques d'amiante de trois couleurs et de trois formes différentes. Un chien noir dort à côté du distributeur de soda et de cigarettes sur le seuil de la station, où une fille en short court et crasseux et vieux bustier regarde la route. Les bâtiments de Perez eux aussi regardent la route et sont en vis-à-vis. Toutes les fenêtres équipées d'appareils à air conditionné délabrés, légèrement penchés, fatigués par l'implacable poussée du vent sec.

Ces bâtiments sont en majorité des hangars. L'un est un magasin « Levi's » selon l'enseigne. Le restaurant n'a pas besoin de nom... c'est tout simplement « Alimentation ». Voilà les blocs de ciment écaillés du motel du routard. Cutler fronce les sourcils. Ce n'est pas celui-là. Une imitation de façade de taverne lugubre, un peu comme dans un film de John Wayne, le *Lucky Strike*. Le portrait d'un chercheur d'or barbu et de son âne se décolore sur son support de bois. Une marque de bière en lettres néon rouge est suspendue à une fenêtre souillée par les mouches. Cutler a soif, mais les lourdes motos et les buggy couverts d'autocollants lui inspirent méfiance. Quoi qu'il en soit, le motel du *Pavot d'Or* est là.

Une étroite bande d'herbe derrière une palissade de piquets qui s'allonge devant les cabines jaunes, est agrémentée de petits tourniquets de bois. Quand Cutler se gare et sort de la Celica, il entend le volètement du mouvement mécanique qui anime les petites lamelles tournées. Les tourniquets sont en bois découpé à la main. Ils sont peints de couleurs éclatantes. Chacun représente quelque chose : un cheval que la force du vent fait courir, un homme qui manie une pelle, un chien qui saute après un chat dans un arbre. Des modèles de ces jouets de plus grande taille tournoient, s'agitent, sautent sur le toit de la cabane où est inscrit bureau.

A l'intérieur, il fait frais. Le comptoir est recouvert de plastique imitation bois. Des jardinières abritent des pavots de Californie en plastique. Des indications inscrites dans le plastique marron sont lisibles un peu partout, depuis : « Ne fumez pas pour passer une bonne journée », ou « Désolé, pas de chèque pour prendre le temps de respirer les fleurs ». Et bien sûr : « Les chambres doivent être libérées à 11 h du matin. » L'appareil à air conditionné bourdonne. L'air sent un peu la sciure de bois, la peinture. Et le vide.

Cutler agite une clochette sur le comptoir, une voix crie quelque chose et bientôt un gros homme ouvre une porte en plastique faux bois. Avant que cette porte ne se referme, Cutler aperçoit un établi et une scie. L'homme paraît la soixantaine. La sueur perle sur son crâne chauve. Son T-shirt rouge délavé qui moule son gros ventre est humide de sueur. Il exhibe un sourire que gâchent des dents absentes, mais ses yeux brillent. C'est un regard de petit garçon.

— Salut !

Il pousse vers Cutler une fiche d'inscription, présentée du mauvais côté, un crayon à bille est posé avec un clic.

— Je ne vous ai pas entendu arriver.

— Je me suis garé dans la rue. (Cutler écarte carte et crayon.) Je ne vais pas rester.

Le visage de l'homme s'assombrit un peu, mais un instant seulement.

— Bon, moi je n'achète rien, dit-il. Personne ne vole mes serviettes de toilette. Personne ne vole mes cendriers. (L'amertume marque les commissures de ses lèvres.) Vous voulez savoir pourquoi ?

– Parce que personne ne loue vos chambres, dit Cutler. Je ne vends rien. Pouvez-vous m'accorder quelques instants ?

– Entre le rangement, les lits à faire, le nettoyage des salles de bains, j'ai peur que ce soit impossible.

– J'écris un livre sur un homme qui a vécu ici il y a deux ans, Irving Liebowitz.

Les yeux bleus se voilent.

– J'ai identifié le corps. Horrible.

– Ce n'est pas ce qui m'amène. Cutler sort une cigarette.

– Rangez ça.

L'homme désigne un écriteau, non pas celui qui indique « Défense de fumer », mais celui qui affirme « Santé ». Cutler fait disparaître la cigarette.

– C'était un écrivain important.

– Un grand travailleur, reconnaît l'homme. Un grand buveur aussi. Oh ! il était à sa machine à écrire au point d'en user les touches, et il aurait été encore plus vite s'il n'avait pas tant touché à la bouteille. Je ne vous dis rien d'autre que je ne lui ai dit en face. Je lui disais « Ça vous tuera » et c'est ce qui est arrivé. Un litre de whisky par jour. Fichtre ! Un type maigre, petit comme lui. Vous vous rendez compte. Un homme bâti comme moi peut boire comme ça. Mais pas un petit maigre. Des docteurs l'ont dit à la radio.

– Qu'écrivait-il avec tant d'ardeur ? demande Cutler. Quand vous montiez dans sa chambre, vous n'avez jamais jeté un coup d'œil ?

Une expression qui gêne Cutler remplit ces yeux enfantins. La tête chauve fait un signe de dénégation.

– Je ramassais les papiers s'il en avait jeté partout, c'est tout. (Il observe Cutler avec attention.) Vous savez ce que je vous aurais dit, si vous ne m'aviez pas expliqué que vous écriviez un livre ?

J'aurais dit que vous étiez une star de cinéma.

Cutler se met à rire.

— Vous essayez de me vendre un tourniquet ?

— Oh ! (Le gros homme rougit.) Rien de tel. Je disais seulement ce que n'importe qui pourrait dire après avoir jeté un coup d'œil sur vous, qu'on vous prend pour une vedette de cinéma.

— J'écris un livre, dit Cutler, et j'aurais beaucoup aimé savoir ce qu'écrivait Irv. Liebowitz quand il est mort.

— Un scénario.

Les doigts saucissonnés de l'homme tirent un mouchoir en papier d'une boîte. Il éponge son crâne, son visage, son cou épais.

— C'est tout ce qu'il m'a dit. Oh ! non, ce n'est pas vrai. Il m'a dit que c'était le meilleur qu'il ait jamais écrit. Il m'a dit que c'était la souffrance qui nous faisait ça. Ça vous rend meilleur écrivain.

— Mais il ne vous a jamais montré le manuscrit ? demande Cutler.

L'étrange regard fuyant envahit de nouveau les yeux de l'homme.

— On ne se parlait pas beaucoup. Il était assez solitaire. Il passait juste de temps en temps dans la journée.

— Il n'a jamais parlé d'aller à Mexico ? demande Cutler.

— Je ne crois pas. Israël, il avait été là-bas. Juif, vous voyez ? (Il a un signe de dénégation.) Pas Mexico, non.

Les mouchoirs en papier sont trempés, mais il s'en sert néanmoins pour éponger son visage en sueur.

— Dites, que diriez-vous d'une bière ? J'ai envie d'une bière.

Il traverse l'atelier de menuiserie. La porte d'un réfrigérateur s'ouvre avec un clic, se referme avec un floc. Il revient avec des boîtes de bière dorées, embuées. Il en pose une devant Cutler et soulève la rondelle d'ouverture de l'autre ; presque enfouie dans sa grosse main. Il lampe la bière, rote, s'essuie la bouche d'un revers de main.

— Cette chaleur nous déshydrate. C'est dangereux. Les docteurs l'ont dit à la radio.

— Avait-il terminé le manuscrit ?

Cutler ouvre sa bière.

— La nuit de sa disparition, il disait qu'il était terminé et qu'il le posterait le lendemain matin. Je l'ai trouvé posé à côté de sa machine à écrire quand je suis entré pour faire sa chambre. Il n'avait pas dormi dans son lit. Je ne savais pas où il était allé, mais il avait déjà fait ça, vous savez partir ivre. Jamais plus d'un jour ou deux, trois tout au plus.

— Sauf cette fois-ci…

Cutler boit un peu de bière.

— Une semaine est passée, dit le gros homme, et j'ai pensé que je ferais mieux de l'envoyer. Le paquet était tout fait et l'adresse était dessus. J'ai traversé… (d'un geste du menton il désigne la route) jusqu'à l'épicerie. Ils servent de bureau de poste annexe. Et je l'ai expédié.

— Où ?

Cutler boit. La bière est mauvaise.

— Oh ! (Les épaules de taureau se haussent puis s'affaissent.) Je ne sais pas. Je l'ai simplement fait passer par le guichet, et Hélène l'a pesé, je lui ai payé les timbres. Hollywood, je suppose. C'est là qu'ils font les films.

— Vous n'avez pas lu l'adresse ? dit Cutler.

— Ce n'est pas mon affaire, répond l'homme.

— Vous avez attendu une semaine. Quand ont-ils trouvé le corps alors ?

— Peut-être bien plus d'une semaine, admet l'homme avec embarras. Peut-être une dizaine de jours.

— Vous ne l'avez pas envoyé avant sa mort, c'est ça ?

L'homme baisse la tête.

— Eh bien, honnêtement non. J'en ai honte. J'ai toujours été bon à rien. J'ai rendu Wila folle. Dieu la protège. Je l'avais posé sur mon établi. Quand il est mort, j'ai eu des regrets, je l'ai envoyé immédiatement.

Cutler pose sa bière et se dirige vers la porte. Il l'ouvre. La chaleur s'engouffre dans la pièce. Il se retourne.

— La raison pour laquelle vous ne pouvez pas me renseigner sur l'adresse du destinataire, c'est que vous ne savez pas lire. C'est ça ?

L'homme fait la grimace.

— N'allez pas raconter ça à tout le monde.

— Ne vous en faites pas, dit Cutler.

Pelletier fait la roue sur le sable. Il porte un pantalon en coton blanc et rien d'autre. Cutler compte le nombre de roues. Six, sept, huit, Pelletier se laisse tomber sur le sable et reste étendu là, à plat dos, un instant, pantelant. Puis il se met à quatre pattes et recommence l'exercice. Appuyé à la rampe de la terrasse, Cutler se remet à compter. Cinq, six, sept. Pelletier s'arrête. Cette fois, il s'assied, tête contre les genoux repliés. Il est essoufflé. Les mouvements de ses épaules qui se haussent et retombent le disent à Cutler. Cutler l'appelle, descend, puis s'approche de lui. Pelletier ne lève pas les yeux. Cutler est debout devant lui.

— Tu as trouvé un répétiteur, dit-il, tu t'entraînes.

Pelletier lève lentement la tête. Il regarde Cutler dans la lumière de l'après-midi finissant comme s'il le voyait pour la première fois. De la paume de sa main, il essuie la sueur de son front. Il repousse ses cheveux.

— Reste là, dit-il en tendant un doigt.

Cutler cligne des yeux, hausse les épaules et se dirige vers la mer. Et Pelletier lui tombe brutalement sur le dos, le fait tomber en poussant des cris de karaté. Ses mains, ses poignets, ses coudes le bourrent de coups. Il lui envoie un coup de talon dans l'entrejambe et la douleur l'aveugle, lui donne la nausée.

— Arrête !

Cutler suffoque, il rampe sur le sable doux pour s'éloigner.

— Qu'est-ce que tu fais ? tu es devenu fou ?

Pelletier lui saute dessus et le maintient plaqué. Il empoigne Cutler par les cheveux et lui fait redresser la tête.

— Hoffy m'a appelé ce matin. Il a laissé un manuscrit. Il te l'a donné il y a quelques jours. Tu ne m'en as rien dit, fils de pute.

— Lâche-moi, halète Cutler. Je vais t'expliquer.

Pelletier ne lâche pas prise. Il enfouit le visage de Cutler dans le sable et le presse. Cutler étouffe.

— Eh bien explique, dit Pelletier. Ça vaudra mieux pour toi.

Cutler tourne la tête sur le côté.

— Laisse-moi me lever.

Et brusquement Pelletier le relâche. Comme s'il s'en désintéressait, il se retourne, enlève le sable de son pantalon de coton. Endolori, courbatu, crachant du sable, Cutler s'assied.

— J'essayais de protéger ta carrière. C'est un mauvais rôle, Chick. Un gosse qui tue toute sa famille. Tu n'aurais jamais pu obtenir un autre genre de rôle. Tueur pathologique.. à vie. (Cutler essuie le sable sur son visage, se lève.) J'ai un magnifique manuscrit pour toi. Sympathique. Chick, tu veux que le public t'aime et pas qu'il change de trottoir en t'apercevant.

— Des blagues, dit Pelletier d'une voix lasse,

et il s'éloigne vers la maison.

Cutler chancelant le suit.

– Combien de temps t'imagines-tu que je vais croire à ce manuscrit ? C'est de la fumée, Darryl, et tu le sais. Tu m'as tellement soufflé de fumée dans le cul que j'ai besoin d'un ramonage. (Il monte sur la terrasse, entre dans la pièce et regarde autour de lui.) Où est le manuscrit qu'Hoffy a apporté ?

– Je l'ai déchiré, dit Cutler. Si tu ne voulais pas t'exposer à ça, tu n'avais qu'à être là quand Hoffy est venu. (Cutler aurait voulu pouvoir retenir ses paroles, mais il poursuit.) Où étais-tu ce soir-là Chick ?

Son cœur cogne, il perd le souffle. Lentement Pelletier se retourne, le regarde. Cutler est prêt à tout, à l'esquive, à la fuite, à la bagarre. Mais Pelletier n'attaque pas. Il sourit. Un sourire désagréable mais pas vraiment surprenant.

– Tu le sais où j'étais, dit Pelletier. Chez Quinn. On t'a vu errer dans le noir. Tu es pathétique quelquefois Darryl, tu savais ça ? Qu'est-ce que tu pensais faire ? Je suis touché que tu prennes soin de ma carrière comme une mère maquerelle. Mais je ne suis pas un enfant, Darryl, je ne l'ai jamais été. Et ce que je fais avec Véronique ne regarde que moi, compris ?

– Je ne vous ai pas dérangés, dit Cutler, anéanti.

– Non, au lieu de ça tu es rentré ici pour déchirer ce manuscrit. Alors qui est l'enfant ? il y en a un ici, et ce n'est pas moi.

– Tu crois que les adultes sautent sur les gens par-derrière, s'asseyent sur eux, leur frottent le visage dans le sable.

Pelletier hausse les épaules.

– Quand on agit comme un enfant, on est traité comme un enfant.

Il traverse la terrasse, ramasse un classeur rouge.

— C'est celui-là que tu as écrit ? « Une vie en or ».

— C'est pas écrit dessus ? demande Cutler. Par Darryl Cutler ?

Pelletier grogne, feuillette les pages.

— Je voulais te demander de le lire ce soir, dit Cutler, mais évidemment tu vas passer la soirée avec Véronique.

— Pas ce soir. (Pelletier glisse le manuscrit sous son bras.) Le vieux Phil est de retour, juste pour quelques jours. Un problème au montage. Le metteur en scène à Ankara a tout foiré. Istambul ? Turquie. C'est un boucher de la pellicule. Ils en sont à peu près au tiers du film. Et, à force de faire des coupures, il va leur falloir repartir à zéro pour faire les bonnes coupes.

— Et ils veulent un boucher casher, dit Cutler. (Mais la plaisanterie est machinale. Il est stupéfait que sa chance demeure) Je vais lui faire parvenir des copies ce soir. Il m'a promis de les lire.

— Avance avec précaution, dit Pelletier. Véronique est folle de moi et de ma technique pour la sauter. Elle dit n'importe quoi quelquefois. Elle pourrait perdre toute retenue et raconter à Phil ce qu'il y a entre elle et moi. Et je suis ton point faible. Sans lui pour te faire de la publicité, à quoi pourra bien servir ton manuscrit ?

— C'est aussi ton manuscrit, dit Cutler.

Pelletier se dirige vers la terrasse.

— Hoffy a un manuscrit. Et il est déjà vendu. Tout va bien pour moi. (Ses pieds martèlent l'escalier.) Est-ce que je dîne ce soir ? (Sa voix se perd dans la lumière déclinante.) Est-ce que je peux au moins avoir un verre ?

— Tout de suite.

Cutler se précipite derrière lui.

16

Il est allongé sur une couchette, par le hublot un faisceau de lumière passe au-dessus de lui. Ce bateau n'est que la moitié de celui de Tony Baron. Ici, pas de bois délavé comme dans les étables du Dakota. Le travail de menuiserie est parfait. La coque est étanche. Aucun craquement pour lui rappeler les craquements des étables sous le vent de la prairie, pour lui rappeler la période la plus solitaire de sa vie. Ce bateau glisse sur l'océan, léger, lisse et élégant. Il se rit de la puissance de l'océan, ce qui ne veut pas dire que Cutler ait envie de rire. Il est cafardeux et amer. Il est resté sur le pont en compagnie de Pelletier et Véronique, tant que la terre était en vue. A boire du champagne. C'est la première fois que Pelletier à la responsabilité du bateau. Un voyage mémorable. Mais Cutler a peur dès que la terre est hors de vue. Il est donc en bas et seul. Il les entend rire dans l'étroite cabine de pilotage. Il aimerait que Souza soit là, même saoul.

Durant deux semaines, Souza est resté là avec sa casquette de marin crasseuse, sa perpétuelle barbe de trois jours, sa salopette et son débardeur dégoutants. Souza ricanait et se moquait de Cutler, parce que Cutler refusait d'apprendre à manœuvrer le bateau, la barre, les voiles, les cordages, tout. C'était le jouet de Pelletier, et Pelletier pouvait se tuer à arpenter le pont, à grimper au mât branlant si ça lui chantait. Cutler ne voulait pas en entendre parler. La seule chose qu'il aime ici, ce sont les hautes et fines rambardes qui entourent le pont. Elles apaisent ses craintes de passer par-dessus bord. S'il tombait par-dessus bord, Pelletier pourrait imaginer qu'il n'est pas indispensable d'aller le sauver. Non que ce bateau roule comme celui de Tony Baron. Ce n'est pas le cas. Parce que le tirant d'eau est faible. Pelletier a fait à Cutler le croquis de la coupe de la coque pour lui montrer ce que signifiait « la gîte ». Mais Cutler sait que ça peut s'employer autrement. Quelque chose de très différent. Comme dans ci-gît. Et il ne veut pas y penser.

Il détourne ses pensées de ce bateau. Ce matin, il peut être heureux. Il se remémore un autre matin, il y a des semaines de cela. Le froid, le brouillard de l'aube. Il se reveilla en entendant crier son nom. Il reconnaît la voix, c'est celle de Quinn. Le poing de Quinn martèle la porte de la cuisine. Seigneur ! Véronique a-t-elle perdu la tête et lui a-t-elle raconté qu'elle a couché avec Pelletier ? Cutler est à moitié tombé du lit en cherchant son jean par terre dans la demi-obscurité. Il essaye d'appeler, mais n'arrive pas à articuler un son. Il enfile son pantalon.

– J'arrive, Phil.

C'est mieux.

– Remuez-vous, hurle Quinn. J'ai un avion à prendre.

Pelletier grogne dans le lit.

– Je m'en souviendrai, Darryl.

Cutler traverse la pièce d'un pas mal assuré, fait glisser la porte, titube sur les planches et monte l'escalier en zigzaguant, toujours à demi endormi, avec une gueule de bois, héritage des cognacs tardifs de la veille. Pelletier a beaucoup bu parce qu'il ne peut pas coucher avec Véronique, et Cutler lui a tenu compagnie – espérant qu'il comprendrait que Véronique n'était pas le seul sexe à prendre sur cette plage. Contre tout espoir. Il a traversé la pièce obscure en se cognant dans les meubles, s'est battu avec la serrure, a ouvert la porte.

— Désolé. (Il est pantelant.) Quelque chose ne va pas ?

— Félicitations.

Quinn a poussé sur la porte, elle est verrouillée, les doigts tremblants de Cutler ont défait le loquet. Quinn a ouvert la porte toute grande, attiré Cutler dans une étreinte d'ours.

— Votre manuscrit est vendu à une Major. Qu'est-ce que vous en dites ? Vous avez gagné.

— Quoi ? (Cutler n'arrive pas à comprendre.) Quoi ?

— Votre manuscrit. Je n'avais pas le temps de le lire. Pardonnez-moi, un voyage de fou. Je n'avais le temps de rien. Je l'avais donné à Eddie Axelrod. Mon agent. Combien de temps l'a-t-il gardé ? quatre jours ? et l'affaire était réglée. Ça doit être un fameux manuscrit. Il n'a jamais travaillé aussi vite pour moi. (Quinn avait jeté un coup d'œil à sa montre dans la faible lumière.) Il faut que je parte, téléphonez à Eddie, il vous mettra au courant. (En riant, Quinn avait agrippé la main molle de Cutler et l'avait broyée.) Soit dit en passant, Darryl, ça vous montre à quel point je peux me tromper. Je ne vous croyais pas capable de ça.

Et Quinn était parti, à pas lourds et précipités vers l'escalier, puis vers la B.M.W. blanche qui l'attendait sur la route. Véronique au volant. L'homme était presque arrivé en haut de l'escalier avant que Cutler ait suffisamment repris ses esprits pour crier :

— Merci.

A présent, il veut s'endormir sur la couchette ensoleillée avec le sourire aux lèvres. Ses yeux sont fermés, mais le sommeil ne vient pas. Il va se souvenir de tout le reste, maintenant qu'il a commencé. Non seulement la partie agréable, mais aussi celle qu'il déteste affronter. Il descend l'escalier en courant et entre dans la chambre obscure et frileuse. Il se glisse dans le lit avec un « Hou ! », et prend Pelletier chaud et endormi dans ses bras. Pelletier se débat.

— Hey ! Il ne fait pas encore jour. Qu'est-ce qui se passe ?

Avec des rires étouffés, des ronronnements, Cutler s'abandonne à l'ivresse de couvrir de baisers la bouche, les yeux du gosse.

— Arrête, veux-tu ? pas de baise, compris ? j'ai une de ces putains de gueule de bois, Darryl.

— Ce n'était pas de la fumée, Chick.

Pelletier cesse de s'agiter, il regarde Cutler l'air incrédule.

— De quoi parles-tu ? du manuscrit ?

— Du manuscrit, parfaitement. Le visiteur, c'était Quinn.

— J'avais reconnu ce fils de pute. On a dû l'entendre jusqu'à Samoa.

Pelletier grogne, se libère, roule sur les draps froissés. Il passa ses jambes par-dessus le bord du lit et, lentement, réussit à s'asseoir, penché en avant, les coudes sur les genoux, les mains dans le visage. Il se remet à grogner :

— Seigneur, ce que je peux me sentir mal. Tu sais que je ne supporte pas le cognac. Pourquoi m'as-tu laissé boire du cognac ?

— Plus jamais, c'est promis.

Comme si quelqu'un pouvait empêcher Pelletier de boire de l'essence si ça lui venait. Cutler avait défait le bouton de cuivre de la ceinture de son jean et baissé la fermeture Eclair, enlevé son jean, l'avait rejeté. A genoux sur le lit, il s'est pressé contre Pelletier qui lui tournait le dos, l'avait entouré de ses bras, avait blotti son visage contre sa nuque. Ses mains caressent la poitrine de Pelletier, s'égarent sur son ventre plat.

– Le manuscrit est vendu, Chick. Ça n'a pris que quatre jours.

– Non, merde !

Pelletier parle comme s'il n'avait rien compris.

– Tu voulais devenir une star. (La main de Cutler a trouvé le sexe de Pelletier et s'en saisit doucement.) Tu voulais être dans *People Magazine*. (La verge de Pelletier se dresse.) Je t'avais promis que ça arriverait. Non ? Et j'ai tenu ma promesse.

– Ouais. Merci.

Pelletier relève la tête et sa bouche trouve la bouche de Cutler. Il n'y avait rien d'indifférent dans ce baiser. Pendant des semaines, oui. Mais pas cette fois-ci. Le baiser était profond, fouillé et acharné. Pelletier le rompt avec un petit rire essoufflé. Il glisse hors des bras de Cutler et s'allonge en travers du lit.

– Tu n'attends pas davantage ?

– Je pensais que tu ne me le demanderais jamais, dit Cutler.

– Je suis très ennuyé de vous décevoir, disait Eddie Axelrod.

C'est un homme osseux dont les yeux ahuris nagent comme ceux d'un poisson derrière d'épaisses lentilles. Son bureau haut de deux étages se trouve au sommet d'un grand immeuble à l'ouest de Beverly Hills. Des arbres poussent dans ce bureau. Des plantes, des treilles descendent de pots suspendus. La fenêtre haute de deux étages ressemble à une fenêtre de serre, et l'air est humide et sent la terre comme dans une serre.

– Ils ne peuvent absolument pas engager votre ami.

Cutler regarde le chèque qu'Axelrod vient de

lui remettre dans une enveloppe. L'enveloppe est tombée sur le sol. Cutler est assis dans un profond fauteuil de cuir devant le bureau d'Axelrod. Il tient le chèque entre le pouce et l'index de chaque main et lit la somme qui y est imprimée. Cinquante-cinq mille dollars. Ça n'avait rien à voir avec le gros chèque que les promoteurs japonais lui avaient remis en échange du terrain de Moody. Qui faisait presque un quart de million de dollars. Mais celui-ci signifie davantage. Il signifie la célébrité. Les gens vont l'envier et l'aimer. Un instant il ne comprend pas ce qu'Axelrod lui dit. Puis il lève les yeux vers le bureau, l'air préoccupé.

Axelrod grimaçe des excuses.

– Ça n'a rien de personnel.

Il lève des mains extrêmement soignées.

– Ils veulent une star. Ils ne peuvent pas se passer d'une star. Ce sera donc Nicky Wyatt. Que vous dire ? ce sont les affaires, c'est le cinéma.

– Il est brun, avait fait remarquer Cutler. Il est trop grand.

– Il a signé.

Axelrod a tendu par-dessus le bureau l'enveloppe contenant les photos de Pelletier. Sur l'enveloppe se trouve la cassette des films publicitaires de Pelletier.

– J'ai horreur de céder.

Comme Cutler ne faisait pas un geste pour se saisir de l'enveloppe, l'agent la repose.

– Je leur ai dit qu'il était censé être petit et blond, Kurt Thomas, Bart Connors... Ces petits hommes poupées blonds. Le public aurait reconnu le personnage. Il y a une grande part d'identification dans tout ça. (Axelrod se tut un instant, satisfait de la phrase qu'il vient de prononcer. Il soupire, hoche la tête.) Ils n'ont rien voulu entendre. Je ne peux pas donner de rôle à votre jeune dans le film, mais...

– Il faut qu'il soit la vedette, avait dit Cutler. Ils avaient promis.

– Avec une poignée de main. (Axelrod haussait les épaules.) Nous ne pouvons pas le prouver.

– Ça pue, avait dit Cutler. Reprenez-le.

– Trop tard. Si ce n'est pas terminé pour les Jeux Olympiques, qui s'y intéressera ? Nous leur avons vendu les droits, Darryl. Vous avez signé le contrat. Leurs avocats nous tueront. Et s'ils ne le faisaient pas, nous ne pourrions plus redémarrer. Ce serait trop tard.

– Merde ! avait dit Cutler. Oh ! merde !

Par le hublot, le soleil brille et brûle son visage ; il ouvre les yeux, son éclat le fait tressaillir. Il abandonne la couchette. Il regarde sa montre. C'est l'heure du déjeuner. Dans le beau petit réfrigérateur de la belle petite cuisine attendent des fromages d'importation, du pâté, du faisan fumé. Cutler les sort et, d'un genou, referme le réfrigérateur. En haut, dans la cabine de pilotage, Pelletier rit. Les victuailles dans ses bras, Cutler s'immobilise, ferme les yeux, légèrement balancé par le roulis du bateau. Les rires cessent. Cutler pose les plats, prend un couteau dans un tiroir de teck élégamment travaillé et entreprend de découper le faisan.

Il fait trop froid pour manger dehors sur la terrasse, mais ils mangent là parce que c'est là que Pelletier veut manger. Le ciel est alourdi et assombri par les nuages du matin, la mer est grise. Un vent froid ébouriffe les plumes des oiseaux sur la plage. Il n'y a pas de mouettes. Elles savent que la première tempête arrive et elles se sont envolées pour l'intérieur des terres. Pelletier porte un gros chandail blanc, un blouson bleu, et il frissonne tout en dévorant, avant qu'ils ne refroidissent, des pommes de terre frites, des œufs, du bacon. Il lampe du café. Cutler l'observe atterré.

Il ne peut pas manger, il est glacé jusqu'aux os, pourtant vêtu d'une épaisse chemise de laine et d'un pantalon de velours. C'est la peur de ce qui va se passer aujourd'hui, demain, bientôt, qui le fait frissonner, bien davantage que le temps. Sur la route, en haut, un avertisseur retentit, et l'estomac de Cutler se serre tel un poing. C'est l'avertisseur de la jeep du courrier. Le facteur leur fait savoir qu'il a déposé quelque chose dans la boîte. Tout est si calme qu'on entend la jeep débrayer. La bouche pleine, Pelletier regarde Cutler. Il marmotte :

– Eh bien ! c'est le courrier, tu y vas ou pas ?

Il boit un peu de café.

– J'y vais.

Engourdi, Cutler se lève, traverse la maison et sort par la porte de la cuisine pour gravir l'escalier, ouvre la boîte à lettres, y trouve une grosse enveloppe grise avec le nom de la société de production dans un coin. Il n'y a pas d'autre courrier. Uniquement ça. Il la prend, ferme la boîte à lettres et contemple l'enveloppe. Derrière lui, les voitures défilent sur la route de la côte. Quand des camions passent, il sent la terre trembler sous ses pieds. Le vent souffle plus fort et lui pique les doigts, ses yeux sont mouillés. Puis il s'aperçoit que le vent n'y est pour rien. Il pleure. Mais il ne réagit pas. Il reste là, l'enveloppe à la main, les larmes coulent, il renifle. Il sait que c'est la fin du monde.

Ce n'est pas la fin du monde – sa mère se moque de lui. La terre ne s'arrêtera pas de tourner, peu importe ce qui arrive à un petit garçon.

Il s'essuie le visage avec un mouchoir, remet le mouchoir dans sa poche et descend l'escalier. La pluie se rabat contre lui. Il déboutonne sa chemise et glisse l'enveloppe à l'intérieur et, tout en reboutonnant sa chemise, il se hâte de dépasser le sable déjà saturé d'eau, il retire et claque la porte. Pelletier vient à sa rencontre, portant les assiettes du petit déjeuner. Il les pose sur le comptoir et fronce les sourcils.

— Il n'est pas arrivé, dit-il. Il n'est pas encore arrivé.

Cutler pourrait mentir, le pourrait-il ? Le manuscrit est hors de vue. Il pourrait le cacher. C'est la peur qui le guiderait alors. Demain, cet après-midi, dans une heure, le téléphone sonnera. Ou Hoffy viendra, ou Eddie Axelrod ou le producteur, ou un envoyé de la société, n'importe qui. Sans un mot, Cutler ouvre sa chemise et sort l'enveloppe. Pelletier la lui arrache. Il l'ouvre en la déchirant, sort le manuscrit, lit, et son sourire s'évanouit. Il regarde Cutler.

— Qu'est-ce que ça veut dire ? Mr Chick Pelletier entre guillemets, Danny fermez les guillemets. Darryl, je ne suis pas ce rôle muet de Danny, pour l'amour du ciel. (Ses mains tremblent. Cutler ne l'a jamais vu aussi pâle.) Je suis Hoyt, je suis la vedette du film, Darryl, je suis la star. Tu me l'as promis.

— Ouais, bon, grogne Cutler. Il leur fallait un nom, Nick Wyatt. Nick Wyatt interprétera le rôle de Hoyt, Chick, je suis désolé.

— Non ! hurle Pelletier. Tu m'as promis, Darryl. (A présent il est cramoisi.) Tu m'as dit que tu tenais toujours tes promesses. Tu m'as dit que tu avais exigé que ce soit moi, et ils avaient accepté. Tu as menti, fils de pute dégueulasse.

— Ils ont menti.

Cutler se dirige vers le réchaud, remplit une tasse de la cafetière de verre qui s'y trouve.

— Ils m'ont serré la main et m'ont dit que tu serais Hoyt. Mais ils ont signé avec Wyatt et Eddie dit que nous ne pouvons rien faire.

Pelletier rugit.

— Tu n'avais rien par écrit ?

– Ils n'auraient pas voulu s'engager par écrit, dit Cutler. Ils savaient depuis toujours qu'ils voulaient un nom.

– Merde !

Pelletier jette le manuscrit qui manque Cutler, frappe la porte d'un placard, s'étale grand ouvert sur le sol étincelant.

– Tu n'as rien fait pour moi. Tout ce que tu voulais, c'était vendre ton stupide manuscrit. Quelle différence pour toi que j'ai le rôle ou pas !

– C'est faux. (Cutler ramasse le manuscrit, le pose sur le comptoir.) Je t'aime. Je ferais n'importe quoi pour toi, tu le sais. J'ai fait confiance à Eddie Axelrod. Je pensais qu'il savait ce qu'il faisait. Je leur ai serré la main et signé le contrat. Je croyais qu'ils tiendraient parole.

– Tu es un trou du cul, dit Pelletier.

– Danny est un bon rôle, Chick, dit Cutler.

– Enculé ! dit Pelletier en s'enfuyant à travers la pièce.

Il gagne la terrasse, dévale l'escalier. Au travers du plancher, Cutler entend en bas claquer les tiroirs, glisser les portes des armoires. La pluie frappe les panneaux vitrés au-dessus de lui. Cutler rassemble les assiettes du petit déjeuner, les rince. Elles fument. Il les essuie, les range. Pelletier repasse en portant des cartons, pleins de ses vêtements. Il pose les cartons à côté de la porte et regarde Cutler.

– Tu ferais bien de prier qu'Hoffy ait encore le rôle de ce psychopathe pour moi.(Il ouvre brutalement la porte, ramasse les cartons.) Tu ferais bien de prier pour ça, Darryl.

D'un coup de pied, il pousse le battant et part sous la pluie avec ses cartons.

17

Ce fut à la suite de la découverte du porc mort dans un fossé qu'il s'était mis à prier. Dans les parties reculées des champs où le blé poussait haut et bruissait sous le vent sec et chaud du Dakota. Dans le silence chargé de craquements de la grange où les épis de blé de semence étaient suspendus aux poutres tels des étendards bleus, or, rouges, et où les machines agricoles rouillaient dans l'ombre. Au milieu des poulets stupides, quand ils se précipitaient au-devant de lui, sur leurs pattes jaunes alors qu'il apportait une bassine de nourriture après son petit déjeuner. Ses prières montaient vers Dieu pendant qu'ils se chamaillaient et caquetaient autour de ses pieds. Et dans sa chambre mansardée au papier décoloré, où la chaleur de l'été demeurait quand l'obscurité de la nuit l'avait envahie, il priait pour retourner à la maison, à Portland, à la douce pluie.

Le porc était plus gros qu'un homme. Son oncle possédait de tels porcs. Cutler errant seul, se dirigeait vers la rivière. Non pour pêcher ou nager. Mais il imaginait que la rivière allait en Oregon. Toutes les rivières conduisent à la mer. On le lui avait appris à l'école. C'était le centre de l'Etat. La rivière coulait vers l'ouest. C'était donc dans le Pacifique que la rivière devait se jeter, non ? Il y allait donc, il s'asseyait sur un rocher pour regarder couler la rivière. Parfois, il jetait dans le courant une feuille de chêne sèche ou bien des morceaux d'écorce et voyait la rivière les entraîner en souhaitant qu'elle l'emporte aussi. Mais il avait peur. Il se noierait sûrement. Pourtant il venait souvent là.

Et chemin faisant, un matin il découvrit le grand porc dans le fossé. Les porcs sont paresseux, ça, il le savait. Et les mâles coléreux et dangereux, certaines femelles aussi, quand elles avaient leur portée. Mais paresseux. Il imagina donc que le porc dormait. Il prit peur et traversa bien vite la route. Les porcs étaient censés être enfermés, les vaches pouvaient errer dans les grandes prairies. Il ramenait chaque soir les vaches à l'étable depuis ces prairies où il les y amenait tous les matins. Ce n'était pas difficile de conduire les vaches. Il se servait d'une branche de cotonnier pour les aiguillonner si elles s'égaraient dans la mauvaise direction. Mais des cochons ? que faisait un porc par ici ?

Ce qui l'intriguait c'est qu'il ne bougeait pas. il l'observait, perplexe. Il haussa les épaules et s'éloigna. Puis il revint sur ses pas. Il appela :

– Hé ! réveille-toi !

Pas un mouvement. Il s'avança d'un pas ou deux et cria plus fort. Rien. Les mouches bourdonnaient autour de son groin et de ses yeux clos aux longs cils. Il prit une pierre sur le bord de la route, recula à bonne distance et jeta la pierre sur le porc ; s'il se dressait et lui courait après, il aurait de l'avance. La pierre frappa le porc et rebondit, avec un bruit sourd. Le porc restait immobile et cette immobilité remplissait Cutler de crainte.

Il parcourut la route du regard, espérant voir arriver un camion de ramassage. La luzerne s'étendait à perte de vue. Les champs de blé ondulaient. Tout au bout d'un champ, un bouquet de cotonniers frissonnait, argentés sous le vent. Le ciel était d'un bleu pur. Au loin, un coq chantait. Un chien de basse-cour aboya puis se tut. Cutler était seul. Il trouva une petite branche dans les herbes, grise, tordue et desséchée. Il la ramassa, inspira très fort et se força à traverser la route pas à pas. Il piqua le porc, rien. Il le piqua plus fort, sa peau boursouflée se déchira et un horrible liquide puant jaillit. Cutler hurla, lâcha la branche et s'enfuit sur la route, trébuchant, hébété, malade d'horreur. Et ce fut après cela qu'il se mit à prier.

Il n'avait jamais prié auparavant. Il ne l'avait vu faire qu'une fois. A un enterrement où sa mère, fortement parfumée et vêtue d'une nouvelle robe noire l'avait emmené. Il ne se souvient plus de la raison, s'il l'a jamais connue. Première et dernière fois qu'il entra dans une église. Il la revoyait, caverneuse, froide, humide avec des surfaces de bois verni dur. C'était une journée pluvieuse. Quelle journée ne l'était pas ? Et la lumière à l'intérieur de l'église était faible. Les vitraux étaient troubles. Un cierge brillait faiblement sur un autel drapé de satin blanc brodé d'or. Un crucifix d'or sur l'autel captait la lumière du cierge et étincelait. Un prêtre en robe blanche et or se tenait derrière un cercueil de bronze couvert de fleurs et lisait un livre de prières blanc. Dans les travées... les bancs à charnières grinçaient, et la douzaine d'affligés dans leurs vêtements humides de pluie, agenouillés, priaient à haute voix.

Mais la mort, ce n'était pas des robes blanches, des fleurs, des cierges sur un autel, et de belles paroles sorties d'un livre de prières. La mort, c'était la carcasse d'un énorme porc gonflé de putréfaction, grouillant de mouches sur la route d'un pays désertique. Ce fut un choc pour Cutler. Il eut peur. Il ne revint jamais plus sur cette route, il trouva un autre chemin pour se rendre à la rivière, à travers champs, et aussi souvent que possible en passant par des cours de fermes où il pouvait entendre des voix humaines.

Mais il n'était pas préservé pour autant. Il trouva la femelle d'un coyote, les mamelles gonflées de lait, accrochée avec tous ses petits à une clôture de fil de fer barbelé. Une autre fois, il vit un corbeau cloué sur la porte d'un hangar abandonné, ses os blancs visibles à travers ses plumes. Il vit sa tante tordre le cou des poulets quand des amis venaient en fin de semaine. Une jument abandonnée, un poulain mort dans un champ. Il tomba sur des lapins raidis, leurs longues pattes prises au piège.

Un jour, son oncle s'absenta de la ferme et, à son retour, il parla toute la soirée de l'abattage des agneaux auquel il venait de participer dans une ferme voisine. La mort était partout ici. Ça n'aurait avancé à rien d'écrire à sa mère qu'il voulait rentrer à la maison. Elle avait ses propres ennuis et les siens ne l'avaient jamais préoccupée. « Cesse de pleurnicher, disait-elle, personne n'aime ceux qui pleurnichent. » Il aurait pu mourir dans un fossé comme un porc, sans qu'elle s'en inquiète. Elle ne l'aurait même pas piqué avec un bâton pour le réveiller. Il ne savait pas où écrire à son père. S'il se plaignait à sa tante et à son oncle, ils le diraient à sa mère, et elle le punirait. Donc il priait. Mais sans résultat. Pas avant que l'été tire à sa fin avec les gelées, et qu'arrive l'argent d'un billet d'autocar qui le ramena à la maison, loin de ce pays de mort. Et alors, il avait cessé de prier.

Tu ferais bien de prier, Darryl. L'avertissement venant de Pelletier avait terriblement surpris Cutler. Pour l'heure, il arpente la plage dans le froid et le brouillard, les mains dans ses poches, les épaules voûtées, rien à faire, nulle part où aller, personne à qui parler. Et il ne cesse d'entendre Pelletier lui recommander de prier, et il se pose des questions. Il s'agit sans doute d'un souvenir d'enfance, quand

Pelletier avait raconté à Cutler qu'au sommet de la plus haute colline de Montréal se trouvait une église avec un dôme doré. Des pénitents remontaient sur leurs genoux les trois cent cinquante marches pour y accéder. Pelletier ricanait. Peut-être que sa putain de mère imbibée de gin ricanait aussi, mais Cutler aurait parié qu'elle utilisait également l'expression : « Nos mères nourricières ». Le gosse était furieux. La réflexion lui avait échappé. « Tu ferais bien de prier, Darryl. »

Pelletier est parti depuis des semaines. Il n'est pas loin. Il vit avec Véronique, chez Quinn. Le troisième ou le quatrième jour après son départ, Cutler se demanda s'il devinait juste. Il fallait qu'il sache, c'était idiot. Si jamais ils le voyaient et se moquaient de lui ? Il passa en voiture devant chez Quinn. Evidemment, la Porsche se trouvait garée non loin de la boîte à lettres, battue par la pluie, à côté de l'Alfa de Véronique sous une housse plastique et de la B.M.W. de Phil sous rien du tout. Cutler rentra. La pluie monotone tombait sur le toit. La force des vagues secouait la maison. Il ne savait pas quoi faire de lui. Il regardait la télévision, lisait, arpentait la plage dans les bourrasques. Il attendait.

« C'est inutile d'attendre », disait sa mère en lui-même. « Jamais il ne reviendra. » Pendant quelque temps, son père, beau et souriant, lui avait manqué, et il était devenu mélancolique. Parfois il s'était assis sur les marches craquelées qui menaient de la cour au trottoir et, pendant des heures, il avait guetté dans la rue le retour de son père, se dépêchant de grimper la colline, après l'arrêt des cars. Ou s'il pleuvait, les coudes appuyés sur la barre d'appui, il regardait dehors, son souffle embuant la vitre, attendant de voir son père remonter l'allée. « Trouve quelque chose à faire », disait sa mère. « Il ne pense plus à toi. Pourquoi penserais-tu à lui ? » Cutler faisait de son mieux pour feindre l'indifférence, mais dans son petit lit d'enfant, la nuit, il pleurait.

La nuit, ici dans son grand lit, dans la villa vide, il ne pleurait pas. Il ne dormait pas davantage. Ou bien pas facilement, pas rapidement. Généralement avant l'aube. Dans l'obscurité, même quand il pouvait oublier Pelletier, il avait peur de fermer les yeux. Moody allait revenir. Comment ? La dernière fois, c'était sous la forme d'un petit garçon en barboteuse jaune bouton d'or, assis, en train de pleurer sous la vieille machine à coudre en fonte noire, la vague silhouette de sa mère, morte depuis longtemps, penchée sur lui. Gémissant, frissonnant, Cutler avait allumé. Rien. Personne. Ou bien le garçon de Portland revenait, traversant la chambre, s'approchant de lui, le grand casque cachant son visage, et proférait des malédictions, trop sourdes pour être celles d'un enfant.

Cutler attendait l'aube grise et pluvieuse. Puis un matin, le ciel et la mer étaient bleus. La tempête était passée. Il se doucha, se rasa et prit la direction de la rue blanche incurvée sur la corniche au-dessus de la maison de Quinn, impatient d'apercevoir Pelletier. Et il l'aperçut. Son cœur s'arrêta presque. Le gosse était nu sur la chaise longue de bois rouge sur la terrasse de Quinn. Il portait des lunettes de soleil. Un verre de jus d'orange en main. Il observait Véronique qui versait un liquide vert sur les plantes et les pots de fleurs. Elle portait une chemise d'homme dont les pans lui descendaient jusqu'aux genoux, mais la chemise était ouverte et en-dessous elle était nue.

Cutler serra le frein à main et regarda alentour. Etaient-ils devenus fous ? Des panneaux coupe-vent empêchaient que de la plage on pût voir la terrasse. Mais quelqu'un pouvait les voir d'ici. Sauf qu'il n'y avait personne. Le voisinage était désert, calme. Des eucalyptus jetaient des ombres en dentelles sur les toits, les terrasses, les piscines. Sa voiture était la seule ici. Des mouettes tournoyaient lentement. Il était le seul à épier. De nouveau, il baissa les yeux. Véronique était à califourchon sur les hanches étroites de Pelletier, droite, la tête rejetée en arrière, les yeux fermés, la bouche ouverte. Ses dents brillaient. Cutler crut même l'entendre rire. Un coup de vent gonfla la chemise comme une voile. Découvrant ses seins parfaits. Comme son ventre était bien dessiné ! Le sexe de Pelletier était en elle. Il s'étira paresseusement et rit. Elle commença à se mouvoir doucement de bas en haut. Son pied nu heurta le verre de jus d'orange et le renversa. Il roula en laissant une traînée sur le plancher. Malade et aveugle, Cutler embraya et s'éloigna bruyamment.

Il se promena sur la plage inondée de soleil, lut, regarda la télévision et essaya d'oublier. Il but pour oublier et quand enfin la boisson l'avait assommé, il allait se coucher. Mais l'oubli ne durait jamais plus de trois ou quatre heures. Alors, dans l'obscurité il cherchait Pelletier sur le lit à ses côtés et ne le trouvait pas. Les draps étaient froids. Quand, une nuit, il n'y tint plus, il gémit, bourra le lit de coups de poing et pleura. Il pleura fort longtemps, il en eut le ventre et les côtes endoloris. Le lendemain matin, quand il s'aperçut dans le miroir de la salle de bains, ses paupières étaient si gonflées qu'elles en étaient presque closes. Avec une barbe de trois jours, un T-shirt crasseux, porté depuis des jours et des nuits, il avait l'air d'un clochard moribond. Il puait. C'était absurde.

Il régla les robinets de la douche, se glissa sous le jet de vapeur brûlante. Il y resta longtemps, se savonnant, rinçant la crasse, se re-savonnant, se re-rinçant. Il se lava les cheveux, se rasa avec un rasoir neuf. Il se récura les dents. Dans des vêtements propres, il grimpa l'escalier ensoleillé de la terrasse. Ses jambes flageolaient. Il avait la nausée ; dans la cuisine poussiéreuse, il se prépara une omelette. Quand avait-il mangé pour la dernière fois ? Il jeta un regard sur les boîtes de chili vides. Mon Dieu. Il s'obligea à avaler quelques bouchées d'omelette, but du café fort et brûlant, mais il ne put pas le finir. S'il avait insisté, il aurait vomi.

Il jeta les boîtes. De la vaisselle sale s'empilait dans l'évier. Il la lava, essuya le comptoir et la cuisinière. Des vêtements sales traînaient dans la chambre. Il les fourra dans un sac. Il changea les draps et les couvertures du lit dans lequel il avait transpiré. Il passa l'aspirateur en haut et en bas. Il rangea les magazines, les livres, les cassettes à leurs places, essuya la table, épousseta les lampes. Les trois grands panneaux vitrés de la salle étaient ternis par la bruine. Mais il était las et c'était un gros travail. Quelle bêtise. Il ne faisait que rapporter à la maison les vieux trucs de la *Chanson de bord*. Dans quel état était-il ? et qui s'en préoccupait ? Une coupe de cheveux était indispensable. Cutler prit ses clefs, enfila une veste, ferma la maison.

Il aperçut la boîte à lettres. Quand l'avait-il ouverte pour la dernière fois ? impossible de s'en souvenir. Il l'ouvrit. Elle était bourrée d'enveloppes de magazines, de dépliants publicitaires. En fouillant dans le tas, il découvrit, surpris, trois enveloppes adressées à Pelletier. C'était nouveau. Du temps où il ouvrait encore la boîte à lettres, il n'avait jamais rien trouvé pour Pelletier. Il cligna des yeux dans l'éblouissement du soleil pour déchiffrer le cachet de la poste. Hier, avant-hier. Qu'est-ce que ça voulait dire ? ça voulait dire que certainement Pelletier avait l'habitude de venir ici chaque jour et de prendre ce qui lui était adressé. Cutler en eut un serrement de cœur. Il aurait pu grimper jusqu'ici et le voir... Ils auraient pu parler. Cutler aurait pu dire... Quoi ? Il était perplexe. Pourquoi le gosse avait-il cessé de venir ?

Chez Quinn, l'Alfa et la B.M.W. étaient garées devant la boîte à lettres, mais où était la Porsche ? Cutler descendit sur la petite terrasse des Quinn où se trouvait la lanterne de pierre. De la musique de jazz lui parvint par les portes-fenêtres. Il appuya sur le bouton de sonnette et entra. Véronique apparut dans une longue robe de velours éponge rayée. Une serviette de toilette drapée sur les cheveux, elle s'arrêta à distance et le regarda.

— Que voulez-vous ?

Sa voix était froide. Cutler brandit les lettres.

— Du courrier pour Chick. Où est-il ?

Elle eut l'air agacé, disparut. La musique s'arrêta. Elle réapparut.

— Il travaille. Ils sont partis il y a trois jours, en extérieurs, ils l'ont emmené dans les montagnes ou je ne sais où.

— C'est loin ? Rentre-t-il le soir ?

— Qu'est-ce que ça peut vous faire ? Quand il rentre, ce n'est pas chez vous. Je vous demande de ne plus venir ici, Darryl. Si vous voulez laisser son courrier, laissez-le, mais ne vous attardez pas.

Cutler se sentit rougir. Il posa les enveloppes et s'éloigna. Puis il se retourna.

— Je me disais simplement que s'il rentrait le soir, c'était mieux pour vous deux. Je veux dire que la baise dehors sur la terrasse en plein jour... Les voisins vous verront tôt ou tard.

— Vous êtes vraiment un charmant garçon.

Elle prit des cigarettes et un briquet sur une table basse, ornée d'un miroir carré et voilé de poudre blanche.

— Vous rôdez, vous espionnez. Avez-vous la moindre valeur humaine, Darryl ?

— Pourquoi les voisins n'en parleraient-ils pas à Phil ? demanda Cutler.

— Parce que les voisins s'occupent de leurs affaires.

La cigarette fumait maintenant, et elle posa le paquet et le briquet.

— Au nord, le voisin, Mr Bianchi, s'occupe de stupéfiants. Le voisin derrière a une flotte de Cessnas qui transporte l'argent aux Caraïbes pour le blanchir. Le voisin au sud fait le trafic des vidéocassettes.

Elle se rapprochait de Cutler. C'était toujours un choc de la voir si jeune. Pourtant, elle avait l'air bien plus âgée que lui.

— Croyez-vous que des gens honnêtes, travaillant dur, craignant Dieu, pourraient se permettre de vivre dans un cadre comme celui-là ? Chick a raison, vous êtes un imbécile.

— Et pourquoi ne le dirais-je pas à Phil ? s'obstina Cutler.

— Parce que Chick ne vous le pardonnerait pas.

Elle le frôla au passage et sortit sur la terrasse où la lumière avait changé. Il s'approcha de la porte et leva les yeux. Des nuages noirs s'amoncelaient, cachant le soleil. Véronique se pencha sur une plante, une fougère où des moisissures se desséchaient ; elle les enleva une par une avec ses ongles, la cigarette coincée dans un coin de sa jolie bouche enfantine.

— Ça ne vous ramènerait pas Chick.

— Il se fiche pas mal de vous, dit Cutler. Il veut tout simplement vivre de votre pension alimentaire quand vous vous serez séparée de Phil.

— Je n'ai pas l'intention de me séparer de Phil, répliqua-t-elle.

— Si je lui raconte tout, il vous jettera dehors.

— Ce ne sera pas la chambre à gaz, dit-elle sans le regarder.

Elle déposa soigneusement les fragiles moisissures brunes à côté d'elle sur la rambarde. Il en avait le souffle coupé. Il était hébété devant elle, devant les boucles de ses cheveux humides, de sa nuque sous les bords de la serviette. D'une voix rauque, il croassa :

— Qu'avez-vous dit ?

Elle ramassait les moisissures.

— Vous avez assassiné ce vieil homme malade avec qui vous viviez. Stewart Moody. Vous avez pressé un oreiller sur son visage, vous l'avez étouffé. Chick me l'a dit. (Elle se releva.) Il vous a vu. (Son sourire était calme.) Ainsi, vous ne direz rien à personne sur quoique ce soit, d'accord ?

A nouveau elle le frôla délibérément en entrant dans la grande pièce lumineuse et disparut une fois de plus. De l'eau coula dans un évier ou un lavabo. Elle revint sans sa cigarette, frottant ses mains sur sa robe pour les sécher. Elle leva ses ravissants sourcils.

— Vous êtes encore là ?

— Chick vous a menti, dit Cutler, je n'ai jamais tué personne de ma vie.

— Vous ne faites pas de cauchemars à hurler ? concernant un petit garçon sur une bicyclette ? vous ne l'avez pas tué avec votre voiture ? Chick invente ça aussi ?

— C'est comme ça qu'il traite ceux qui l'aiment, dit Cutler. Il dit des mensonges sur eux. Vous feriez bien de le savoir. De le surveiller...

— Je pense que nous ferions tous mieux de nous surveiller. Les uns les autres. Vous ne croyez pas ?

Il la regarda sans répondre. Elle était petite et fragile. Ils étaient seuls. Il lui aurait été facile de la tuer. Et il aurait été heureux de le faire. Il n'avait pas voulu tuer le garçon à bicyclette. Il n'avait pas voulu tuer Moody. Mais il aurait aimé lui serrer le cou pour faire cesser à jamais son sourire narquois. Pelletier lui reviendrait, si elle était morte. Que se passait-il ? Son sourire s'évanouissait. Elle le regardait déconcertée. Elle recula. Avait-il parlé ? Il ne pensait pas avoir parlé. Ses pensées devaient se lire sur son visage. Il se retourna, s'en alla. Il avait envie de courir. Elle n'était pas la seule à redouter Darryl Cutler en cet instant. Il réussit à ne pas courir. Il traversa lentement la petite terrasse qui commençait à se tacher de gouttes de pluie et, lentement toujours, gravit l'escalier jusqu'à la rue. Il allait se faire couper les cheveux.

18

La pluie cingle la porte vitrée de la laverie. Il y est à l'abri à fumer une cigarette avec, pesant et chaud, un sac poubelle de plastique vert rempli de linge propre contre sa jambe. Il va bientôt être minuit. Il est seul en compagnie du propriétaire de la laverie, un minuscule Japonais entre deux âges, en salopette, qui rafistole le distributeur automatique de lessive. Quand il en aura fini et rangé ses outils dans la remise, il voudra fermer. Il n'est pas loin de minuit. Cutler espère que la pluie va s'arrêter.

Il a attendu toute la journée que la pluie cesse, le sac préparé, tassé derrière la porte de la cuisine. Une pluie sans interruption. Il a attendu jusqu'à dix heures et demi du soir. La pluie tombait toujours. La tempête s'est fixée sur cette bande de côte. C'est ce que dit le bulletin météorologique.

Mais il n'avait plus de sous-vêtements propres, plus de draps propres. Il ramène chez lui un nouveau partenaire de lit presque chaque soir à présent. Tous l'aident à présent. Tous l'aident à oublier Pelletier. Ils écartent les fantômes. Il lui faut donc du linge propre. Il est finalement venu ici sous la pluie qui tombe à verse. Et maintenant, le propriétaire remet en place le couvercle d'émail et de verre du distributeur de lessive, et Cutler doit rentrer chez lui en voiture sous la pluie.

Il ouvre la porte. La pluie poussée par un vent froid s'abat en rafales. Il frissonne, jette sa cigarette, ramasse le sac et avance tête baissée dans la nuit. Le parking vide reflète les lumières colorées des enseignes du centre commercial. Il y a de grandes flaques dans lesquelles la pluie clapote. Cutler patauge entre les mares en courant maladroitement, les jambes empêtrées par le gros sac, l'eau a trempé ses chaussures, trempé son pantalon en velours côtelé, l'a rendu lourd et moite. Il jure, ses doigts engourdis manipulant les clés de la voiture. Il finit par ouvrir le coffre et y jette le sac. Il claque le coffre et se bat avec la clef de la portière. Il plonge à l'intérieur, referme brusquement et frissonne. Il est trempé, il a envie d'une douche chaude.

Depuis la route déserte, jonchée de pierres arrachées aux falaises, il regarde à travers la vitre embuée la modeste enseigne de néon rouge de la *Chanson de bord* dans les replis des collines et presque dissimulée par les bouquets d'eucalyptus. Un désir poignant le saisit, mais il ne change pas de route. Ce soir le temps est si mauvais qu'il n'y aurait que peu de clients. L'un d'eux pourrait être beau. Ça se trouve par n'importe quel temps. Mais Cutler ne tentera pas la chance. Ce soir, après sa douche, il va se préparer un grand verre de whisky chaud avec du miel et du citron. Puis il branchera la couverture électrique et dormira. Seul.

Et de façon incroyable le vent se fait plus fort, la pluie plus lourde quand il gagne la petite route où il se gare, juste au-dessus de chez lui.

Avant de descendre de voiture, il fouille dans la boîte à gants pour y prendre une lampe électrique. Mais les piles sont presque mortes. Elles n'alimentent qu'une faible lueur sur la peinture blanche des marches où il traîne le sac. Lueur vacillante qui menace de s'éteindre avant qu'il n'atteigne le sable. Mais elle a encore assez de vie pour dévoiler une silhouette tassée contre la porte avant qu'il ne se cogne dessus. Lentement la silhouette se redresse. C'est Pelletier.

— Bordel où étais-tu passé ? dit-il.

Le vent hurle en rabattant la pluie contre le toit et les murs de la maison, et Pelletier parle d'une voix enrouée, un murmure presque. Il tousse, un son affreux qui fait penser à une toile qu'on déchire.

— Je suis en train de mourir.

— C'est ce qu'on dirait.

Cutler l'écarte pour pouvoir ouvrir la porte. Il la pousse et, entourant Pelletier d'un bras, il le guide à l'intérieur. Il allume.

— Qu'as-tu fait de tes clefs ?

Il lâche le sac vert et ferme la porte, mettant fin à la tempête. Pelletier se perche sur un tabouret devant le comptoir du petit déjeuner, s'y agrippe en frissonnant.

— Je les ai oubliées.

Il respire péniblement et se remet à tousser en portant ses deux mains à sa bouche.

— Et j'étais déjà là quand je m'en suis aperçu. Et elle, elle était partie. Elle m'a déposé.

— Je me demande alors où est ta voiture ?

— Je ne pouvais pas conduire. Je suis trop malade.

Une petite mare s'est formée au pied du tabouret de Pelletier. Trempé, il descend du tabouret et se met à tituber dans la cuisine.

— J'ai besoin d'un verre, Darryl, ça va très mal.

— C'est ce que je vois.

Cutler verse du whisky dans un verre et lui tend. Il remplit une bouilloire au robinet et la pose sur la cuisinière. Il allume le brûleur.

— Enlève ces vêtements, tu peux ?

Pelletier lampe le whisky. Il approuve, pose le verre et commence à se battre avec sa veste. Il baisse les bras et regarde tristement Cutler. Il hoche la tête.

— Je ne peux pas, je suis trop faible.

Et il tombe à genoux, bascule en avant, le visage sur le sol. Cutler s'agenouille. Il l'aide à se redresser, à s'appuyer contre un placard. Ses vêtements sont froids au toucher, mais lui n'est pas froid, il est brûlant.

— Je suis malade, Darryl. Seigneur, comme je suis malade.

Cutler a envie de pleurer. Il a peur, mais en même temps il est heureux. Pelletier est revenu. Il s'emploie à lui enlever sa veste, sa chemise, son T-shirt. Tout est trempé. Il frotte les cheveux mouillés de Pelleter avec le T-shirt.

— Tu veux dire que tu étais malade et que cette garce t'a largué ici, sous la pluie ?

Les yeux de Pelletier sont clos. Il hoche la tête et marmonne.

— Pourquoi serait-elle sortie de la voiture pour se faire tremper aussi ? elle ne savait pas que tu étais absent.

— Connasse, dit Cutler, tu peux lever ton cul pour enlever ton pantalon et aller prendre une douche chaude.

— Je ne tiens pas debout, murmure Pelletier.

— Un bain chaud alors.

Cutler déboucle la ceinture de Pelletier, baisse son pantalon, son slip rouge. Ça ne peut pas glisser par-dessus ses chaussures. Les lacets sont humides et les nœuds difficiles à défaire. Il se précipite, se saisit d'un couteau dans un tiroir et coupe les lacets, enlève chaussures, chaussettes, pantalon, slip. Il repousse les vêtements trempés, va chercher un imperméable, en drape le frissonnant Pelletier et le soulève comme il avait l'habitude de soulever Moody. Il le porte. Le gosse a perdu beaucoup de poids.

— Pas sous la pluie.

— Pas sous la pluie.

La tête de Pelletier s'appuie sur l'épaule de Cutler. Sa bouche est contre l'oreille de Cutler, qui autrement ne pourrait pas l'entendre tant il parle faiblement.

— Pas de pluie, dit Cutler. Au nom du ciel, ça ne prendra qu'une minute.

Cutler fait glisser le panneau vitré. La pluie poussée par le vent les frappe de plein fouet et Cutler sent son souffle glacial. Il referme le panneau et se dirige vers l'escalier, les cheveux dans les yeux. Il lui faut faire très attention. Il n'a pas allumé la lumière à l'extérieur, d'en bas nulle lueur ne vient à son secours. Il avance à pas comptés, ses chaussures trempées. Le plafond est équipé de radiateurs, et les murs de souffleries. Il dépose le gosse sur le siège des toilettes, lui enlève l'imperméable, l'enveloppe dans de larges et épaisses serviettes éponge, met en marche les radiateurs et les souffleries. Pelletier se recroqueville, se pelotonne, gémit. Avec une fièvre pareille, comment se fait-il qu'il ne transpire pas ? Sa respiration est difficile. Comment a-t-elle pu laisser les choses en arriver là ?

— Ce n'est pas de sa faute, murmure Pelletier. A mon idée, un mauvais rhume. Je voulais simplement être seul.

— Merveilleux.

Cutler ouvre l'armoire à pharmacie. Un thermomètre devrait s'y trouver. Il a souvent pris la température de Moody. Il essuie le thermomètre avec un morceau de coton imbibé d'alcool. Les anciens réflexes reviennent machinalement. Il se penche sur Pelletier.

— Ecoute, il faut prendre ta température.

— Et ça n'a pas cessé d'empirer, souffle Pelletier. Et elle voulait m'emmener à l'hôpital. Elle aurait réglé la note. Alors, je lui ai dit (Il tousse à nouveau) : « Comment expliqueras-tu le chèque à Quinn ? Laisse tomber l'hôpital. Tout ira bien. Laisse-moi simplement me reposer encore quelques jours. »

Il respire difficilement. Cutler se souvient des derniers mois de Moody. Le gosse a l'air de manquer d'air.

— Seulement j'allais pas mieux. Et ce soir, elle s'est vraiment affolée.

— Elle a eu peur que tu meures chez elle, dit Cutler.

— Non, non. Elle a téléphoné pour appeler une ambulance. Je ne voulais pas la laisser faire. Quinn aurait deviné. Je lui ai dit de m'amener ici, que tu saurais quoi faire. Tu sais t'occuper des malades. (Pelletier tousse à nouveau. Il étreint sa poitrine.) Où est mon verre de whisky ?

Sa toux résonne, renvoyée par les surfaces laquées de la salle de bains. Il y fait chaud maintenant. Mais le garçon ne transpire pas. Cutler se demande bien pourquoi, et prend peur.

— D'abord ta température. (Il introduit le thermomètre dans la bouche de Pelletier et regarde sa montre.) Je vais chercher le whisky et je reviens. Tu le gardes, d'accord ?

Pelletier hoche tristement la tête. Il tousse doucement. Le thermomètre en place. Il y est toujours quand Cutler, une fois de plus mouillé et gelé, revient avec un grand verre où surnage un whisky alourdi de miel, de jus de citron et d'eau chaude. Une vieille recette de sa mère. C'est censé le faire transpirer. Cutler pose le verre sur le lavabo, prend le thermomètre, l'élève dans la lumière et lit. Il grogne intérieurement. 38,9. Presque 39. Il écarte les cheveux de Pelletier, pose une main sur son front. Sec et brûlant. Il donne le verre à Pelletier.

— Bois ça. Il n'y a pas de chauffage dans ma voiture. Je vais appeler une ambulance.

— J'ai peur des hôpitaux, murmure Pelletier.

— Je ne veux pas que tu meures, dit Cutler. Je t'aime.

— Ouais, d'accord, dit faiblement Pelletier.

— Bois ça, insiste Cutler, et il va téléphoner.

Pelletier est inconscient quand l'ambulance arrive enveloppée d'obscurité et de pluie.(Il en sera ainsi durant ces trente-six heures de soins intensifs à l'hôpital de Santa Monica.) La tempête continue. Cutler passe ses journées à l'hôpital et, par une large fenêtre au bout du couloir, il contemple le spectacle, la circulation luisante sous la pluie, les arbres couchés par le vent, dégoulinants, les gens en imperméable se hâtant sur les trottoirs trempés, essayant de s'accrocher à des parapluies aux couleurs criardes. Il reste aussi tard que le règlement le lui permet, puis il rentre chez lui, sous le vent et la pluie.

Le téléphone sonne, mais il ne répond pas. C'est sûrement Véronique qui s'inquiète de Pelletier. Pourquoi ne vient-elle pas ? a-t-elle si peur de lui ? il l'espère bien. Mais ce n'est peut-être que le mauvais temps qui l'empêche de venir. Ça l'a empêchée d'aider Pelletier à descendre l'escalier la nuit où elle l'a déposé. Elle n'a même pas voulu descendre de voiture. Cutler sourit en entendant sonner le téléphone dans l'obscurité glacée. Il se retourne dans son lit chaud, et se rendort.

Le troisième jour, Pelletier quitte la salle de soins intensifs pour une chambre particulière. Il a l'air fatigué, mais Cutler peut entrer cinq minutes et lui sourire, alors que Pelletier se trouve sous une tente à oxygène de plastique transparent.

– Tout va bien, lui dit-il.

– Où est Véronique ?

La voix de Pelletier est encore faible. Cutler feint la surprise.

– Elle n'est pas venue ?

Les yeux de Pelletier se ferment, puis s'ouvrent.

– Tu ne lui as rien dit, c'est ça ? Elle ne sait même pas que je suis ici.

– Elle s'en fiche, Chick. Elle n'a même pas téléphoné.

Pelletier semble vouloir se perdre dans le sommeil. Cutler attend et l'observe. Il reste affreusement pâle et les os saillent sous la peau de son visage. Ses yeux sont enfoncés dans les orbites. Il pourrait être mort. Cette pensée bouleverse Cutler. Ses doigts grattent le plastique tendu de la tente. Et Pelletier le regarde à nouveau.

– Alors, tu ne lui as rien dit ?

– Je suis allé chez elle sous la pluie et je lui ai expliqué. Elle a fait la grimace. Elle n'aime pas entendre parler de maladie. Les gens malades la dégoûtent, Chick. (Cutler a volé cette réplique à un personnage dans le manuscrit de Liebowitz.) Et bébé, elle ne va pas divorcer. Jamais. Elle me l'a dit.

Pelletier referme les yeux.

– Tu es un menteur.

Le cinquième jour, la tempête s'éloigne, des lambeaux de nuage masquent parfois le soleil, mais au fil des heures le ciel s'éclaircit. Le ciel est d'un bleu splendide. Le même bleu se retrouve dans les yeux de Pelletier, la même clarté. La tente à oxygène a disparu. Il commence à pouvoir s'asseoir dans son lit d'hôpital, soutenu par des oreillers. Il semble toujours fragile, mais lorsque arrive l'heure du repas, il mange voracement. Tout, tandis que Cutler l'observe en souriant. La femme noire en uniforme vert amidonné vient prendre les plateaux avec les plats vides, en se dandinant comme un canard.

– Un homme en bonne santé ne reste pas couché.

– Il va pourtant falloir tenter le coup, dit Pelletier.

Elle ne comprend pas ce qu'il entend par là, mais elle rit joyeusement et, de sa démarche de canard, emporte le plateau sur son chariot et le pousse brinquebalant dans le couloir. Le visage de Pelletier qui a repris des couleurs se crispe. Il tourne la tête vers la table de nuit. Un téléphone vert mousse y est posé.

– Toutes les commodités, dit Cutler.

– J'ai téléphoné à Véronique ce matin, dit Pelletier. Pourquoi me mentir sans arrêt, Darryl ? c'est idiot, tu sais ? tu n'es jamais allé chez elle, tu ne lui as jamais dit que j'étais ici. Elle a téléphoné jour et nuit et tu n'as jamais répondu.

– J'étais ici pour la nuit, dit Cutler. Renseigne-toi auprès de n'importe qui.

– Elle a laissé un mot sur ta porte.

– Sous le vent et la pluie ? Soyons sérieux. Elle a ta clef. Pourquoi n'a-t-elle pas déposé le mot à l'intérieur ? C'est elle qui ment, Chick. Réveille-toi. (D'un geste, il désigne la pièce.) Où sont les fleurs, les fruits, les derniers romans à succès ? Où est-elle ? Si elle s'inquiète tellement pour toi, quand tu as téléphoné, pourquoi n'est-elle pas venue en courant ?

– Quinn rentre aujourd'hui, dit Pelletier.

La Porsche est garée à sa place habituelle sur la petite route au-dessus de la maison. Elle est restée exposée aux intempéries et ça se voit. Cutler essaye les portières, fermées. Il trouve les cartons de vêtements de Pelletier – qui pour la plupart ont besoin d'un sérieux nettoyage – sur le bar du petit déjeuner, à côté de la statuette du surfer. Une enveloppe Manille est posée au-dessus des cartons. Elle contient le portefeuille de Pelletier, son chéquier, ses clefs. Bon. Il voulait en effet prendre la Porsche demain matin pour ramener Pelletier de l'hôpital à la maison. Ici. L'emploi du temps de Quinn est parfait, une fois de plus.

Souriant de sa chance, Cutler porte les cartons en bas. Il fourre le linge sale dans un sac, range le peu de propre restant dans les tiroirs que Pelletier a vidés il y a quelques semaines, accroche vestes et jeans dans l'armoire sur les portemanteaux que Pelletier avait dégagés il y a quelques semaines. Il conduit la Porsche au lavage et lustrage. Il profite du temps mort pour se rendre à pied au centre commercial et pousse un chariot étincelant dans les allées scintillantes du supermarché, remplissant son chariot de tout le nécessaire à la préparation d'un bon repas pour Pelletier. Il est interdit de se servir des chariots hors du parking, mais il n'en tient pas compte et le pousse, cahotant, sur le gravier d'une contre-allée jusqu'à la Porsche qu'il a laissée au lavage.

Le lendemain matin, en arrivant sur le parking de l'hôpital, il aperçoit Hoffy devant les portes de l'établissement en compagnie de deux hommes. Le frais soleil matinal brille sur les cheveux argent d'Hoffy. Il porte une veste claire et un pantalon clair. Le vent les plaque contre sa frêle silhouette. L'un des deux hommes est vêtu d'un costume classique et tient une mallette. L'autre porte des bottes de cow-boy, un chapeau de cow-boy, un Levi's, une veste en peau de mouton et des lunettes noires. Cutler les perd de vue, il cherche une place libre sur le parking. Il finit par en trouver une, sort du coffre les vêtements qu'il a apportés pour Pelletier et se dirige vers les portes de l'hôpital. Hoffy et ses amis ont disparu.

Ils ont laissé des fleurs derrière eux, une pleine boutique. L'air est saturé de leur parfum douceâtre. Le sourire de Cutler disparaît à son entrée. Le lit de Pelletier est inoccupé. Le gosse est assis, le dos contre la porte, une couverture sur la tête. Cutler en a un coup au cœur. Que se passe-t-il ? le gosse est encore malade ? Cutler pose les vêtements sur une chaise, son état semble même s'être aggravé. Il faudra un bon moment avant qu'il redevienne lui-même. Encore une semaine de repos au lit, ont dit les docteurs, puis deux semaines d'activités réduites. Et peu à peu reprendre…

— Hé ! dit Cutler. Je viens te chercher pour te ramener à la maison.

— Les fils de putes.

Pelletier ne bouge pas.

— Ils ont apporté des monceaux de fleurs, dit Cutler.

— Ça ne leur servira à rien. Je vais leur faire un procès, leur tomber dessus. (Pelletier se retourne brusquement, il regarde Cutler.) Tu sais ce qu'ils ont fait ? ils m'ont évincé du film. Ils disent que c'est écrit en toutes lettres. C'est automatique. Tu n'as rien vu, tu es bouché.

— Mais tu as été malade. La maladie ou l'accident. Ça aussi, ça doit être écrit.

— Ouais, bon. J'ai été malade trop longtemps. (Pelletier fait un effort pour se redresser. C'est difficile.) Ils m'ont cherché pendant une semaine. Puis ils ont engagé un autre acteur.

— Mais ce n'était pas de ta faute, dit Cutler.

— C'était de leur faute, réplique Pelletier. Ils m'ont rendu malade en me traînant d'un bout à l'autre de cette rivière dégueulasse, dans ce canyon maudit, de l'eau jusqu'au cul, à trébucher à chaque pas. Trois jours comme ça, Darryl. Et il faisait froid là-haut — mais vraiment froid. Et après, est-ce qu'on pouvait se sécher, pas du tout. Dans mes ridicules vêtements trempés, il fallait que je me cache dans une cave. Ça représentera dix secondes dans le film, tu sais le temps que ça demande ces prises de vue de merde qui durent dix secondes dans un film. Je suis tombé malade par leur faute, Darryl. Et je vais les poursuivre.

— C'était un mauvais film. Il vaut mieux que tu n'en fasses pas partie.

— De quel côté es-tu ? demande Pelletier.

— Je t'ai apporté tes vêtements.

Cutler les tend.

— Viens. Je vais t'aider à t'habiller. Sortons d'ici. Tu te sentiras mieux quand tu seras à la maison.

19

La caisse est trop grosse pour que l'on puisse la descendre par l'escalier depuis la route où trois costauds l'ont déchargée d'un grand camion de livraison or. Ils descendent la caisse du plateau surélevé du camion puis se dirigent vers le haut de la montée pour étudier l'étroitesse de l'escalier. Ils poussent la caisse sur le chariot jusqu'au haut des marches, la maintenant avec précaution sur des roulettes trop frêles. Ils s'arrêtent sur le gravier. Ils pourraient la descendre à condition de la soulever, mais elle est bien trop lourde pour eux.

— Combien y a-t-il d'emballage ? demande Cutler. Si vous les enleviez, pourriez-vous la descendre ?

Il faut la descendre. Pelletier l'exige. Il attend en bas allongé sur le divan où il demande à rester lorsqu'il ne dort pas, et même lorsqu'il s'endort.

— Peut-être que l'appareil lui-même n'est pas si énorme.

— Nous sommes censés déballer à l'intérieur.

L'hésitant est un grand Noir trapu aux cheveux grisonnants. Il regarde autour de lui, la plage, la route, les collines désertes.

— Nous ne devons pas déballer dehors.

Un jeune Mexicain à la peau douce couleur terre cuite et aux longs cils noirs donne de légers coups de la pointe de ses chaussures dans la caisse. Les trois hommes portent des combinaisons or avec « Giant TV » imprimé en bleu et blanc sur le dos.

— Je crois qu'il y a pas mal d'emballage. (Il rit, s'amuse.) Je crois que le poste est à peu près comme ça. (Ses mains dessinent un écart d'environ trente centimètres.)

Le troisième homme, le plus grand, le plus jeune, mais il a du ventre, ses cheveux clairsemés voltigent dans le vent :

— Quelle histoire, dit-il. Si c'est la seule façon de la livrer, quelle histoire.

Ils descendent la caisse du chariot et s'affairent dessus avec des pinces. Ça grince, des clous crissent. Un côté tombe. La mousse plastique de l'emballage tassée à l'intérieur ressemble à de la neige. Ils desserrent cordes et liens, et les enlèvent. Ils sortent l'appareil, déroulent l'emmaillotage plastique, et le jaugent dans la lumière du soleil matinal. Le bois vernis brille. Il arrive à hauteur de poitrine et mesure un mètre de large. L'enfant brun sourit de nouveau à Cutler, montrant de grandes et belles dents blanches bien rangées. Il fait du charme.

– Qu'est-ce que je disais ? plus de cinquante centimètres, noir et blanc.

Les autres rapportent les pinces dans le camion, reviennent et se tiennent à côté de l'appareil, bras ballants. Leurs expressions ne rassurent pas Cutler. Le Noir se dirige vers le haut des marches et regarde en bas.

– Il va falloir la descendre à deux, dit-il. Il n'y a pas assez de place pour trois dans cet escalier. (Il fait un signe de tête au plus jeune.) Tu descends la moitié et je prendrai le relais. Je descendrai et la porterai jusqu'en bas et dans la maison. (Il regarde l'enfant brun.) Tu prends le haut.

Et ainsi est-il décidé. D'en haut Cutler surveille la manœuvre, une main sur la bouche, il a peur qu'ils lâchent prise. Pelletier n'arrange rien. Il sort en robe de chambre et pyjama et traîne les pieds jusqu'à l'escalier, bouche bée. S'ils lâchent le poste, il lui tombera dessus. Il se déplace lentement. Il ne pourra pas l'éviter. Cutler voudrait lui demander de reculer, mais le gosse est si impatient. Il n'a pas souri une seule fois depuis son retour de l'hôpital, et maintenant il sourit et Cutler ne veut pas gâcher ça. Ce n'est pas nécessaire. Ils descendent l'appareil sans problème, le transportent à l'intérieur et l'installent à la place de l'autre téléviseur – que Cutler auparavant a poussé, porté et fait glisser dans la chambre. Le nouveau a un écran de quarante pouces.

– Tu ne vas pas l'aimer, dit Cutler. L'image est floue.

– Trouves-en un qui ne soit pas flou, dit Pelletier. Darryl, tu as un quart de million de dollars, à quoi ça sert si tu ne peux même pas acheter un téléviseur qui ne soit pas flou ?

Le bateau a pris la moitié du quart de million. Les taxes ont pesé lourd dans la balance. Les chevaux, les cartes, la roulette. Les factures d'hôpital de Pelletier étaient effrayantes. Mais Cutler ne dit rien.

Il veut que le gosse continue à le croire riche. L'image est floue mais, Dieu merci, Pelletier n'y prête pas attention. Elle est grande, donc elle doit être bonne. Il ne se tient plus de joie, il rit, c'est mieux comme ça.

– Je ne t'avais pas dit que ce serait net ?

– Il faut que j'aille au marché, dit Cutler en pliant une liste qu'il a griffonnée sur un bout de papier et la glisse dans une poche.

– Ça va aller ? Et ta toilette ? Je ne sais pas quand je rentrerai. Il faut aussi que je passe à la banque et chez le teinturier.

– Ça va, dit Pelletier.

Il ne peut pas prendre l'escalier. Descendre oui, monter non. Pas encore. Seulement en partie. Donc, comme du temps de Moody, Cutler le porte.

– Tu aimes porter les gens ?

– Pas les gens, toi.

– Si c'est nécessaire, je pisserai dans l'évier.

– Je regrette de ne pas voir ça.

Il sort, monte l'escalier jusqu'à la route et découvre que les camionneurs ont laissé la caisse derrière eux.

Une autre tempête arrive, plus forte et plus froide que les deux précédentes. C'est la pleine lune et les marées sont hautes. De grosses vagues se forment et viennent se fracasser plus près qu'à l'accoutumée. Cutler est inquiet et, sous plusieurs épaisseurs de chandails, un imperméable et un chapeau de toile, il se tient sur la terrasse et observe les vagues qui menacent sa maison, se brisent et retombent seulement quelques mètres plus avant.

Pelletier oublie tout. Il s'allonge et contemple, extasié, son nouveau jouet. Quand il n'y a pas de nouveau film qui lui plaise au programme, ou seulement ceux qu'il a déjà vus, il a des cassettes. Et quand il en a assez, il envoie Cutler, sous la pluie, en chercher d'autres. Cutler a peur lorsqu'il fouille parmi les titres dans la boutique que la mer emporte la maison et Pelletier avec. Pelletier est si jeune. L'idée qu'il puisse mourir a frappé Cutler dernièrement, et depuis elle le hante.

Le temps s'améliore et les lentes promenades sur la plage commencent. A voir Pelletier marcher avec précaution sur le bois flotté abandonné par la tempête, on a peine à croire qu'ici même, il y a deux mois, il faisait la roue et des pirouettes, luisant de sueur, à demi nu. Maintenant, Cutler le couvre de gros vêtements. Il ne faut pas qu'il attrape froid et le vent de la mer est pinçant. Pour commencer, ils ne font qu'une petite promenade, un groupe de rochers tranchants qui sort de l'eau leur sert de point de repère. Pourtant, Pelletier respire difficilement sur le chemin du retour, et remonter l'escalier jusqu'à la terrasse n'est pas facile. Il est même obligé ensuite de rester allongé sur le lit jusqu'à la nuit. Il est pâle, il ferme les yeux. Cutler étend une couverture sur lui.

— On laisse tomber la promenade demain, dit Pelletier.

Ça inquiète Cutler ; et il broie du noir. Mais le lendemain matin, Pelletier veut sortir et il a l'air d'aller beaucoup mieux. A la fin de la semaine, ils font un trajet deux fois plus long et Pelletier monte l'escalier jusqu'à la plus haute terrasse. L'aide de Cutler lui est à peine nécessaire. Le dimanche, il ouvre le cadenas qui ferme le coffre sous l'escalier et il sort le ballon de volley-ball. Ils peuvent échanger quelque quatre ou cinq passes avant que Pelletier ne hoche la tête et ne se détourne. La balle alors rebondit sur les marches jusqu'à la plage.

– Ça suffit.

Pelletier s'appuie sur la rampe de la terrasse, haletant, tête basse.

– Demain, peut-être. Merde.

Et, entêté, le lendemain matin, après la promenade, il va rechercher le ballon et cette fois il y a un peu plus d'énergie dans ses passes. Et bientôt, il est en mesure d'y mettre assez de force pour que la balle meurtrisse les paumes de Cutler quand il réussit un lancer. Pelletier aime ça, il rit. Il aime voir le visage de Cutler se crisper.

Cutler aime le voir manger. Il prépare d'énormes petits déjeuners de trois ou quatre œufs, pommes frites, grillade, saucisses, lard, crêpes, biscuits, pain de froment. Aucun mélange, aucune quantité ne décourage Pelletier. Il mange ce qui est dans son assiette et en redemande. Tous ses repas sont copieux et, lentement, il reprend du poids.

Un matin, Cutler est réveillé par des bruits qu'il a du mal à identifier. La pièce vibre. Est-ce un tremblement de terre ? Il s'assied sur son lit, scrute l'obscurité. Pelletier en survêtement jaune saute à la corde devant la fenêtre.

– Où as-tu pris ça ? demande Cutler.

– A une petite fille, à qui d'autre ? (Pelletier souffle.) Seule sur la plage. Je lui ai dit que si elle ne me la donnait pas, j'allais l'étrangler avec. Achète-moi un Nautilus, d'accord ?

Il ne parle pas d'un mollusque ou d'un sous-marin. Il parle d'un équipement de culture physique, des poids, poulies ; tout ce que propose la marque Nautilus. Cutler le commande. Avant sa livraison, les promenades matinales sont devenues des courses. C'est peut-être bon pour Cutler qui a dû manger pour tenir compagnie à Pelletier et à qui il n'est pas nécessaire de prendre du poids.

Mais ça l'essouffle, ça provoque des crampes dans ses jambes, et bientôt il abandonne Pelletier.

Et un matin, Pelletier tarde à rentrer. Dans la cuisine où le lard grésille et où les petits pains sentent la levure, Cutler regarde sa montre, perplexe. Le gosse a-t-il repris ses courses trop prématurément ? S'est-il trouvé mal sur la plage ? Cutler se défait de son tablier, enfile une veste et part à sa recherche. Il ne fait que quelques mètres. Pelletier lui fait signe et s'avance vers lui. Cutler s'arrête et attend.

– Tout va bien ? demande-t-il.

Pelletier fait du sur place. Il a les joues rouges. Il est essoufflé mais en forme. Il hoche la tête.

– Je suis tombé... (pantelant, il inspire)... sur les Quinns, voilà tout.

Cutler regarde la plage, l'air renfrogné.

– Les deux ?

Pelletier lui jette un regard écœuré et monte en courant la côte qui mène à la maison. Cutler le suit péniblement. Au comptoir du petit déjeuner, enfournant la moitié d'un petit pain, le beurre jaune d'or coulant sur son menton, Pelletier lui dit :

– Quinn te fait dire qu'il a été très occupé, mais qu'il lira ton manuscrit dès que possible.

Décembre. La nuit tombe vite. A la lumière de la barre fluorescente de la cuisine, Cutler lave la vaisselle du dîner. En bas, le Nautilus cliquette et grince. Il occupe beaucoup Pelletier ces jours-ci, presque autant que la télévision. Beaucoup plus que le bateau. Quand Cutler s'est inquiété durant la tempête, Pelletier lui a fait remarquer qu'il était assuré.

– S'il est abîmé, nous en achèterons un autre. Non ?

Ses haltères et courroies l'obsèdent. Le jour de la livraison, il a déchiré les emballages pour en sortir les éléments étincelants en s'esclaffant sourdement et, concentré sur le formulaire et les instruments, les a assemblés seul. Dans le bureau de Cutler.

Ils prennent beaucoup de place. Toute une équipe de base-ball pourrait y trouver son compte. Le bureau blanc de Cutler avec sa machine à écrire étincelante est à présent relégué dans un coin. Si Cutler veut s'en servir, il aura en face de lui, non la mer et le ciel, mais un morne mur blanc. Il n'a pas envie de se servir de la machine, mais il n'en dit rien à Pelletier. Ça lui gâcherait le plaisir d'embêter Cutler. Le gosse bouderait et rejetterait les avances de Cutler quand il voudrait l'approcher dans le lit. Alors, de temps en temps Cutler fait semblant de vouloir travailler dans son bureau et, après avoir fait claquer les tiroirs en ronchonnant, il quitte la pièce ostensiblement agacé.

Il sourit finement pour lui-même, se sèche les mains, remplit une tasse de café, verse trois doigts de cognac jusqu'au canapé où il s'allonge afin de regarder les nouvelles télévisées. Images plus grandes que nature. Il les préférerait plus petites. C'est comme d'avoir le mont Rushmore dans sa salle de séjour. Il va descendre dans la chambre et les regarder sur le vieux poste. Il tâtonne autour de lui dans la demi-obscurité pour éteindre l'appareil, mais une image l'arrête.

La page sportive. Un concours de gymnastique a eu lieu quelque part. Et apparaît un de ces garçons, poupée blonde en chemisette et pantalon moulant blanc qui tourne, se balance, voltige sur un cheval d'arçon. Cutler sourit et boit un peu de cognac. C'est un présage. Tout le monde aime regarder ça. Son film va être un succès. Le tournage est déjà commencé. La pré-publicité des Jeux Olympiques d'été marche à fond. Eddie Axelrod dit que les distributeurs pourraient programmer le film avant et non après. L'image change. Un garçon s'envole dans un saut périlleux jusqu'à des hauteurs obscures, au-dessus d'une barre d'acier, il rattrape la barre, tournoie autour et de nouveau s'élance dans des sauts périlleux, se retourne pour atterrir sur la natte, les bras tendus, et recueillir les applaudissements. Cutler éclate de rire de plaisir. Tout ça est dans son manuscrit.

La porte de la cuisine grince. Le bruit dénonce la fureur. Quelqu'un frappe violemment. Quelqu'un crie, mais la télévision l'empêche de saisir les paroles. Il prend la télécommande et coupe le poste. Il bondit du canapé et reste en arrêt derrière la porte.

– Darryl, je sais que vous êtes là. (C'est Quinn qui hurle.) Venez ouvrir.

Cutler frissonne. Quinn semble fou furieux. Pour quelle raison ? Qu'est-ce que Cutler a bien pu lui faire ? Est-ce à cause de Véronique ? alors c'est à Chick qu'il devrait s'en prendre. Cutler, paniqué, cherche où il lui serait possible de se cacher. Nulle part. Il se dirige vers la porte vitrée, la terrasse, la plage sombre. Mais un bruit l'arrête, un crissement de métal tordu. Quinn a-t-il arraché le battant de la porte ? Quelque chose cogne le bois… un poing ?… Non, un pied… Quinn essaye de l'enfoncer. Il hurle :

– Ouvrez cette maudite porte, Darryl. Je vous jure que je vais…

– Bon, ça va ! crie Cutler.

Il se force à s'éloigner de la lumière et à entrer dans la zone d'ombre de la cuisine, à tourner le verrou, le loquet, la poignée. Il tire la porte.

– Vous devez être ivre, dit-il.

– Et vous, vous devez être fou.

Quinn entre en coup de vent. Il tient le manuscrit. Pas à la main gauche, au poing, il gifle Cutler avec. Il a le visage tordu par la rage. Il a le teint terreux.

— Dire que vous avez pu faire ça.

— Calmez-vous, dit Cutler...

Il regarde le battant de la porte. Quinn en a esquinté le coin. Est-ce que ça lui a été facile ? Est-il si fort ?

— Pu faire quoi ? demande-t-il machinalement.

— Ça. Vous n'avez pas écrit ce manuscrit. (Quinn a un rire de dégoût pour lui-même.) J'aurais dû le savoir. A la manière dont Eddie l'a placé si rapidement. Et à une Major qui plus est. Ils n'achètent pas de manuscrits extérieurs. Ils exploitent leurs propres droits. Ce genre de manuscrit ne pouvait pas avoir été écrit par un amateur.

— Qui est un amateur ?

Pelletier s'avance vers eux en petit short blanc, sa tenue pour pratiquer le Nautilus.

— Darryl a écrit dix livres, Phil. (Il tient à la main un maillot de gymnastique.) Il a écrit le manuscrit pour moi. (Pelletier enfile le maillot.) Seulement, je n'ai pas eu le rôle.

Il ramène ses cheveux en arrière. Il est à contre-jour et la lumière fait de sa chevelure une auréole.

— Votre agent me l'a retiré.

Quinn fait comme si Pelletier n'existait pas. Son regard dur fixe toujours le regard de Cutler. Cutler se dit qu'il doit être pâle comme un linge.

— Ce manuscrit a été écrit par Irv. Liebowitz, dit Quinn fermement.

— Quoi ? (Cutler s'entend lui-même. Véhément, peu convainquant.) Irv. Liebowitz est mort, mort depuis deux ans !

— Il l'a écrit juste avant de mourir, dit Quinn. Dans ce motel en plein désert où il était allé se cacher.

Les genoux de Cutler fléchissent. Il se rattrape à un tabouret afin de se maintenir.

— Vous y êtes allé ? vous l'avez vu ? il vous a montré le manuscrit ?

— La ferme, Darryl, dit Pelletier. Ainsi, ce Liebowitz aurait écrit sur les Jeux Olympiques, et Darryl aurait écrit sur les Jeux Olympiques. Et alors ? une centaine d'écrivains l'on fait.

Quinn s'entête à l'ignorer. Il reste les yeux fixés sur Cutler.

— Non ! je ne suis jamais allé là-bas. Je ne savais pas où il en était. Mais nous avons déjeuner une dernière fois ensemble avant son départ. Et il m'avait parlé de son projet. Il était très emballé.

— Il vous en a parlé ? dit Pelletier. (Il est accoudé au comptoir et passe la main sur la statuette du surfer.) Pouvez-vous le prouver ? qui d'autre a déjeuné avec vous ce jour-là ?

— Personne. Peu importe. (Quinn pose le manuscrit et sort des enveloppes de la poche de sa veste.) Il m'a écrit. Il n'avait personne à qui parler là-bas. Seulement penser tout haut, développant l'histoire, notant des détails. Il ne demandait pas mon avis. Sans ça il m'aurait donné une adresse. (Quinn sort une lettre d'une des enveloppes.) Ecoutez. (Il recherche ses lunettes dans sa poche, les met.) Ce garçon s'appelle Hoyt. Son père est vétérinaire. Sa femme s'appelle Elen, la mère du garçon. Sa petite amie, c'est Chrissie. Exact ? Son associé Danny ? (Quinn remet lettre et enveloppes dans sa poche.) Quand vous avez copié le manuscrit, vous n'avez même pas changé les noms, l'intrigue, le déroulement des événements, les extérieurs... tout a été écrit par lui.

— C'est de la folie. (Cutler essaye de rire.) Où aurais-je pu prendre le manuscrit de Liebowitz ? S'il l'a jamais écrit !

— Il l'a écrit, indéniablement, dit Quinn. (La monture de ses lunettes claque quand il les replie, il les range.) Je reconnaîtrais toujours son travail. (Il pose sèchement le manuscrit sur le comptoir.) Personne n'écrit de dialogues comme Irv. Où l'avez-vous pris ? chez Moody, c'est évident. Irv. le lui avait envoyé pour qu'il soit dactylographié. Et quand il est mort, vous l'avez subtilisé.

– Où est-il alors ? (Cutler fait un large geste.) Vous voulez le chercher. Ne vous gênez pas pour moi.

– Oh ! vous l'avez détruit après l'avoir copié et signé de votre nom. (Quinn renifle.) J'ai essayé de vous tenir en amitié, essayé d'être compréhensif, mais rien de tout ça ne me surprend. Au fond de moi-même, je ne vous faisais pas confiance. Toute votre liaison avec Stewart... amour... estime ? Quelqu'un d'autre peut-être. Vous ? vous n'avez rien donné. Vous n'étiez là que pour l'argent. Au début, je me suis demandé si vous ne l'aviez pas tué... Vous n'en avez pas eu le courage. Vous avez pris l'argent pourtant, n'est-ce pas ?... Belle maison, belle voiture, beau garçon ? Et pour glacer le gâteau, vous êtes devenu écrivain. Le succès facile. En volant un manuscrit dont vous pensiez que personne n'avait entendu parler... un manuscrit écrit par le meilleur de la partie.

– Je vous donne la moitié de ce qu'ils m'ont payé, dit Cutler. Ou même tout, donnez-moi simplement ces lettres.

Quinn reprend le manuscrit et lui tourne le dos.

– Désolé, il faut que je passe un coup de téléphone. Je ne pourrai pas me rendre au syndicat avant demain, mais je peux joindre Eddie maintenant. Il doit être chez lui. Il ne manque jamais « Hill Street Blues ». Je vais vous détruire, Darryl.

Il s'arrête sur le seuil de la porte. Le brouillard entre. Il est dehors en suspens, épais et blanc. Quinn se retourne.

– Je ne devrais jamais mettre en doute mon intuition. Dès le début je savais exactement qui vous étiez.

– Il y a un téléphone ici, fait remarquer Pelletier. (Dans l'obscurité de la cuisine, l'appareil forme une tache claire. C'est un appareil mural, fixé sur le côté d'un placard.) Ne vous gênez pas.

Quinn, indécis, regarde le téléphone, Pelletier, Cutler qui, hébété, regarde le gosse avec horreur. Quinn glisse le manuscrit sous son bras.

– Très bien, pourquoi pas ? Le plus tôt sera le mieux.

Il décroche l'appareil. Le dos tourné, il appuie sur les touches faiblement éclairées.

Pelletier soulève la statuette du surfer et la colle dans les mains de Cutler. Elle est lourde. Cutler la regarde, stupéfait, regarde stupéfait Pelletier qui, d'un signe de tête, lui désigne Quinn.

– Tu ferais bien de l'arrêter.

Cutler essaye de reposer la statuette.

– Je ne peux pas.

– Ne m'oblige pas à ça, merde. (Pelletier agrippe les épaules de Cutler, le fait descendre du tabouret.) C'est toi qui dois le faire, tu l'as entendu. Il va te détruire. Fais-le Darryl, avant qu'Eddie réponde...

Cutler à la nausée. Il est pétrifié. Pelletier le pousse. Il titube en avant. Deux pas. Quatre. Le désespoir l'envahit. Il lève haut la statuette au-dessus de lui et l'abat sur la tête de Quinn.

20

C'est la fin du mois de février. Tard dans la nuit. Et Cutler est seul. Il a l'impression d'être seul depuis longtemps ; en réalité, ça ne fait qu'une quinzaine de jours depuis le départ de Pelletier. De nouveau auprès de Véronique chez Quinn. Si ce n'est que, évidemment, ce n'est plus chez Quinn. Il est dépossédé. La pluie tombe, les vagues grondent sur la plage, ébranlent la maison, le vent prend son élan, hurle, reprend son souffle. La pluie cingle avec un bruit de sable les vitres qui donnent sur la plage. Il y a un autre bruit. Quinn crie sur la plage. Il crie le nom de Cutler.

Quinn a disparu. La police ne le trouve pas. Ses amis, ses associés ne l'ont pas vu, n'ont pas entendu parler de lui. Comme il n'avait pas utilisé sa voiture, la police a d'abord pensé à un enlèvement. Puis, ses vêtements ayant été retrouvés sur la plage déserte, ils en ont conclu qu'à la suite d'une longue promenade, il s'était baigné et noyé. Mais son corps n'a pas été rejeté par la mer. Sa femme n'a été d'aucun secours, elle était allée se coucher en ignorant qu'il s'était absenté. Parfois il allait nager la nuit. Seul, parce qu'elle a peur de nager la nuit. Mais il ne lui avait pas dit qu'il avait l'intention de le faire. Il ne lui avait pas dit qu'il allait s'absenter pour quelque raison que ce fût. Le lendemain matin elle avait téléphoné un peu partout, sans résultat. Puis, en allant chercher le courrier et en voyant sa voiture garée à sa place habituelle, elle était revenue à la maison en courant et avait prévenu la police.

Quinn crie dans la tempête. Cutler gémit, tâtonne dans l'obscurité, presse un oreiller sur sa tête pour faire taire le bruit. Il fait taire le vent, la pluie, le fracas des vagues, mais pas les appels de Quinn. Cutler connaît la version de Véronique par cœur. Elle l'a racontée devant la télévision, devant un journaliste du *Times*, devant un écrivain pour le compte de *People Magazine*. Sa photo a été souvent reproduite. Elle est belle, Quinn était riche et célèbre. Elle a été quelquefois photographiée chez elle. La maison a l'air superbe et coûteuse. La mer scintille bleue et belle derrière la terrasse. Elle porte des lunettes noires pour dissimuler ses paupières gonflées de larmes. Mais elle pourrait s'en dispenser depuis un bon moment déjà. La presse s'était désintéressée de la disparition de Quinn et de la veuve éplorée. Et Pelletier avait pu retourner auprès de Véronique. Cutler lui avait dit ahuri :

— Qu'est-ce que ça signifie ? je croyais que c'était terminé ?

— Pourquoi crois-tu que je t'ai poussé à le tuer ? Pour que tu puisses voir deux secondes ton nom sur un écran de télévision ? Réveille-toi, Darryl. Tu as dit toi-même qu'elle ne divorcerait jamais. Tu ne m'as pas dit qu'elle-même te l'avait expliqué ?

Cutler s'était précipité dans la salle de bains, était tombé à genoux, avait vomi. Il avait posé son front sur la froide blancheur de la cuvette des toilettes, les yeux fermés, entendant Pelletier manipuler les porte-manteaux dans l'armoire de la chambre. Il avait respiré lentement, péniblement jusqu'à ce que la nausée disparaisse. Il s'était relevé, avait tiré la chasse d'eau et s'était rincé la bouche dans le lavabo, puis s'était aspergé le visage d'eau froide. Tout en s'essuyant avec une serviette de toilette, il s'était avancé sur le seuil de la chambre et avait observé Pelletier qui entassait ses vêtements dans des cartons posés sur le lit. Encore une fois. Cutler n'avait pu s'empêcher de rire. Pelletier l'avait regardé.

— Tu as l'air idiot.

— Qui va payer le caviar à présent ? le champagne ? les milliers de dollars perdus au poker ? les courses, Las Vegas ? Avec quel argent achètera-t-elle tes Porsche, tes bateaux, tes briquets en platine ? Comment payera-t-elle les voyages à Acapulco, les repas à *Ma Maison* ? Tu vas dépenser « ton » argent ?

– Pourquoi tu ne la fermes pas ?

Pelletier avait tiré brutalement un tiroir.

– Tu vas le payer cher, Chick. Phil doit être déclaré mort avant qu'elle ne touche son argent. Et ça n'arrivera pas avant des années. C'est la loi. A moins qu'ils ne retrouvent le corps. Et ils ne le trouveront pas, n'est-ce pas ? Tu as tout vu.

Sur la plage, dans le froid, le vent, la pluie, Quinn appelle Cutler. Sa voix est plus forte maintenant. Il s'est rapproché. Cutler grogne, rejette les draps et la couverture électrique, s'assied au bord du lit, cherche ses vêtements dans l'obscurité. Il n'allume pas. Il enfile un gros chandail, de grosses chaussettes et un épais pantalon de velours. Le vieux Moody, nu, squelettique, hurlant, la bouche noire et édentée, disparaît quand Cutler allume la lumière. Le petit garçon qui le touche de ses mains sanglantes et désemparées devient moins que rien quand la lumière apparaît. Ce sont des créatures des ténèbres. Il veut que Quinn se montre. Alors il allumera.

Il noue les lacets de bottes basses et se relève. Il ne peut pas croire que Quinn, si plein de vie, ne soit plus qu'un cri furieux dans la nuit. Il hurle chaque nuit pour faire sortir Cutler. A moins que Cutler n'ait un compagnon à ses côtés. Ce soir, Cutler n'avait pas envie de conduire jusqu'à Hollywood Ouest pour se payer un garçon. Il a déposé imperméable et chapeau de toile là où il pourra les retrouver dans l'obscurité. Il enfile le vêtement et enfonce le chapeau sur sa tête. Une torche électrique neuve, forte, pèse lourd dans une poche. Pas pour dissiper l'obscurité en cherchant Quinn. Non. La lampe électrique n'est là que pour empêcher Cutler de faire un faux pas. Il fait glisser le panneau vitré, frissonne sous la pluie battante, il sort en refermant derrière lui la baie sur glissière.

Quinn crie encore le nom de Cutler, mais le cri se fait plus faible. Obstinément, Cutler traverse la terrasse et descend sur la plage. C'est un rite auquel il est tellement habitué qu'il n'a plus que rarement peur. La première fois que Quinn a crié dans la nuit, il a été terrifié. C'était par une calme nuit étoilée, la première après le départ de Pelletier chez Véronique. Cutler alors n'avait pas réfléchi à la vertu de la lumière. Il avait balayé de son faisceau la terrasse, les escaliers. Le cœur battant, les mains tremblantes, il avait titubé sur la plage, guidé par la voix, labourant le sable de son faisceau de torche. Sûr absolument que Quinn était sorti de son tombeau marin afin d'aller tuer son meurtrier... à l'endroit même où il avait pataugé sur le rivage par cette belle matinée, peu après que Cutler eut acheté la maison.

– C'est un endroit dangereux pour se baigner, avait dit Cutler.

– On me l'a déjà dit, avait répliqué Quinn. J'oublie. Dès que l'envie m'en prend, je suis dans l'eau, n'importe où, n'importe quand.

Mais par cette nuit étoilée, il n'y avait pas de Quinn. Le cri avait été dans la tête de Cutler. Non ? Il n'y avait personne sur la plage pour crier. Il avait fait un cauchemar. Il revient péniblement à la maison, mais ne se recouche pas. Il monte boire un verre parce qu'il tremble toujours. Le whisky et la glace en main, il ne cesse de regarder le sol de la cuisine étincelante, les placards, le sol où Quinn s'est effondré et a saigné, les meubles éclaboussés de sang et de cervelle. Cutler pose son verre et passe un doigt sur les meubles. Il s'agenouille et scrute le brillant vinyl. Il va chercher du détergent, des éponges, un seau dans un placard et relave sol et meubles une fois de plus. Minutieusement. Le whisky est tiède lorsqu'il le finit.

Il pointe la lumière à ses pieds et s'avance d'un air lamentable vers la voix qui s'éloigne. Ses épaules sont voûtées, sa tête basse. La pluie dégouline du bord du chapeau de toile et tombe glaciale sur sa nuque. Le sable humide colle à ses chaussures. Combien de fois a-t-il lavé, rincé, ciré ce coin de cuisine ? il ne les compte plus. Il voudrait pouvoir s'arrêter. Le cri de Quinn se perd dans les voix de la tempête. Cutler commence à courir, le cercle de lumière zigzaguant devant lui, et ne cesse que lorsqu'il éclaire la bouche obscure de la mer.

— Quinn ! hurle-t-il au vent. Je suis là.

Là, c'est-à-dire à l'endroit exact où Quinn a jailli de l'océan, mort tout autant que le porc dans le fossé.

— Qu'est-ce que tu fabriques, dit Cutler.

— Je lui enlève ses vêtements.

Pelletier était à côté de Quinn sur le sol ensanglanté et se battait avec l'inertie de Quinn, le poids de Quinn.

— Aide-moi.

— Pourquoi ? Cutler divaguait. Pourquoi, Chick ?

Le visage échauffé sous l'effort, Pelletier s'arrêta de tirer sur la veste de Quinn et jeta à Cutler un regard incrédule.

— Il est allé nager, imbécile. Il est allé nager dans le ressac. Et il a été emporté, il s'est fracassé la tête contre un rocher. C'est ça ? Et il s'est noyé. D'accord ? Maintenant tu vas te décider à m'aider, oui ou non ?

Abasourdi, sans voix, Cutler s'agenouilla pour aider Pelletier tant Quinn pesait. Pelletier entoura la tête d'une serviette de toilette et ils le portèrent dans la salle de séjour, puis sur la terrasse enveloppée de brouillard. Le brouillard qui semblait lumineux. Le blanc de la serviette et des sous-vêtements de Quinn captaient cette luminosité. Le poids de Quinn leur coupait le souffle. Ils furent obligés de s'arrêter, de le poser, de le resoulever avant d'atteindre la mer.

– La marée descend. (Pantelant, Pelletier se déshabilla.) Ça sera plus facile, allez Darryl. Ne reste pas planté là.

– Je ne sais pas nager.

Cutler regardait l'eau noire.

– Tu n'auras pas besoin de nager. Tu n'auras qu'à marcher dans l'eau. Déshabille-toi. Réveille-toi, je t'en prie ! Un connard pourrait bien passer par ici.

– Il y a trop de brouillard, dit Cutler.

Mais il enlevait ses vêtements. Il faisait froid et il frissonnait. L'eau noire lui semblait puissante et terrible rien qu'à suivre ses remous et ses tourbillons. Pelletier nu – pâle silhouette contre l'obscurité profonde – se pencha pour agripper le lourd corps velu de Quinn sous les bras. Il le souleva en grognant. Hébété, Cutler se pencha et prit les jambes de Quinn. Sous les genoux. Une jambe de chaque côté. Ils le traînèrent dans l'eau glacée. Pelletier recula vivement presque en courant.

L'eau montait jusqu'aux cuisses de Cutler, jusqu'à sa taille. La peur l'envahit. Une grosse vague arrivait et l'eau remplit sa bouche. Il cria et faillit lâcher les jambes de Quinn.

Mais il redoutait le mépris de Pelletier. Il se ressaisit et s'avança, certain de façon désespérée qu'il allait se noyer. Puis l'eau entraîna le corps de Quinn.

– C'est bon, reviens haleta Pelletier.

Et Cutler lâcha Quinn, se retourna et, luttant contre le courant, s'écroula sur le rivage. Il n'y avait que la serviette ensanglantée pour se sécher. Il n'y toucha pas. Claquant des dents, il enfila ses vêtements et, ramassé sur lui-même, il essaya de découvrir l'océan à travers le brouillard. Il avait peur. La lame de fond aurait-elle emporté Pelletier avec Quinn ?

– Ça va ? hurla-t-il.

– Ferme-la, cria Pelletier.

Sa voix semblait étouffée mais étrangement proche. Le brouillard sans doute ? Cutler s'arrêta, retenant son souffle, aux aguets. La mer déferlait, soupirait. Il n'entendait aucun bruit de nage. Il attendit, pris dans le brouillard, mais Pelletier ne sortait pas de l'eau. Il devait s'y essayer, mais c'était de la folie. Quinn était lourd. Pelletier n'était pas assez fort. Ça l'a exténué. Il s'est noyé.

A présent Cutler occupe cette même place tenue par cette nuit brumeuse, mais c'est le fantôme de Quinn qu'il supplie dans les ténèbres. Qu'il sorte de l'océan ! Et aucune réponse ne lui parvient. Il ne va pas attendre indéfiniment sous la pluie battante. Il attendit par cette horrible nuit de décembre jusqu'à l'absurde. Tout d'abord, il resta sur place, cou tendu, essayant de voir, essayant d'entendre. Finalement, le froid le saisit. Il fallait qu'il bouge, qu'il se réchauffe, qu'il ranime sa circulation. Il courut sur le sable. Comme ses chaussures crissaient fort ! Un autre effet de brouillard. Il ne voulait pas entendre cela, il voulait entendre Pelletier nager. Il s'arrêta, prêta attention à nouveau. Rien. Il courait, s'arrêtait, écoutait. Combien de fois, il ne se le rappelait plus. Mais il avait perdu espoir, quand il entendit des remous dans l'eau, et Pelletier sortant du brouillard s'avança vers lui, haletant, suffoquant. Il était glacé. Il s'accrocha à Cutler, pantelant, boîtant, épuisé.

– Le fils de pute a disparu, toussa-t-il.

– Viens. Cutler l'entraîna. Il faut que tu te réchauffes.

– Si tu avais pu sentir le courant l'emporter, dit Pelletier. Comme pris dans la mâchoire d'un requin… On ne le reverra jamais.

Cutler sourit avec amertume. Poussé par le vent, il remonta la pente vers la sombre découpe de la maison aux angles vifs. Il n'y a pas de lumière. Il allume la torche pour distinguer les marches. Le faisceau jaune se reflète sur les vitres ruisselantes quand il traverse la terrasse. Une fois entré, il allume les lampes. Il accroche manteau et chapeau dans la douche afin qu'ils s'y égouttent, met ses bottes dans la baignoire et se rend dans le cabinet de travail. Des bouteilles et des verres luisent sur le bureau blanc. Un temps comme celui-là exige que l'on ait recours au bar. Il a même installé un petit réfrigérateur. C'est bon de dépenser de l'argent pour soi-même, ça change. Il se sert un verre, et debout regarde sans le voir l'équipement Nautilus qui commence à se couvrir de poussière. Pelletier se trompait au sujet de Quinn.

Le gosse était pâle, les lèvres bleues, il frissonnait et c'était irrépressible. Cutler avait rempli la baignoire d'eau brûlante et l'y avait fait s'allonger. Il était revenu une demi-heure plus tard et l'avait trouvé endormi, le menton sur la poitrine. Cutler l'avait hissé hors de la baignoire, séché, lui avait fait enfiler un survêtement et l'avait couché.

Il ne se réveilla pas, pas même pour marmonner. Cutler l'enviait, il aurait voulu connaître cet épuisement. Mais il n'avait pas dormi et il ne dormirait pas. Il allait revivre le crime et ce qui avait suivi le crime encore et encore, toute la nuit.

Il s'était laissé tomber dans un des fauteuils d'osier de la chambre obscure, et avait contemplé les baies vitrées et au-delà l'épais brouillard. Il avait fumé cigarette sur cigarette jusqu'à ce que le paquet fût vide. Il n'avait même pas regardé l'heure. Il savait qu'il était resté là un long moment, parce qu'il s'était senti ankylosé lorsqu'il avait voulu se lever pour prendre un verre. Quand il avait allumé la barre fluorescente, il avait manqué défaillir sous le choc. Le sang de Quinn, sa cervelle étaient là. Cutler s'était lancé fébrilement dans le nettoyage. Il avait posé la statuette du surfer dans l'évier, l'avait lavée et remise à sa place – pendant ce temps le sol ayant séché, il l'avait enduit de cire liquide.

Les vêtements de Quinn étaient dispersés un peu partout, Cutler en avait fait un ballot. Il avait enfilé une veste, mis ses clefs dans sa poche et, le ballot sous le bras, ouvert la porte de la cuisine. Les gonds du battant avaient grincé. Il avait regardé un instant la chose tordue, puis s'était secoué et précipité vers l'escalier. Il s'occuperait de la porte plus tard. Il n'était pas certain que ce fût important. Les vêtements importaient. Si Quinn avait disparu en se baignant, Cutler préférait que ce ne fût pas sur la plage devant chez lui. Il avait jeté les vêtements dans le coffre et pris la route de la côte, le brouillard tourbillonnant devant ses phares.

Il se souvint d'une plage solitaire où Saluto les avait emmenés autrefois. Il avait escaladé des rochers abrupts, glissant dans l'obscurité, s'écorchant les mains. La mer montait. Il avait déposé la chemise de Quinn, son chandail, son pantalon, ses chaussettes et ses chaussures là où la mer pourrait les atteindre. Qu'est-ce qu'il y avait sur le dos de la veste ? une tache noirâtre, humide, du sang. Il ne pouvait pas laisser la veste. Indécis, il la retournait entre ses mains et il découvrit les lettres d'Irv. Liebowitz dans la poche. Il les avait presque oubliées. Sa bonne forme laissait à désirer ! Il brûla les lettres dans un grand pot sur la cuisinière, le ventilateur dans la hotte au-dessus emporta la fumée. Il nettoya la suie et les cendres du pot et le remit en place.

La veste était posée sur un tabouret. Tout en se préparant un verre et en le goûtant, il la regardait, déconcerté. Il pouvait la cisailler et brûler les lambeaux un par un ? Il n'était pas convaincu. Il s'en remettrait à Pelletier à son réveil. Il aurait une idée. Puis Cutler pensa à quelque chose. Le short de Pelletier, son maillot, et la serviette de toilette. Tout était resté dehors sur le sable, non ? Il ferait bien d'aller les chercher. Il posa son verre, enfila sa veste, se munit d'une lampe électrique et sortit dans l'obscurité, le froid, le brouillard. Il avait mis des piles neuves dans la lampe, mais elle n'était pas puissante. Il lui faudrait se souvenir d'en acheter une plus forte.

La mer montait. Le bruit des vagues le lui apprit avant que l'éclat jaune et faible de la lampe lui en révéla le bord d'écume. Le short blanc flottait sur l'eau. Ainsi que la serviette de toilette. Quelque chose d'autre ondulait suivant le mouvement des vagues. Le maillot bleu. Il éclaira autour de lui à la recherche d'un bois flotté pour les attraper. Alors il vit Quinn. Etendu, nu et mort, comme le porc dans le fossé. La vague léchait sa grosse tête, son buste trapu, puis se retirait. On aurait dit qu'elle voulait le reprendre. Mais pourquoi l'océan l'avait-il rejeté ici où personne ne voulait de lui ? Cutler s'écarta si vivement qu'il trébucha et tomba. Se redressa et courut vers la maison. Pelletier s'était trompé.

L'aube pâle et grise s'était levée tandis qu'ils remontaient le long canal reliant la marina à la mer. La caisse qui avait abrité le nouveau téléviseur amarrée sur le pont. Clouée comme si elle n'avait jamais été ouverte. Le brouillard cotonneux nappait l'eau encore noire du canal. Le seul bruit était le monotone battement du diesel à leurs pieds. En chandails, cirés et bonnets de tricot, ils se trouvaient côte à côte dans la cabine de pilotage. Cutler ne disait rien. Pelletier ne disait rien. Quand Cutler lui jetait un coup d'œil à la dérobée, son visage était terreux. Ses mains gantées de peau et de toile étaient crispées sur la petite barre. C'était la première fois que Cutler le voyait effrayé.

Il avait fait un faux mouvement et presque lâché le coin de la caisse, alors qu'ils se démenaient pour la hisser. Souza avait fait son apparition, suspicieux, grattant sa barbe de trois jours. Il était veilleur de nuit. En attendant que quelque chose de mieux se présente. Qu'y avait-il dans la caisse ? Pourquoi à cinq heures du matin ? Vers quelle destination emportaient-ils un téléviseur dans le brouillard ? Où étaient-ils passés tous ces derniers mois ? Pelletier voulait-il que Souza pilote le bateau à sa place ? C'était dangereux le brouillard. Pourquoi Souza n'éclairerait-il pas ? Il les aida à embarquer la caisse. La mer était calme ce matin-là, mais le vent pouvait se lever à la venue du soleil. Il apporta une corde et amarra la caisse sur le pont. Il resta à les regarder jusqu'à ce que le brouillard le masque à leurs yeux.

— Il était saoul, dit Cutler, il ne se rappellera rien.

— Je n'ai pas envie d'en parler, dit Pelletier.

Deux heures en mer. Pelletier grogna, arrêta le diesel et sortit de la cabine. Cutler le suivit. Pelletier se dirigea vers l'avant dans le brouillard. Cutler entendit chuter l'ancre. Le bateau oscilla. Les vagues léchaient la coque. Sans un mot ils détachèrent la caisse et l'ouvrirent. Quinn tomba comme une masse sur le pont. Il était dur comme pierre, recroquevillé sur lui-même. Il était revêtu de sa veste. Une idée de Pelletier. Ils avaient rempli les poches de galets. Cutler les avait cousues ainsi que le devant de la veste, avec le cordonnet et l'aiguille recourbée qui servaient à brider les dindes. Ils tirèrent Quinn vers la rambarde de tribord, mais quand ils voulurent le soulever, il était trop lourd et la rambarde trop haute. Il était trop gros pour passer endessous.

— Grimpe, dit Pelletier. Tu le hisses, je soulève par en-dessous.

Cutler avait obéi. Les pieds sur le filin le plus bas, il s'accrocha d'une main à celui du dessus, se pencha et agrippa un bras rigide. Il hissa. Pelletier, accroupi, passait ses épaules sous un Quinn tordu et s'employait à le soulever, gémissant sous l'effort. Cutler grimaça et tira encore. Pelletier souleva. Quinn fit perdre l'équilibre à Cutler. Ses doigts lâchèrent le filin et il tomba à la renverse dans la mer. Le poids de Quinn était sur lui, et le poids des galets. Cutler coula. Il s'écarta du cadavre qui disparut dans les profondeurs et effectua un difficile rétablissement dans ces ténèbres. L'air dans ses poumons le ramena à la surface.

Ce qu'il vit tout d'abord, ce fut le pâle disque d'un soleil embrumé. Puis il vit Pelletier sur le pont oscillant, en train de se battre avec les échelles de corde de bois.

— Au secours ! fit Cutler, la bouche pleine d'eau, avant de couler à nouveau.

Il battait des bras frénétiquement. « C'est comme ça, disait le jeune homme surgi du passé. Maintenant tu vois ? C'est rien. Tu nages. » Mais Cutler ne nageait pas. Ni autrefois, ni ce jour-là. Sa mère disait : « Tu n'apprendras jamais. » Il coulait, non il remontait. Sa tête émergea de nouveau à l'air et à la lumière.

Où était le bateau ? Les vagues brûlaient ses yeux. Aspirant l'air avidement, il jeta un regard farouche autour de lui. Pelletier serait-il parti sans lui ? non, le bateau était là. Sur le pont, Pelletier se défaisait de ses vêtements.

— Au secours ! cria Cutler avant de sombrer une fois encore.

Pour la troisième fois. Ça voulait dire la dernière... A ce qu'on disait. Il coulait. Comme ses vêtements étaient lourds, ils le tiraient vers le fond, vers les ténèbres. Où se trouvait Quinn qui l'attendait. L'horreur l'envahit. Il battait frénétiquement des bras. Il sentait que ses poumons allaient exploser. Puis il refit surface une fois de plus.

Alors Pelletier fut à ses côtés. Cutler s'accrocha à lui. Pelletier le repoussa.

– Ne fais pas ça. Tu vas nous noyer tous les deux. Détends-toi. Laisse-moi te tenir. Détends-toi, bon Dieu !

Il nageait derrière Cutler à présent. Sa main passée sous son menton lui tenait la tête hors de l'eau.

– Détends-toi, allonge-toi sur moi. C'est ça. Mollement, O.K. ? Non, ne lutte pas, Darryl. Je ne te laisserai pas te noyer. En arrière. Détends-toi. Comme ça.

Les vagues éclaboussaient son visage. Se détendre, c'était facile à dire. Il ferma les yeux. C'était mieux. Pelletier était chaud sous lui. Il sentait les battements rapides des jambes du gosse, le claquement de son bras libre, sa respiration précipitée. Puis Pelletier le lâcha et le prit à bras le corps, le retourna et plaqua une de ses mains sur l'échelle rugueuse. Elle se balançait, voltigeait, éraflait le visage de Cutler.

– Attrape.

Mais les mains de Cutler étaient engourdies.

– Je ne peux pas.

Pelletier crispa ses doigts gourds sur un barreau de bois.

– Vas-y maintenant. Bon Dieu ! grimpe, tu es lourd, je n'en peux plus, Darryl. Fais un putain d'effort !

Il plongea la tête sous l'eau et planta ses dents dans la fesse de Cutler. Cutler grimpa l'échelle. Il escalada la rampe et s'étala sur le pont, vomissant de l'eau de mer. Pelletier grimpa à sa suite et atterrit légèrement sur ses pieds, nu, pantelant, l'eau ruisselant sur ses cheveux, sur sa peau. Cutler leva un regard vers lui. Il était beau.

– Je croyais que tu allais me laisser me noyer, dit Cutler.

– Mais non ! (Pelletier ramassait ses vêtements sur le pont.) Tu n'avais pas de galets dans tes poches. (Il se dirigeait vers le petit battant de teck menant aux cabines.) Sois sérieux, ce n'est pas moi l'assassin dans cette histoire.

21

Géant T.V. est un hangar de ciment blanc dans un quartier d'entrepôts écrasé sous le soleil du côté de Ballona à Culver City. Les rues sont larges, en ciment blanc comme le lit de la vallée, mais si la vallée vous conduit quelque part, les rues non. A cette heure matinale de la mi-avril, il conduit, seul et, après avoir raté deux fois l'embranchement des quais de chargement de Géant T.V., il atterrit sur Cienega Boulevard, qui remonte là entre les collines verdoyantes et les champs de pétrole. Il file vers l'aéroport. Il s'arrête, se gare devant les entrepôts et y entre.

Une demi-acre de solide moquette sous les pieds. Des tubes fluorescents blancs dans des réflecteurs émaillés blancs sont accrochés très haut à des poutrelles d'acier, et au fond, des bureaux entièrement vitrés sont suspendus à hauteur d'entresol. A l'étage des ventes, des téléviseurs aveugles forment des allées et des cubes. Sur des rayonnages intégrés à des murs en plaques d'acier, les appareils sont allumés, tous réglés sur la même chaîne. Une émission sur le jardinage est en cours de retransmission, des fleurs en gros plan, des couleurs brutales.

L'endroit est vide de clients. Les vendeurs sont groupés dans un coin, vêtus de costumes d'été bon marché. Ils boivent du café dans des gobelets de carton et mâchonnent des beignets tenus dans des serviettes en papier. Leurs voix lui parviennent, faibles entre les commentaires incroyablement assourdissants des présentateurs télé. Les vendeurs discutent tranquillement. D'un événement sportif ? D'un pari perdu ? Cutler s'approche d'eux. Ça prend du temps et, quand il se trouve à leur hauteur, l'homme qu'il désire rencontrer n'est pas du nombre. On le regarde.

— Gordon ? Cutler regarde autour de lui. Hy Gordon ?

— Il n'est plus ici, dit un homme rougeaud avec une cravate rouge. Que puis-je faire pour vous ? Nous avons en promotion des appareils haut de gamme cette semaine. Je peux vous obtenir vingt-cinq pour cent de remise. Peut-être trente pour cent. Nous sommes prêts à négocier toute offre raisonnable. (Les autres vendeurs se dispersent. L'homme au visage cramoisi pose une main gercée sur un coffrage lisse.) Celui-ci fait normalement 1095 dollars. Paré pour le cable. Stéréo, télécommande, image quatre cents lignes.

Cutler hoche la tête.

— J'en ai acheté un à Hy, encore supérieur, l'automne dernier. Je voulais simplement lui poser une question.

— Appelez-moi Pat. (La rude main rouge se tend vers Cutler qui l'ignore.) Pat Mackey. Et vous êtes ?

— Savez-vous où se trouve Hy Gordon ?

— Si c'est une question de dépannage, dit Mackey, nous avons un service très compétent. (D'un signe de tête il désigne le fond de la salle.) Avez-vous pris votre contrat de garantie ? il en vaut la peine. Il couvre les réparations pendant deux ans, en partie pendant quatre, sauf le tube bien sûr.

– Ce n'est pas une question de dépannage. Où est Gordon ?

– Il est mort, dit Mackey. Je suis désolé.

Cutler n'est pas surpris. L'homme flottait dans ses vêtements. Il portait une perruque, bon marché, mais une perruque, pas simple postiche. Le mal rendait ses yeux brillants. Son teint était cireux. Un cancer, devina Cutler.

– Les docteurs ne devraient pas avoir le droit de faire ça, dit Mackey. Prendre tout l'argent, la maison, la voiture. Vous soumettre à la chimiothérapie, à la torture, disait Hy, une pure torture. Puis vous mourez. Vous savez ce qu'un médecin moyen se fait par an dans ce pays. Quatre-vingt-dix-neuf mille dollars. Il devrait y avoir une loi.

Cutler s'éloignait.

– Le quai de chargement, c'est derrière ?

– Vous ne pouvez pas passer par ici... Que voulez-vous ?

– Un camionneur a oublié ses gants chez moi, mentit Cutler. Quand il a livré mon téléviseur l'automne dernier. Je pensais les lui rendre. Je ne viens pas souvent par ici, j'habite sur la plage.

– Il faut retourner à l'entrée principale. Il y a un escalier latéral, conduisant au bureau. (Mackey leva un pouce.) Traversez le bureau. Il y a un escalier intérieur menant au magasin et au service des expéditions. Quel camionneur ?

– Eduardo.

Cutler en a assez des putes mâles. Maintenant il a envie d'Eduardo. Il se souvient de sa douce peau brune, de ses yeux noirs rieurs et caressants, de ses fortes dents blanches bien rangées. Un Mexicain. Vingt ans environ. Un mètre quatre-vingts.

Mackey hausse les épaules.

– Pour moi, ils se ressemblent tous.

Cutler regagne les portes vitrées, les pousse et sort dans l'éclat du soleil blanc sur la rue vide, le silence. L'escalier extérieur du bâtiment est en acier peint en blanc, un blanc qui commence à jaunir, à cloquer. En haut, une porte métallique avec un panneau de verre armé indiquant « Bureau ». Il tourne un bouton d'acier qui a perdu sa peinture sous l'usure des doigts et entre. Ici, les poutrelles sont plus basses, plus près des têtes qui s'agitent dessous et les tubes fluorescents sont plus brillants. Les machines à écrire cliquettent, les téléphones sonnent. Les tiroirs des classeurs grincent en s'ouvrant, claquent en se refermant. Les écrans des ordinateurs tremblotent. Leurs imprimantes ronflent et rejettent des fleuves de papier verdâtre.

Une très jeune femme, pourvue d'une chevelure qu'un enfant attardé aurait découpée à coups de ciseaux ébréchés, lève la tête ; elle est assise devant un bureau d'acier et sidérée par le physique de Cutler, elle le regarde voracement, lui sourit, la langue entre les dents, comme si son prochain mouvement allait la précipiter sur sa braguette... Puis, avec une moue boudeuse, elle lui montre l'entrée. Qu'il cherche. Les murs en plaques d'acier de l'étroit escalier intérieur portent de longues éraflures profondes, biaisées. La porte d'acier en bas de l'escalier ouvre sur un vaste espace obscur où s'empilent des caisses et des cartons, où il fait froid. L'ombre des élévateurs se dessine contre les portes largement ouvertes sur l'éblouissement de la lumière et dans le lointain sur le rebord noir du quai de chargement encombré de containers et où le cul de gros camions de livraison or paille. Des hommes en salopettes or avec Géant T.V. imprimé en blanc et bleu sur le dos chargent les camions.

Le cœur de Cutler bondit et se met à battre plus vite. Il se glisse sous la lumière en souriant. Un avertisseur retentit derrière lui, il s'écarte. Un élévateur chargé de cartons le double, conduit par un Noir muni de lunettes protectrices et d'un casque. Une main se lève, un doigt touche le casque. Cutler arrive aux portes et s'y adosse, clignant des yeux sous l'éclat du soleil et scrutant le quai de chargement, essayant de repérer Eduardo. Ses battements de cœur se calment. Le gosse n'est pas là. Une douzaine de camionneurs s'y trouvent, mais pas le gosse. Puis le sourire renaît.

De l'autre côté de l'aire de chargement, Eduardo s'avance en salopette et chaussures de travail, il porte une pile de boîtes de beignets à emporter. A l'autre bout, des marches en ciment permettent d'accéder au quai. Il les gravit et pose les boîtes sur une caisse vide. Les hommes abandonnent les camions et s'avancent vers la caisse. Les hommes des entrepôts descendent de leurs grues et s'avancent vers la caisse. Cutler fait trois pas hors de l'ombre de la porte et s'arrête, observant Eduardo qui échange monnaie et factures avec les hommes qui ensuite prennent les beignets dans leurs serviettes en papier, le café dans des gobelets de carton et s'asseyent en rang sur le quai. La fumée de cigarette parfume l'air calme.

Cutler allume une cigarette et Eduardo le remarque. Il s'immobilise, le gobelet de carton au bord des lèvres et le regarde, la tête penchée. Puis il sourit, ou presque, prend un second gobelet, l'apporte, le tend à Cutler qui le prend et le remercie. L'écume mousse à la surface du café. Il le goûte et sourit à Eduardo qui l'observe d'un regard perplexe et toujours sans vraiment sourire.

– Bonjour, dit Cutler.

– Je me souviens de vous, dit Eduardo.

– Je me souviens de vous aussi, poursuit Cutler.

Cigarette ?

Il sort le paquet de sa poche de poitrine et le lui tend.

Eduardo prend une cigarette.

— La maison sur la plage. (Il porte la cigarette à ses lèvres et Cutler présente la flamme de son briquet pour l'allumer.) Tous ces escaliers.

Quelque chose déclenche le rire des hommes alignés sur le quai. Eduardo les regarde. Il regarde dans l'obscurité de l'entrepôt, promène son regard sur l'alignement des camions en attente, les bâtiments blancs et les collines verdoyantes au-dessus des toits.

— Qu'est-ce que vous faites ici ?

Cutler jette sa cigarette.

— Je suis venu vous voir. (Il lève son gobelet et sourit.) J'ai pensé que si je venais vous voir, vous pourriez venir me voir.

— C'est loin, dit Eduardo. Ma voiture est vieille.

— Six heures, dit Cutler. Apéritif et dîner. Vous vous rappelez comment y aller ?

— Je me rappelle.

Eduardo goûte son café, respire profondément, laisse sa main glisser et secoue la cendre de sa cigarette, baisse les yeux, contemple les cendres éparses. La fumée sort de sa bouche en même temps que ses paroles.

— Vous avez toujours cette grosse télévision ?

— Oui. C'est ça qui vous intéresse, regarder la télévision ?

Eduardo regarde le ciel. Il est d'un bleu superbe, mais il n'y a rien à y voir.

— Je suppose que votre ami la regarde. Vous ne l'avez pas achetée pour vous. Vous l'avez achetée pour votre ami. Il était malade. Il va mieux maintenant ?

— Il est parti vivre avec une femme…, dit Cutler.

— Six heures, c'est trop tôt, remarque Eduardo.

En principe, nous terminons à cinq heures, mais parfois nous ne rentrons pas à temps. Et il faut que je passe à la maison me laver. Et parfois la douche est occupée.

— Vous pourrez vous doucher chez moi, dit Cutler.

Eduardo hoche la tête.

— Sept heures, dit-il.

— Sept heures, d'accord, répond Cutler. Souriez-moi.

— Quoi ?

Eduardo lance un regard perdu sur les camionneurs en salopettes, les ouvriers des entrepôts sous leurs casques. Ils ont commencé à se lever et jettent leurs gobelets de carton vides, les serviettes froissées dans des poubelles dont les couvercles s'abattent et claquent. Eduardo regarde Cutler, l'air renfrogné.

— Vous sourire ? vous me prenez pour une femme ? dit-il à voix basse.

— J'aime simplement vous voir sourire, répond Cutler.

Eduardo se détourne.

— Il faut que j'aille au travail, dit-il.

Cutler engage la Celica sur une voie de garage au-dessus de la maison, les petites roues éparpillent le gravier. Sa joie s'est évanouie. En voilà la preuve. Il sort de la voiture, claque la portière derrière lui. Il a blessé les sentiments d'Eduardo. Il ne viendra pas. Ni à sept heures, ni jamais. « Tu es pathétique par moments, tu sais Darryl ! » Une assez grosse pierre s'est détachée et a roulé sur les marches. Il donne un coup de pied dedans et l'envoie rouler, elle ne retombe pas sur le sable, mais atterrit sur le toit de la maison et roule avec fracas jusque dans la gouttière.

La gouttière claque, grince lentement, se défait,

laissant glisser la pierre qui tombe devant la porte de la cuisine. « Si tu brutalises les choses... lui dit sa mère, elles te brutaliseront, tu ferais bien de maîtriser tes colères petit gars. » Cutler saute la dernière volée de marches en jurant, il attrape le rebord d'étain et le triture jusqu'à ce qu'il se casse, se détache, il le jette à terre, écarte la pierre d'un coup de pied et rentre.

Il met de la glace dans un verre, verse deux mesures de gin dessus, recouvre le tout de jus d'orange et emporte le verre dans la chambre, où il allume la télévision et il la regarde jusqu'à ce que le gin fasse son effet. Il est tranquille quand il dort dans la journée. Moody ne vient pas gémir, ni le garçon sanglant. Quinn ne sortira pas de la mer en hurlant. Et pourquoi ne dormirait-il pas ? A quoi bon veiller ? Derrière la baie vitrée de la chambre, la mer et le ciel sont vides.

Il est vide. Peut-être ira-t-il à la *Chanson de bord*, ce soir. Il y a longtemps... Il s'est mis à rentrer trop souvent seul chez lui. Sur le boulevard de Santa Monica Ouest, il pourrait s'offrir ce dont il a besoin. Et pourquoi n'y aurait-il pas ce soir à la *Chanson de bord* quelqu'un avec le sourire d'Eduardo ? Avec sa chance ? De qui se moque-t-il ?

La télévision passe un vieux western en noir et blanc avec Joël Mac Crea. Cutler le regarde distraitement tout en buvant. Il a vécu, un lointain hiver pluvieux, avec un jeune homme pâle, frêle, aux épaules tombantes, dans un appartement empli de films minables, de vieilles photos publicitaires, de programmes, d'anciennes affiches de Kay Francis et Lloyd Nolan qui se décoloraient sur les murs, de piles de magazines fatigués. Il avait dit à Cutler que dans les années trente Joël Mac Crea et Nils Asther étaient amants. Un journaliste à scandale l'avait révélé. Le studio avait congédié Asther et gardé Mac Crea.

Etait-ce vrai ? Cutler en doûtait. Les fous de cinéma croient n'importe quoi. Celui-là... Gary, Jerry, Mary... ? voulait croire que toutes les vedettes mâles étaient homosexuelles. Pathétique. Toujours est-il que ce fut la seule fois de sa vie que Cutler entendit parler de Nils Asther. Le sommeil ne vient pas. Avec un soupir, il se lève et tire les rideaux. L'obscurité devrait aider. Mais non. Alors il va dans la salle de bains, où il avale deux Séconals de Moody. Bientôt la beauté de Joël Mac Crea se voile et Cutler s'endort.

Il se réveille en sursaut. Il y a quelqu'un dans la chambre. Il n'a pas besoin d'ouvrir les yeux pour savoir qui. Le bruit le lui dit, légers pas de loup, glissement silencieux des tiroirs. Il ouvre les yeux. La chambre est sombre. A la lumière du soleil sur les plis des rideaux, il estime que l'après-midi tire à sa fin. Son cœur cogne. Doucement il lève la tête. Il ne voit personne. Il essaye de prononcer : qui est là, mais aucun son ne sort de sa gorge. Pelletier entre. Nu jusqu'à la taille, en large pantalon de camouflage, pieds nus. Le pantalon a l'air sale, les blonds cheveux aussi.

— Darryl pour l'amour du Christ où est le chéquier ?

Il y a deux mois que Cutler ne l'a pas vu, mais Pelletier fait comme s'ils s'étaient séparés la veille.

— Tu veux dire... (Cutler a la langue sèche...) mon chéquier.

— Notre chéquier.

Pelletier ouvre l'armoire, palpe les vêtements qui y sont accrochés. Sans ménagement, avec brusquerie et précipitation. Une veste tombe, il ne se donne même pas la peine de la ramasser.

— J'ai besoin d'argent.

— Je t'avais averti. Non ? (Cutler sort du lit,

engourdi, nu, en sueur.) Tu aurais dû rester avec moi, Chick. Je t'ai toujours donné tout ce que tu voulais.

– Tout ce que je voulais c'était Véronique.

Pelletier commence à retirer les vêtements des porte-manteaux, il en fouille les poches, puis les rejette derrière lui.

– Où est ce maudit chéquier, Darryl. Je ne plaisante pas.

– Je t'ai donné Véronique aussi, dit tristement Cutler.

– Ouais, bon, merci beaucoup.

Pelletier referme la porte, trop brutalement. Elle sort de son rail et un de ses angles déchire le tapis. Debout au milieu des vêtements épars, il explose.

– Véronique se drogue, et elle doit vingt mille dollars à son obligeant voisin. Il ne veut plus attendre. Il les veut aujourd'hui.

– Elle ne lave même pas tes vêtements, dit Cutler. Elle ne te fait pas à manger. Tu as maigri.

Pelletier s'éloigne de l'armoire, s'approche du lit. Il ne regarde pas Cutler, n'a pas l'air de l'entendre. Les vêtements que Cutler a enlevés ce matin en se couchant sont par terre. Pelletier tombe à genoux, fouille dans les poches, trouve le chéquier, le lui montre. Il dégage une odeur aigre, des journées de sueur accumulées.

– Toi aussi tu te drogues, dit Cutler. Non ?

– Fais un chèque, Darryl. (Pelletier sort un stylo.) Vingt mille dollars.

– Je ne garde pas tant d'argent sur mon compte, dit Cutler. Et même si c'était le cas, la banque refuserait d'honorer un chèque aussi important. Il faudrait que j'y aille et fasse un chèque de caisse. Et ce ne serait pas si simple. Ils poseraient des questions. Ils voudraient connaître les raisons.

– Bon, fais quelque chose. (Pelletier cherche sur le tapis, trouve le slip de Cutler, le lui jette.)

Habille-toi. Allez vite.

Cutler attrape le slip, mais ne fait pas un geste pour l'enfiler. Il jette un coup d'œil sur les rayons obliques du soleil à travers les rideaux. Il prend sa montre sur la table de nuit, regarde l'heure. Quatre heures quarante huit.

— La banque est fermée, Chick.

— Quoi ?

Pelletier s'empare de la montre, la regarde, la jette à travers la chambre. Misère. Il tombe en arrière sur ses talons, tête baissée. Mais seulement pour quelques secondes. Il lève les yeux.

— Fais des petits chèques alors… deux cent cinquante, trois cents, quelque chose comme ça.

Il se relève, bouscule Cutler qui se retrouve assis sur le lit, pose le chéquier ouvert sur la table de nuit.

— Jusqu'à ce qu'ils totalisent vingt mille. Tu pourras faire un virement sur le compte lundi matin. Fais-le Darryl.

Il se saisit fermement de la main de Cutler et place un stylo entre ses doigts.

— Payable à L. Bianchi.

— Seulement si tu promets de revenir avec moi, dit Cutler.

— Darryl. Je t'ai vu tuer Moody, je t'ai vu tuer Quinn. Tu veux que je parle aux flics ? En commençant par qui ?

Cutler frissonne, il a la nausée, mais il questionne :

— Pourquoi te croiraient-ils ? quelles preuves astu ? qui confirmera tes histoires ?

— Je peux leur montrer où trouver le corps de Quinn.

— Et aussi leur expliquer, se moque Cutler. Comment tu le sais ? Toi, tu vis avec la veuve de Quinn, pas moi. Comment prendront-ils ça ? C'est ta parole contre la mienne, bébé. J'ai un quart de million de dollars à la banque, une maison qui vaut cher. Je suis un écrivain célèbre. Tu es une ordure, sans boulot, sans un rond. Tu n'es même pas un électeur américain. Alors qui vont-ils croire, Chick ?

– Une ordure ! hurle Pelletier. Tu disais que tu m'aimais.

– Regarde-toi, dit Cutler, crasseux, maigre, pas rasé depuis des jours. Voilà ce qu'elle a fait de toi, Chick. Tu étais beau quand tu étais avec moi.

Pelletier se met à pleurer. C'est nouveau. La drogue sans doute. Il baisse la tête, les larmes coulent. Les sanglots le font suffoquer. Il pleurniche, renifle, s'essuie le nez d'un revers de main. Il regarde Cutler en hochant pitoyablement la tête. Il tend une main morveuse et supplie :

– Je t'en prie, Darryl.

C'est plus que Cutler n'en peut supporter, sans se lever pour prendre le gosse en larmes dans les bras pour le consoler. Mais il n'en fait rien. Il l'observe sans faire un geste, impassible.

– Bianchi va lui faire du mal, gémit Pelletier.

– Il est temps que quelqu'un s'y mette, dit Cutler.

– Ah ! non, Darryl.

Et Pelletier retombe à genoux. Devant Cutler, là où Cutler est assis, sur le lit. Il écarte les cuisses de Cutler et y enfouit son visage, fouille voracement. Une surprise à couper le souffle, et le plaisir. La bouche du gosse le trouve, et Cutler est désarmé. Pour un instant. Alors Pelletier lève les yeux vers lui et pleurniche.

– Des petits chèques, Darryl. Je t'en prie.

Alors Cutler pose une main sur sa poitrine et l'envoie s'étaler à la renverse sur son derrière.

– Vends la Porsche.

Cutler se lève, enfile le slip.

– Elle est à toi, tu as les papiers.

Il enfile son jean sous le regard de Pelletier au

visage luisant de larmes.

— Ça ne rapportera pas vingt mille dollars, mais assez pour calmer Bianchi pendant un certain temps.

— Ne me fais pas vendre la Porsche. (Pelletier se redresse pitoyable.) Donne-moi l'argent, Darryl, je reviendrai et t'aimerai chaque fois que je pourrai. C'est promis.

Cutler se revêt d'une chemise.

— Oublie-moi.

L'expression de Pelletier se durcit. Il se précipite vers la fenêtre, tire les cordons, ouvre les rideaux qui s'écartent brusquement. Il fait glisser le panneau vitré, sort et se retourne.

— Tu le regretteras, dit-il. Je vais trouver quelque chose qui te le fera regretter. Attends.

— Va te faire baiser, dit Cutler.

Puis il regarde Pelletier traverser la terrasse, descendre les marches et il a l'impression que son cœur va se briser. Il se précipite à la fenêtre. Et s'arrête. Pas bien loin sur la plage, Véronique attend en bikini et chemise d'homme aux motifs camouflage. Les cheveux au vent. Quand Pelletier s'approche d'elle, elle l'écoute un instant, puis elle le gifle. Cutler rit.

22

Il est devenu « Querido », pour remplacer « Darryl ». Querido retentit à travers toute la maison ensoleillée lors des fins de semaine. Querido ceci, quand il est question du mixeur dans la cuisine. Querido cela, lancé par-dessus la fête cuivrée des

Salsa sur stéréo. Querido jaillit des vagues où Eduardo est immergé jusqu'aux genoux, l'eau scintillant sur sa peau brune et lisse, tandis qu'il repousse ses cheveux. Questions… Querido ? réponse Querido ! Ça veut dire « Chéri » et Cutler ne peut pas s'en empêcher : il adore ça. Ça le remplit de joie chaque fois qu'il l'entend.

Tout d'abord Eduardo l'a murmuré en dormant dans l'obscurité, allongé nu contre Cutler dans le grand lit, la fenêtre ouverte sur la nuit chaude, la mer soupirant sous la terrasse, devant la plage déserte sous le clair de lune. Les mots ronronnent dans sa bouche ferme, entre de lents et profonds baisers. Il les soupire quand Cutler le caresse et qu'il tremble. Il les crie quand il se tend, se cambre, étreint Cutler, frissonnant, spasme après spasme. Il les soupire doucement quand il sombre dans le sommeil, un bras et une jambe mollement posés sur Cutler, qui ne bouge pas, souriant dans l'obscurité, émerveillé.

Maintenant Cutler s'appelle lui-même Querido. En s'éveillant, seul pendant les jours de la semaine, il le murmure avant d'ouvrir les yeux, le murmure et sourit en s'étirant. Il se lève en pleine forme. Il n'a plus besoin de boire, ni de se droguer pour dormir. Et il dort. Moody a cessé de venir, de même que le garçon ensanglanté. Si Quinn est encore là dans la nuit, il a perdu sa voix. Cutler ne comprend pas pourquoi, mais est-ce nécessaire de comprendre cela ? Sous la douche, il chante Querido, sur des airs impossibles de sa composition. « Bonjour Querido », dit-il à son reflet dans le miroir embué de la salle de bains quand il se rase… avec l'accent d'Eduardo, en riant.

Non seulement il n'a jamais été aussi heureux de sa vie, mais il comprend que jusqu'alors il ne savait pas ce qu'était le bonheur. Comment s'écoulent les jours, il n'en sait rien. Ils s'écoulent, c'est tout ce qui compte. Puis s'éloignent comme il en a toujours la sensation lorsqu'il demeure sur la route tard le dimanche pour être certain que la vieille Chevrolet, quinze ans d'âge et au vert décoloré, va bien démarrer. Il suit des yeux le feu arrière encore en état de marche jusqu'à ce qu'il disparaisse sur la sombre autoroute. Le vendredi soir revient. Il passe le temps de la solitude en promenades au pas de course sur la plage, en nettoyage de la maison, alors qu'elle n'en a pas besoin, lecture d'une pile de livres de cuisine mexicaine pour surprendre et faire plaisir à Eduardo. Il lit, regarde la télévision, les jours passent.

Les premiers, la première semaine, furent des tortures. Bon, il était Querido. Mais était-ce seulement pour la nuit de vendredi, de samedi, de dimanche ? Eduardo reviendrait-il ?

– Il va falloir la remettre en place, furent ses premières paroles.

– Je pensais que vous n'alliez pas venir, dit Cutler.

Eduardo semblait comme svelte sans sa salopette informe de Géant T.V. Il portait un pantalon large impeccable et une chemise de coton à manches courtes et à carreaux marrons. Ses chaussures de travail lui faisaient de gros pieds. Mais Cutler jugea que la pointure de ses imitations Nikes marron et beige ne dépassait pas le quarante-deux. Eduardo leva les yeux sur le bord du toit.

– Les bandes métalliques... Je ne connais pas le nom pour ça... sont tordues. (Il posa soigneusement la pièce d'étain à côté de la porte.) J'en apporterai des neuves et je les installerai pour vous la prochaine fois.

– Je pensais vous avoir offensé, dit Cutler. Je ne pensais pas que vous viendriez.

Eduardo épousseta le sable de ses mains, en tendit une à Cutler et la serra.

— J'avais donné ma parole, dit-il.

Cutler serra la main.

— Entrez, dit-il. Je suis heureux de vous voir, très heureux.

Il se sentait sourire comme si tout son être souriait. Il observa Eduardo qui entrait et regardait autour de lui. Cutler aurait aimé que la pièce soit plus rangée. Il avait pensé à passer l'aspirateur, à épousseter, à ranger, mais tout cela en se disant aussi qu'Eduardo ne viendrait pas ; il avait donc tout simplement dormi. Puis il y avait eu cette bagarre avec Pelletier. Et lors des deux heures qui s'ensuivirent, il s'était menti à lui-même, se répétant que puisque Véronique l'avait frappé, Pelletier allait la quitter. Quand il avait entendu tambouriner à la porte de la cuisine, il pensait y trouver Pelletier, et non un Eduardo navré devant la gouttière. Et Cutler lui dit : vous n'aurez pas besoin de la remettre. Lundi, je ferai venir un réparateur.

— Soyez patient. Il ne pleuvra pas. C'est presque l'été.

Eduardo traversa la pièce, marchant doucement, comme s'il avait peur d'abîmer le tapis, caressant le décor du regard.

— Ne gaspillez pas votre argent, je la remettrai en place pour vous. (Il se retourna, et enfin lui sourit.) Je sais le faire.

— Parfait alors. Merci. (Cutler regardait la morne cuisine.) Je vous avais promis un dîner, mais pensant que vous étiez fâché et que vous ne viendriez pas, je n'ai rien préparé.

— Quelle belle maison !

Eduardo contemplait la plage, la mer. Le soleil déclinait. Bientôt il disparaîtrait.

— Vous ne comptiez pas dîner ?

— Pas sans vous, répondit Cutler.

— J'étais fâché contre vous.

Eduardo alluma une cigarette brune, mexicaine.

La brise marine souffla la fumée odorante sur Cutler, forte et douce.

— Mais vous n'aviez pas l'intention de me blesser. Je suis nouveau venu ici. (Eduardo revint dans la pièce.) Parfois j'oublie... vos coutumes ne sont pas les nôtres.

— Et vous n'êtes plus fâché ? demanda Cutler.

— Je suis heureux que vous vouliez être mon ami, répondit Eduardo. Je n'ai aucun ami ici. Uniquement mes cousins... Ceux avec qui je vis. Et ils... (Il haussa les épaules.) ne pensent qu'à gagner un peu d'argent pour se marier, avoir des enfants et vieillir, vous voyez ? Il n'y a personne comme vous dans ma vie.

A travers la fumée de sa cigarette, il regardait intensément Cutler. Grands yeux sombres et sévères.

— Non... je ne suis pas fâché.

— Bon, fit vivement Cutler avec un bref sourire, puis il alla donner de la lumière dans la cuisine. Il avait envie de prendre Eduardo dans ses bras, de l'embrasser, de le caresser. Mais il avait peur de le brusquer une fois de plus.

— Vous avez travaillé toute la journée, dit-il. Vous devez avoir faim. Je vais vous préparer un verre et quelque chose qui ne prendra pas trop de temps. (Il désigna les bouteilles.) Margarita ?

Eduardo se mit à rire.

— Les Margaritas, c'est pour les riches touristes américains des grands hôtels de Mazatlan. J'y ai travaillé. Dans les cuisines. (Il ouvrit le réfrigérateur et trouva.) Ah ! Cerveza, dit-il en sortant une bouteille brune. Voilà ce que nous buvons, nous autres indigènes.

La porte du réfrigérateur se referma. Et il regarda Cutler hésitant.

— Perdone me. J'ai bien fait ? J'ai votre permission ?

— Ma maison est la vôtre, dit Cutler.

— Gracias.

Eduardo enleva la capsule de son dur poing brun et but à la bouteille. Cutler fouilla les étagères du réfrigérateur, du congélateur, ouvrit les placards et fut accablé. Ce repas auquel il aurait dû consacrer sa journée. Et Eduardo allait devoir se contenter de conserves. Ou survivre à coups de burritos des restaurations rapides. Cutler se souvint du goût de ceux-ci et ce souvenir l'écœura et l'attrista. Que pouvait-il proposer à présent qui fût à peu près présentable ? Eduardo s'approcha derrière lui, passa un bras par-dessus son épaule et prit un gros sac jaune de farine de maïs sur une étagère.

— Vous vous préparez votre Margarita, dit-il en jetant sa cigarette brune. Je cuisinerai pour vous.

Cutler était stupéfait. Il imaginait Eduardo se renfrogner et murmurer entre ses dents : « Tu me prends pour une femme. » En lui sa mère disait sévèrement : « Cuisiner n'est pas un travail d'homme. Les gens vont penser que tu n'es pas normal. » Il ne put s'empêcher de rire. Eduardo en train d'éplucher des oignons sur l'évier le regarda.

— J'ai dit quelque chose de drôle ? demanda-t-il.

— Ils vous ont appris à faire la cuisine dans ces grands hôtels ? répondit Cutler.

Eduardo hocha la tête, ouvrit un tiroir en quête d'un couteau afin d'émincer les oignons.

— J'étais l'aîné. Ma mère est tombée malade... ce que vous appelez sclérose en plaques, oui ?

Sur une planche, il se mit à hacher les oignons. La lame du couteau claquait sur le bois. L'odeur était forte.

— Et mon père travaillait ou cherchait du travail. J'avais cinq frères plus jeunes. Il fallait que quelqu'un fasse la cuisine, non ?

Il passa devant Cutler et prit dans le réfrigérateur un steak dans une barquette de polystyrène enveloppée de plastique transparent.

— Et c'était moi.

Cutler ouvrit le congélateur, fit tomber des glaçons dans un verre et versa du whisky.

— Ils se chargent de l'apprentissage, c'est çà ? demanda-t-il. Les chefs de ces grandes cuisines. Ils choisissent ceux qu'ils vont former ?

— Si.

Eduardo entailla l'emballage du steak avec la pointe du couteau, le défit, posa le steak sur la planche.

— Oh ! l'un d'eux m'a tout appris.

Il découpa la viande en lamelles. Rapidement, proprement. Cutler, appuyé au bar du petit déjeuner, l'observait. Eduardo lui jeta un coup d'œil. Un sourire releva les commissures de ses lèvres et il lui adressa un clin d'œil.

— Mais pas à faire la cuisine, dit-il.

Eduardo prépare tous les repas si Cutler le laisse faire. Si Cutler s'occupe du petit déjeuner en haut, en bas Eduardo fait le lit ; s'il ne le surveille pas, il passe l'aspirateur, nettoie la salle de bains. Le second samedi, grimpé sur l'échelle d'aluminium et, muni des outils et du morceau de métal qu'il avait promis d'apporter, il a réparé la gouttière et soudé les pièces. Malgré toute l'excitation qui était la leur lorsqu'ils se tenaient sous la douche, il remarqua que la pomme fuyait, et la semaine suivante il en installa une nouvelle. Tout ce que Cutler peut lui interdire, c'est de faire chaque semaine les vitres des baies à glissières.

Ce sera là avec Eduardo l'unique petit problème de cette saison. Tous les jours le soleil brille. Les mouettes tournoient blanches contre le ciel d'un bleu parfait. La mer bleue scintille. Le rivage s'incurve vers les basses collines brunes. La brise marine rafraîchit la brûlure du soleil d'été, et les nuits ne sont pas froides. Ils peuvent dormir nus s'ils ont envie de dormir après avoir fait l'amour, se réveiller nus et faire l'amour à nouveau. On est en mai, puis en juin, aussi la plage est-elle envahie durant les fins de semaine, les seuls moments où Eduardo est là. Mais de temps en temps, au cœur de la nuit, ils ont fait l'amour sur la plage, sous les étoiles, alors qu'ils étaient absolument seuls. Eduardo est facile à vivre, et drôle, les heures passent sans problème. Pourtant Cutler essaye de surmonter son malaise.

Il sait d'où il vient. Au cours des années passées avec Moody et Pelletier, il s'était chargé des corvées. Parce que Moody avait de l'argent, parce que Pelletier était beau. Et minable. Et Cutler ne peut pas s'habituer à se faire servir. Au début ça faisait plus que de le déranger, ça lui déplaisait, ça lui semblait anormal. Et au cours de la troisième ou quatrième fin de semaine, poussé par un sentiment qu'il ne sut pas maîtriser, sa langue déliée par trop de Margaritas... Oui, il avait réussi à force de flatteries à décider le sobre Eduardo à y goutter et à le convertir sur l'instant... Il dit tout haut que ça lui déplaisait et souhaitait qu'Eduardo y renonce.

– Ce n'est rien, j'ai l'habitude. Je le faisais chez moi. Je le fais pour mes cousins maintenant.

– Et ça suffit largement, dit Cutler. Tu travailles toute la semaine. Je n'ai rien à faire. Je peux faire le ménage chez moi.

La télévision est allumée. Ils n'y font pas attention. Ils ne s'intéressent qu'à eux-mêmes, l'un près de l'autre sur les coussins en toile à voile du canapé, leurs gestes impatients et fébriles font craquer l'osier du divan. La lumière changeante et colorée du grand écran est le seul éclairage de la grande pièce. Elle joue sur le visage qu'Eduardo lève vers Cutler. Il pose un baiser sur la bouche de Cutler.

– Tu vis par l'esprit, dit-il. Je vis par mon corps. Ton esprit doit sans cesse être occupé, non ? C'est pareil pour mon corps. (Il sourit.) Et puis, je ne peux pas te faire de cadeaux. (La plus grande partie de sa paye il l'envoie chez lui au Mexique.) Je ne peux que te rendre de petits services. C'est peu de chose. Laisse-moi faire.

Cutler le laisse faire. Quand il ne peut pas faire autrement.

Avec une raclette en caoutchouc et un seau de plastique vert plein de savon mousseux, il se trouve sur la terrasse du haut, pieds nus, en jean, en train de nettoyer les baies vitrées. Quand il sent les planches vibrer, il se retourne. Pelletier grimpe l'escalier de la plage. Il porte le large caleçon fleuri de surfer de l'année dernière. Il ressemble à un loqueteux. Il a renversé quelque chose sur sa poitrine où le sable et la crasse sont collés. Ses cheveux lui arrivent presque aux épaules et sont plus malpropres que la dernière fois. Il aurait besoin d'un rasage. Ses dents ont jauni, mais il les découvre en un sourire de triomphe, et agite un journal, une page du *Times* pliée. Cutler ne dit rien. Il devrait se sentir soulagé. Ou peut-être attristé. Quelque chose. Pelletier était, il n'y a pas si longtemps, toute sa vie.

– Tu n'as pas vu ça ? (Pelletier arrache le long manche de la raclette des mains de Cutler et y dépose le journal à la place.) Lis ça, Darryl, lis ça et pleure.

Le journal est éclaboussé de café. La tache brune est humide encore. Cutler parcourt du regard le quart de page. Le nom de Quinn l'arrête. Voilà l'histoire. Le crâne défoncé, ce qui fut autrefois un être humain a été rejeté sur le rivage, un matin, la semaine dernière, le chien d'une famille de campeurs l'a trouvé. La mâchoire inférieure manquait, mais les dents du haut ont permis, d'après des radios dentaires, de conclure à l'identification du scénariste Phil Quinn, disparu mystérieusement en décembre dernier. Il s'était apparemment noyé en se baignant seul la nuit, et son corps aurait été entraîné par une lame de fond. L'article n'était pas très long. Cutler tend le journal.

– On m'a pris de vitesse.

Pelletier lui rend la raclette. Il rit toujours de toutes ses dents jaunes.

– C'est bien ce que tu dirais ? (Il hoche la tête, ironise.) Ouais, bon, nous savons tous les deux qui est le plus rapide, n'est-ce pas Darryl ?

Sur la falaise des portières claquent. Il est tôt, mais ce sont les grandes vacances, et bientôt des foules vont accourir sur cette bande de sable, comme sur toutes les bandes de sable de Crescent City à la frontière mexicaine. Mais le bruit de cette portière lui est familier, et Cutler en a le frisson.

– Moi, dit-il, et quelle que soit la manière, d'ac, Chick ? Tu veux bien t'en aller maintenant ?

– Quinn avait assez d'argent pour que Moody fasse figure d'indigent, dit Pelletier. Je t'avais dit que ça marcherait tout seul. Je t'avais dit qu'avec elle je vivrais royalement.

– Pourquoi ne t'en vas-tu pas, tu veux ? dit Cutler.

Pelletier hoche la tête, perplexe.

– Qu'est-ce qui se passe ? Avant tu voulais toujours que je reste. Tu ne vas pas me supplier de te faire l'amour ? (Il éclate de rire et baisse le caleçon loqueteux.) Que dirais-tu d'une petite séance, Darryl ? pour commencer la journée comme au bon vieux temps ?

– Çomment ça ? Véronique n'est pas à la hauteur ? Remonte ça. (Des pas se font entendre dans l'escalier.) Quelqu'un arrive.

— Elle est lassante à force. J'aime le changement. C'est tout. (Pelletier remonte le short.) Quelqu'un ? (Il regarde durement Cutler.) Qui ? Tu vas me présenter ?

— Des gens.

Cutler est hors de lui. Il a envie de bousculer Pelletier, brutalement, hors de la terrasse.

— On est le quatre juillet.

— Et tu ne veux pas me laisser lancer ma fusée !

Pelletier glisse une main dans le caleçon et fait un rapide mouvement de va-et-vient avec son poing. Cutler lui balance la raclette. Pelletier l'esquive, rit, danse, recule hors de portée. Et s'arrête. Son expression change. Il regarde Eduardo qui se trouve derrière la vitre, où la mousse de savon a séché en traînées laiteuses. Il regarde, a l'air un peu surpris. Cutler fait glisser le panneau.

— Eduardo Ortiz, dit-il. Chick Pelletier.

Un instant Pelletier examine Eduardo de la tête aux pieds d'un œil froid. Il jette un regard furieux sur Cutler. C'est effrayant. Il ne peut tout de même pas être jaloux. Il marmonne :

— Ouais, je me souviens de vous.

Il fait demi-tour et ses talons claquent dans la descente d'escalier. Il est hors de vue pendant un instant, puis ils le voient remonter la plage en direction de Cormoran Cove. Il s'arrête, se retourne, regarde en arrière, s'abritant les yeux derrière le journal. Puis il poursuit sa marche, faisant claquer le journal contre sa cuisse.

— Il était beau avant, dit Eduardo.

— Oublie-le, comme moi. Je suis heureux que tu sois là. Et ce pique-nique avec tes cousins ?

Eduardo fait la grimace.

— Ils ont trouvé une fille pour moi. Je leur ai expliqué que j'avais du travail. Ils n'ont pas discuté. Ils imaginent que je serai payé double.

Il se réveille parce qu'il ne sent plus le poids ni la chaleur d'Eduardo qui d'ordinaire se presse contre son dos quand tous deux sont endormis. Le lit bouge, les ressorts du sommier grincent un peu. Cutler marmonne et se retourne. Il voit quelque chose de blanc voltiger dans l'obscurité. Eduardo enfile un T-shirt. Il se redresse et se glisse dans un short blanc. Il y a un froissement de tissu quand il met ses jeans. La fermeture Eclair râcle doucement. Cutler regarde les chiffres rouges du réveil.

– Il est trois heures du matin, dit-il. Quelque chose ne va pas ? Qu'est-ce que j'ai fait ?

– J'ai une surprise pour toi, dit Eduardo.

– Je n'ai pas besoin de surprise. (Cutler se redresse, en appui sur un bras.) Je préfère que les choses aillent comme elles vont.

Eduardo rit tout bas et s'écarte du lit. Il doit être nu-pieds parce que Cutler ne l'entend pas, pas plus qu'il ne le voit, mais il sait qu'il a traversé la pièce. L'instant d'après, les cordons des rideaux grincent et Eduardo se dessine sur la lueur des étoiles, au-delà de la baie vitrée.

– Tu vas aimer, dit-il. Il devrait toujours y avoir des surprises. (Il referme la baie.) Attends-là, ne bouge pas avant que je t'appelle.

Cutler rit.

– Bien chef !

Eduardo sort et traverse la terrasse.

– Ça ne sera pas long.

Il disparaît…

Cutler s'assied, remonte ses genoux, les serre contre lui, y pose son menton. Il rit, a l'impression d'être redevenu un enfant. Comme l'enfant qu'il était avant que son père ne s'en aille. Après ça, les seules surprises de sa vie ont toutes été de mauvaises surprises. Que fabrique Eduardo ? Cutler ne peut pas attendre ; il enfile un survêtement, attache les cordons, sort pieds nus sur la terrasse et scrute l'obscurité de la plage.

Les baigneurs, les planches avec leurs voiles orange, rouge, jaune, les peaux bronzées, les bébés, les chiens, les grands-mères avec leurs chapeaux ondulés, cerfs-volants... tous sont partis. Le vent culbute dans l'ombre les résidus de pique-nique répandus sur le sable. Aucun mouvement hormis celui des vagues. Nul bruit, sinon celui des vagues, pas même celui des camions attardés sur l'autoroute. Ce qui rend violent le claquement du coffre de la vieille voiture d'Eduardo.

Cutler descend l'escalier, contourne la maison et remonte la pente par-derrière. La blancheur des marches reflète suffisamment la lumière pour qu'il lui soit permis de voir Eduardo. Il s'approche. Un long carton plat dans les bras. Ce qu'il contient cliquette en mesure avec son pas. Cutler s'avance lourdement dans l'épaisseur du sable jusqu'au pied de l'escalier.

Eduardo s'arrête.

— Tu devais attendre.

— Qu'y a-t-il dans la boîte ? demande Cutler en allant à sa rencontre. C'est ça la surprise ? (Il tend la main.) Fais voir.

Eduardo écarte la boîte, recule de deux pas. Cutler rit :

— Allez. Eduardo, montre-moi.

— Tu vas gâcher ma surprise, dit Eduardo d'un ton de reproche. Ça ne voudra plus rien dire si je te le montre. Tu n'es plus un enfant ; quand ce sera prêt, je t'appellerai.

Cutler ne veut pas le contrarier.

— O.K. ne crie pas. (Il fait demi-tour.) Je vais rentrer sagement.

— Sois patient Querido, demande Eduardo, ça sera très beau, je te le promets.

— Ça l'est toujours.

Cutler redescend la demi-douzaine de marches qu'il vient de gravir, traverse la sombre bande de sable. Au coin de la maison, il s'arrête, se retourne. Mais Eduardo ne le suit pas. Il ne lui fait pas confiance. Il attend sur les marches. Cutler rit, hausse les épaules et descend la pente longeant la maison. Dans la chambre, il cherche le cordon, ferme les rideaux. Il écoute, mais n'entend rien. Il attend comme un enfant qui, dans l'obscurité, joue à cache-cache, et ça lui donne envie de pisser. Le reflet du carrelage et du miroir le crispe. Il pisse, actionne la chasse d'eau, regarde sa montre, éteint, retourne dans la chambre. La baie vitrée est ouverte. Les rideaux sont lourds mais le vent les entraîne. Cutler crie :

– Que se passe-t-il. Tu es prêt ? Je ne peux plus supporter ça.

– Attends, attends, hurle Eduardo depuis la plage. Pas encore. Momentito, s'il te plaît. (Il semble essoufflé et affairé.) Je t'appellerai. Attends.

Cutler sourit, hoche la tête, va pêcher une cigarette sur la table de nuit. Il faut qu'il occupe ses mains. Il manipule le briquet et se moque de lui-même. « Es-tu un enfant ? » oui, il est un enfant, et très excité. Il relève le briquet et l'allume. Un crépitement, un grésillement se font entendre. Il ferme le briquet d'un geste. Mais ce n'était pas le briquet qui a fait tout ce bruit.

– Ça y est, Querido, maintenant sors, sors.

Cutler traverse la pièce, écarte les rideaux, se précipite sur la terrasse. Tout le long de la plage près de l'eau, des fontaines de feu font jaillir des gerbes d'étincelles, rouges, dorées, blanches, vertes, bleues, elles les lancent très haut, sifflantes, pétillantes, éblouissantes dans l'obscurité de la mer et du ciel. A leur lueur incandescente, Eduardo court, courbé, une petite torche à la main, avec celle-ci il touche des cônes noirs alignés sur une longue rangée. Et d'autres fontaines de feu explosent, alors que les premières vacillent et s'évanouissent, leurs dernières étincelles clignotant sur le sable humide. Eduardo se redresse, se retourne, les feux colorés illuminent son visage.

Il lève les bras et rit.

— C'est beau. Non ?

— Très beau.

Cutler quitte la terrasse et court vers lui. Il l'étreint.

— C'est interdit aussi. Tu ne le savais pas.

Eduardo se pince l'oreille.

— Pourquoi crois-tu que j'ai attendu trois heures du matin ? Même la loi doit dormir quelquefois.

Les feux des dernières fontaines sont or et verts. Les or fusent, éclatent, disparaissent. Les verts les imitent une seconde après. Ils attendent. L'obscurité est complète. De même que le silence.

— Tu vois ? personne ne vient.

— C'était une merveilleuse surprise, dit Cutler.

— Ah ! mais ce n'est pas fini.

Eduardo s'écarte de lui. Cutler est encore ébloui par les fontaines, il ne distingue rien. Il entend Eduardo courir sur le sable.

— Ce n'était que la première partie. Attends, tu vas voir.

— Où as-tu pris ça ?

— Mon cousin les a achetées. Pour le pique-nique. Mais il en avait trop. Il n'a pas pu toutes les utiliser.

La lueur de la petite torche vacille. A quelques mètres, le feu jaillit du sable. Un buisson ardent. Très haut, au-dessus de leurs têtes, une fusée éclate. L'explosion est retentissante et résonne sur l'eau et les rochers. Une pluie d'étoiles écarlates explose dans le ciel, une fleur de feu tombe. Un autre jaillissement de flammes, l'ardeur d'un autre buisson, et en l'air un autre ébranlement et un éclatement éblouissant d'étincelles bleues s'ouvrent en corolles et dérivent vers la mer. Eduardo court avec sa torche et les fusées les unes après les autres s'élèvent, explosent dans toute leur splendeur, et disparaissent. Finalement, il n'y en a plus. Eduardo revient. Il étouffe la flamme de la petite torche dans le sable et c'est la nuit.

– Tu as aimé la deuxième partie ?

– J'ai adoré, dit Cutler. Mais je ne sais pas ce qu'ils en pensent à Malibu.

– Ils comprendront, répond Eduardo. Ils sont américains. C'est la coutume. C'est le jour où on célèbre la liberté.

– Tout de même, dit Cutler en donnant un coup de pied dans un des cônes de papier carbonisé. On ferait bien de nettoyer tout ça. Il vaudrait mieux faire disparaître la preuve.

Quand le bruit de pas sur la terrasse le réveille et qu'il aperçoit l'ombre d'un homme contre les rideaux, il redoute que sa plaisanterie sur ceux de Malibu ne soit pas si drôle que ça. L'ombre frappe à la porte. Cutler cherche à tâtons sur le sol son pantalon de survêtement et l'enfile en titubant. Eduardo remue mais ne se réveille pas. Cutler tire le drap sur lui et, d'un pas mal assuré, va ouvrir les rideaux. Le soleil l'éblouit. Les gens sont revenus sur la plage. Un drôle de cerf-volant s'élance et tournoie dans le ciel au bleu dur. Des garçons font du surf. Cutler regarde l'homme qui lui fait face. Il n'est pas habillé pour la plage. Il porte un classique costume beige, léger, mais pas vraiment estival. Son visage en forme d'œuf est rasé de près, il a peigné ses cheveux sur sa calvitie et les a fixés à la laque. Il a la quarantaine et environ cinq kilos de trop. De la poche intérieure de sa veste, il sort un porte-carte en cuir. Une fois ouvert, Cutler y voit un insigne.

– Huges, dit l'homme. Service de l'Immigration et de Naturalisation des Etats-Unis. Vous hébergez ici un certain Eduardo Ortiz. Je voudrais lui parler, s'il vous plaît.

Cutler fait glisser la porte pour la refermer.

– Il n'est pas là, dit-il.

Mais il est trop lent. Trop lent pour l'homme qui prend appui sur le montant de la glissière, a placé son pied sur l'acier inoxydable de la rainure où coulissent les portes. Et trop lent avec Eduardo qui bondit hors du lit, nu comme un ver et qui se précipite sur la porte. Il fonce, écartant Cutler, bouscule l'homme de l'Immigration qui se retrouve assis sur son derrière, traverse la terrasse et tombe dans les bras de deux hommes en uniforme beige qui l'attendaient sur les marches de la terrasse. Il se débat, mais ils sont plus grands et plus forts que lui. Les gens sur la plage regardent. L'homme de l'Immigration se redresse, range son porte-carte, époussette le sable sur le fond de son pantalon et dit à Cutler :

– Puis-je avoir ses vêtements, s'il vous plaît ?

23

Le soleil se lève embrasé, et à neuf heures du matin, la maison est un four. Le vent ne vient pas de l'ouest, de l'océan. Il vient de la jungle du sud, lourd d'humidité. Parce qu'il ne peut pas supporter la chaleur de la maison et son vide sans Eduardo, il arpente la plage pendant des heures. Et quand une vague roule à ses pieds nus, elle est chaude.

Il ne porte qu'un caleçon de bain, pourtant il transpire.

Il préfère dormir dans la journée parce que la nuit, Quinn est là dehors, rugissant sur la plage, Moody griffe et pousse des cris perçants, le garçon sous son casque gémit. Mais dormir par cette chaleur est impossible. Il se souvient des mois avec Pullen... comme il faisait chaud dans la Vallée. Une seule chose aidait à survivre, l'air conditionné.

Dans le bureau, il sort l'annuaire du téléphone d'un tiroir blanc. Il est gros et lourd comme une brique. Il le pose sur le meuble blanc où les bouteilles tintent, et l'ordinateur montre son triste visage gris. Il feuillette les pages. La sueur tombe sur les pages. Voilà les appareils à air conditionné. Il décroche le téléphone et appuie sur les boutons.

— Vous plaisantez !

La voix est vulgaire, irritante, lourde d'accent new-yorkais.

— Ami, nous avons une liste d'attente. Je prends des commandes verbales uniquement. Je serais heureux d'en avoir la moitié, vous comprenez ce que je veux dire... au plus tôt ? Disons en septembre.

Cutler raccroche et compose d'autres numéros. Quand les numéros ne sont pas occupés et qu'il obtient une réponse, elle est identique à la première. Il abandonne le téléphone, l'annuaire, le bureau et va prendre une douche froide. Il le fait chaque fois qu'il rentre à la maison. Sous le jet, il se dit que ces salauds le regretteront. La chaleur cessera et ils se planteront. Il faut que ça cesse. En cent trente ans, on n'a jamais vu ça. Et nous sommes sur la côte ! Que feront-ils dans les cent trente années à venir de leurs appareils à air conditionné, ils les regarderont rouiller.

Il s'habille. Les cinémas ont l'air conditionné. Non ? Il va se choisir un film projeté en salle climatisée. Il est en sueur, rien que d'être monté jusqu'au bord de la route où se trouve la Celica. Il ouvre toutes les fenêtres ainsi que le toit. La chaleur qui s'engouffre lui rappelle son voyage dans le désert, le gros homme qui fabriquait des tourniquets et ne savait pas lire. Il y a des mois que Cutler n'avait pas longé ce large boulevard blanc écrasé sous le soleil. Des bannières ondulent sur les minces réverbères argentés. Jaunes, blanches, vertes, certaines unies, d'autres imprimées de cercles enlacés ou de bandes d'étoiles, ambiance de fête. Les Jeux Olympiques vont commencer.

Le trottoir devant les cinémas, trois côte à côte derrière un alignement de portes vitrées teintées, grouille de jeunes. Ils portent d'éclatants survêtements. Ou sont drapés dans des tissus imprimés aux couleurs vives. Certains portent des turbans, d'autres des bonnets brodés de teintes criardes. Leurs peaux sont brunes, noires, jaunes, blondes. Ils sont gros et corpulents, petits et frêles. Et pleins de vie. Ils rient, plaisantent, usant de langues qu'il n'a jamais entendues. L'université est proche. Ils doivent y être encasernés. Il rit avec eux. Ils font des Jeux Olympiques une réalité. Enfin.

Ils vont vraiment commencer bientôt. Ce qui veut dire que bientôt ils seront finis. Et alors le film passera à la télévision. Il est fatigué d'attendre. Du temps d'Eduardo, il avait oublié le film... Il n'y pensait pratiquement pas. Maintenant, ça l'obsède. Il a fatigué le manuscrit à force de le lire et de le relire. Il regarde cet écran flou dans la salle de séjour tard dans la nuit, pour jeter un coup d'œil sur les gymnastes. Sinon, il parcourt les articles du *Times*. Avec son café, il ne supporte que les rubriques sportives.

Ce n'est pas tout à fait vrai. Les rubriques des spectacles ont consacré des articles au film, avec des photos de Nicky Wyatt en short blanc, torse nu et socquettes blanches, se livrant à des exercices sur une natte. Sexy.

Le nom du producteur, celui du réalisateur et de l'auteur du manuscrit apparaissent également, parfois, dans ces articles. Il consulte donc la rubrique des spectacles. Et attend chaque semaine l'arrivée du *T.V. Guide* dans la boîte à lettres en haut des marches blanches sur la falaise. Il y aura bientôt une diffusion télévisée d'« Une vie en or ». Une jeune femme boudeuse en jean décoloré, un débardeur et un nid de rats en guise de cheveux noirs, était venue il y a quelques semaines, armée d'un magnétoscope ; pour enregistrer ses mensonges quant aux circonstances qui l'ont poussé à écrire ce scénario. Un gros garçon barbu l'accompagnait. Il s'allongeait sur le sol, grimpait sur les meubles, sur la rampe de la terrasse, pour prendre des photos de Cutler... cinquante, en un quart d'heure... Puis ils étaient partis. C'était comme un rêve. Mais ces jeunes sur ce trottoir brûlant de la mi-journée sont réels. Son heure approche.

La chaleur demeure forte, non, elle empire. La température grimpe de trente-trois à trente-sept. A présent, il suit un plan, il passe les après-midi assis dans la fraîcheur sombre et artificielle des salles de cinéma, puis pour dîner : pizzas, hamburgers, burritos ; ensuite retour au cinéma jusqu'à ce que les lumières s'allument ; alors il se précipite dehors, foule les paquets de pop-corn, les gobelets en carton, les emballages de bonbons dans la nuit humide, reprend sa voiture et retourne sur la plage où Quinn, Moody et le garçon l'attendent. Non pour dormir, pas même sur la terrasse. Il s'y est essayé. Là, l'air est également étouffant.

Mais il ne peut renoncer à l'idée que dehors, sur la plage, l'air sera frais. Et à présent, arrivant au pied de l'escalier, il dépasse la maison. Fermée, elle a dû emmagasiner toute la chaleur de la journée et doit la conserver. De toute façon, il lui faut se dégourdir les jambes. Il vient de passer douze heures assis. Il descend la pente dans l'ombre de la maison et gagne le sable dur où la vague se déroule en murmurant. Il est courbaturé à force de position assise. Il a mal. Il a également mal à la tête. Il vide ses poumons, inspire l'air marin qu'il imagine rafraîchissant. Une erreur. La chaleur engendre et tue le plancton, ces micro-organismes, par milliers. Et ils empestent. Il rebrousse chemin, s'approche de la découpe anguleuse de la maison, gravit les marches de la première terrasse et s'arrête. Là exactement où les policiers de l'Immigration ont arrêté Eduardo.

Quelqu'un est assis dans un fauteuil sur la terrasse. Il ne parvient pas à le distinguer. Il fait trop sombre. Qui que ce soit, c'est une ombre dans l'ombre. Immobile. Méfiant, le cœur battant, il avance doucement sur la terrasse, clignant des yeux pour accommoder son regard. La lourde forme demeure immobile.

Il lui vient immédiatement à l'esprit que Pelletier, une fois de plus, est de retour. Les formes carrées posées sur les planches à côté du fauteuil, ce sont les éternels cartons de vêtements, pourquoi pas ? Et il a dû s'endormir... ivre, ou drogué, ou les deux. Ou bien tout simplement parce qu'il est tard. Minuit passé depuis longtemps.

– Chick ? Cutler avance de deux pas. Ça va ?

La lourde silhouette sursaute.

– Qui est là, Darryl ?

Des morceaux de bois s'entrechoquent sur les planches. Sans se lever, la silhouette fait des gestes désordonnés, se penche, joue des pieds et des mains.

– Ce n'est pas la peine d'essayer de me voler, je n'ai pas d'argent.

Un bras se lève. Un bâton voltige.

– N'approchez pas.

— C'est moi, dit Cutler. Qu'est-ce que tu fais ici ?

— Miséricorde, que tu m'as fait peur. (L'on entend son souffle haletant. Et sa voix tremble vraiment.) A ramper comme ça dans le noir, à quoi tu joues ?

— Je suis chez moi.

Sortant les clefs de sa poche, il traverse la terrasse, ouvre le panneau vitré de la chambre, le fait glisser. L'air chaud jaillit en bouffées.

Il entre et allume. Une lampe brille à côté du lit. La lumière se réfléchit sur les surfaces métalliques de la terrasse.

— On ne rampe pas dans sa propre maison. Où étais-tu ? je t'attends là depuis des heures.

— Moi, je ne t'attendais pas.

Il la regarde. Elle a vieilli. L'écharpe nouée sur sa tête ne dissimule pas ses cheveux blancs. Elle est grosse, l'air maladif, ses chevilles et ses poignets sont enflés. Il reconnaît sa voix tranchante. Si ce n'était sa voix, il ne l'aurait pas reconnue.

— Tu aurais dû écrire. Ou téléphoner.

Elle cligne des yeux sous le brutal éclairage.

— Je voulais te faire une surprise.

Elle prend sur ses genoux un vieux sac à bandoulière au cuir souple et le pose sur les planches. Usant de sa canne qu'elle agrippe de ses doigts noueux, elle se lève. D'habitude elle le dépassait. Comment se fait-il qu'elle soit si petite. Son costume pantalon, coupé dans un tissu bon marché, est d'un rose indéfinissable, pas neuf, pas fraîchement nettoyé non plus. Un manteau de confection de la même teinte, pas davantage neuf, est posé sur les valises à côté du fauteuil.

— Il va falloir que tu portes mes bagages, dit-elle. J'ai de l'arthrite.

— Je n'ai pas de chambre d'ami.

— Le chauffeur de taxi n'a pas apprécié d'avoir à les traîner dans ces escaliers, jusqu'ici où je pouvais m'asseoir. Je lui ai donné deux dollars. J'ai cru qu'il allait m'insulter. (S'appuyant sur sa canne, elle clopine en direction de Cutler.) La course coûtait déjà presque soixante dollars. Je me demande pourquoi tu vis ici, loin de tout, à des kilomètres de la civilisation. Tu es célèbre, tu es riche. Tu pourrais vivre où tu veux.

— Il va falloir que tu ailles dans un motel, dit-il. Il n'y a pas de place ici.

— Oh ! voyons un peu.

Elle s'approche, il s'écarte. Elle examine la chambre, lève sa canne, la pointe vers le palier.

— Il y a une autre pièce là. Ce n'est pas une chambre ?

— Un bureau, dit-il, (puis il ajoute) un gymnase.

— Bon, peu importe, dit-elle. Je dormirai sur le canapé de la salle de séjour.

— La salle de séjour est au-dessus, dit-il. Je ne crois pas que tu puisses monter l'escalier. (Il ressort sur la terrasse.) Non, ce soir, tu vas dormir ici. (Il accroche le vieux sac avachi sur son épaule, pose le manteau sur son bras, soulève les valises.) Demain, je te conduirai dans un motel.

Il rentre dans la chambre, elle n'y est plus. Il entend la porte de la salle de bains se fermer.

Le lit doit être refait. Il pose ses affaires, enlève les draps douteux, les fourre dans l'armoire, il en sort des propres, fait le lit. Sur le palier, on tire la chasse d'eau, l'eau coule, la porte de la salle de bains s'ouvre. La canne claque sur le palier, mais elle n'entre pas. Elle entre dans le bureau, allume. Il la suit et s'arrête sur le seuil de la porte. Les meubles blancs brillent, les bouteilles, les tubes métalliques du Nautilus.

— Mais il y a un canapé ici, dit-elle. C'est pas un de ceux qui se transforment en lit ?

— Les équipements de sport prennent toute la place, dit-il.

— Tu m'étonnes, tu ne t'es jamais intéressé au sport.

— On change. (Il éteint et retraverse le palier.) Nous ne nous sommes pas vus depuis longtemps. (Il la regarde, l'air maussade.) Comment m'as-tu retrouvé ? un truc dans les journaux, c'est ça ?

— Au sujet de ton film. Ce professeur de journalisme, au collège, il disait que tu étais doué. Je croyais qu'elle était simplement séduite par ton physique.

Elle se dirige vers la commode. Les tiroirs du haut étaient réservés à Pelletier, elle ouvre les tiroirs du haut.

— Je vais ranger mes affaires ici, non ?

— Lorraine, dit-il brusquement, j'ai dit que demain tu irais dans un motel. Il n'y a pas de place ici, cette maison n'est pas conçue pour une personne incapable de monter l'escalier.

— Je m'arrangerai. (Elle s'assied sur le lit et lui sourit doucement.) Tu vas m'aider, n'est-ce pas ?

Elle n'attend pas sa réponse. Elle hisse une valise à côté d'elle sur le lit et entreprend d'en défaire les courroies.

— Mon Dieu, qu'il fait chaud, tu ne trouves pas ? J'espère que ce n'est pas toujours comme ça.

— Tu seras bientôt de retour à Portland, dit-il, dans la pluie et le froid.

— Oh ! non Darryl. (Elle le regarde par-dessus le couvercle de la valise. Ses yeux arrondis ont l'air enfantins.) Je suis venue pour rester. C'est ce que je t'ai dit, n'est-ce pas ? (Elle se saisit d'une poignée de blouses pliées et la lui tend afin qu'il s'en charge.) Mets-les dans le tiroir, s'il te plaît.

— Non, tu n'as pas dit ça, et je n'ai pas dit que tu pouvais rester. (Il repousse les blouses.) Si tu n'as pas d'argent pour un billet d'avion, je te le donnerai. Mais tu ne resteras pas ici, Lorraine, il n'en est pas question. (Il rit.) Je n'arrive pas à y croire, non, je n'y arrive vraiment pas.

– Pourtant, c'est la vérité, dit-elle en lissant les blouses sur ses genoux. Darryl, je suis ta mère. Je ne peux plus travailler. J'avais une indemnité du gouvernement, mais l'administration a changé et elle m'a été supprimée. Cette assurance à laquelle j'ai cotisé pendant toutes ces années me rapporte à peu près cent dollars par mois. Je ne toucherai la sécurité sociale que dans quatre ans. J'ai vendu tout ce qui pouvait se vendre, voiture, meubles, argenterie. Et même ma montre et mon alliance pour payer ce voyage. J'ai vécu trois ans dans une chambre sans chauffage, avec bains sur le palier pour six personnes. La dernière semaine du mois, il ne restait rien pour la nourriture. Je ne faisais qu'un repas par jour dans une soupe populaire, dans le sous-sol d'une église avec les clochards et les vagabonds. Darryl, je suis vieille et malade. Et tu es mon fils. Tu as une belle maison, beaucoup d'argent. Tu ne vas pas te débarrasser de moi avec un billet d'avion pour rentrer à Portland. Je me suis occupée de toi quand tu étais petit et incapable de t'en sortir seul, maintenant, tu vas t'occuper de moi.

– Tu es folle, dit-il.

Le regard se durcit dans les poches de graisse, la bouche s'incurve comme autrefois.

– Darryl, ne m'oblige pas à être désagréable avec toi.

– Des menaces ? (De nouveau, il rit.) Je n'en crois rien. Au cas où tu ne t'en serais pas aperçue, je ne suis plus un petit garçon. Tu ne pourras plus me frapper.

Le visage bouffi a l'air franchement scandalisé et blessé.

– Te frapper. Quand t'ai-je frappé ? Quelle façon

de parler. Si parfois je me suis mise en colère, c'est parce que j'étais harrassée par le travail et les soucis. Tu crois que ça a été facile pour moi, une femme seule, essayant d'élever un enfant ?

— Ne recommence pas là-dessus, dit-il. Tu ne m'as jamais laissé ignorer combien tu as travaillé dur et combien je t'ai fait souffrir.

— Eh bien ! je ne me souviens pas de t'avoir frappé, dit-elle.

— Je ne me souviens que de ça, répond-il. Il faut que je prenne un verre. Tout ça est étrange, tu sais.

Il traverse le palier en direction du bureau, là l'éclairage fluorescent tremblote et grésille avec des étincelles. Il crie :

— Et que veux-tu dire par beaucoup d'argent ? (Il débouche le Jack Daniels et en remplit à demi un grand verre.) J'ai touché trente mille dollars pour le scénario. (Il plonge la main dans le petit réfrigérateur, en sort des glaçons, les jette dans le verre.) Combien de vieilles femmes malades est-on censé entretenir avec ça ? (Il claque la porte du réfrigérateur.) Et puis, j'ai presque tout dépensé. (Il avale une longue gorgée de bourbon, hausse les épaules, revient vers la porte de la chambre.) J'ai eu des frais de médecins et d'hôpitaux.

— Tu as un bateau.

Elle est debout, elle s'est débrouillée pour aller du lit à la commode en s'agrippant aux meubles, et elle range ses vêtements dans les tiroirs.

— C'était dans ce journal. (Elle se retourne et le regarde l'air pitoyable.) Je suis désolée que tu aies été malade. Tu aurais dû me prévenir, c'est dans ces moments-là qu'un garçon a besoin de sa mère.

— Seigneur ! s'exclame-t-il en avalant une autre longue gorgée. Ce n'est pas un bateau, Lorraine, rien qu'un petit voilier, et après les tempêtes de cet hiver il a probablement été détruit et gît par le fond.

— Alors il y aura une assurance. Non ? dit-elle calmement, retournant à son déballage. Et ça peut aider une vieille femme malade.

— Pas question de vieille femme malade, dit-il. Tu repars à Portland demain matin par le premier vol. (Il traverse la pièce à grandes enjambées et rabat sur sa main le couvercle en faux cuir mou de la valise.) Cesse donc de défaire les bagages et va te coucher. Tout de suite. Parce que nous nous levons très très tôt. Je vais avoir du mal à attendre.

Elle le frappe avec une violence incroyable. Il en a les larmes aux yeux.

— Maintenant écoute-moi Darryl. Et écoute bien, parce que je ne te le dirai qu'une fois. Je sais pourquoi tu as quitté Portland. Je sais tout. Tu as renversé un petit garçon avec ta voiture. Un garçon de onze ans à bicyclette. Avec cette petite voiture de sport rouge toute neuve que je t'avais achetée en récompense de tes études.

Son visage est brûlant là où elle l'a frappé.

— Non ! dit-il.

— N'aggrave pas les choses par tes mensonges, dit-elle. Au carrefour désert, au milieu de la nuit. Une femme qui habitait là a tout entendu, elle a regardé et t'a vu.

— Pas moi, dit-il, il faisait trop noir.

— Elle a vu la voiture. Tu as tué ce petit garçon, Darryl. Et tu le sais. C'est pour ça que tu es parti et que tu n'es jamais revenu.

— Je suis parti pour te fuir, dit-il. Je n'attendais que la voiture.

— Salaud ! je t'ai nourri, habillé, hébergé, donné de l'argent de poche. Tu ne serais jamais parti, si tu avais pu rester. Quelque chose t'a fait peur. Et quand j'ai lu dans le journal la description de la voiture faite par cette femme, j'ai su que c'était toi.

— Alors pourquoi n'es-tu pas allée à la police ?

Son regard se fait sournois, sa main déformée tripote la boucle de la valise.

— Tu étais mon enfant, dit-elle d'une petite voix compassée. Tu avais fait quelque chose de terrible, mais mon devoir était de te protéger. Je t'ai toujours protégé.

— Tu es une misérable menteuse. Ce que tu as toujours été. Je n'ai jamais été autre chose qu'une charge pour toi, tu me l'as dit et redit. J'étais mauvais. Et c'était ta seule chance de le prouver. Tu mens, Lorraine.

— Très bien, s'enflamme-t-elle. Tu étais mauvais — exactement comme ton père. Mais tu avais dix-sept ans... un enfant. Et qui crois-tu que les journaux auraient blâmé... et la télévision ? Moi... Ils auraient dit que j'étais une mauvaise mère. Après tout ce que j'avais sacrifié, toutes ces années, pour t'élever décemment. J'ai fait une erreur... en t'achetant cette voiture... Mais j'étais une bonne mère, Darryl. Et ils m'auraient crucifiée. J'aurais perdu mon emploi, mes amis, tout.

Il la regarde, ébahi.

— Mon Dieu ! tu crois ça !

Il hoche la tête, rit, incrédule, lève son verre à ses lèvres. D'un revers de main, elle le fait valser. Il voltige à travers la pièce, tombe sur la moquette, les glaçons s'éparpillent, une tache sombre s'étale. Elle est cramoisie.

— Tu es vraiment folle, tu sais.

— Peut-être que je l'ai été, (elle est hors d'haleine) mais plus aujourd'hui. Je m'en fiche. Je me fiche de ce que pensent les gens. C'est la misère et la maladie qui rendent les gens comme ça... leur enlèvent leur dignité. Travail, amis, vie ? Je n'ai plus rien. (Son rire est amer.) Personne ne s'intéresse à vous quand vous êtes fini. Je n'ai donc rien à perdre, Darryl. Rien, tu comprends ?

Et si tu me renvoies à Portland, j'irai à la police. Et je leur dirai la vérité.

Il ricane.

— Tu ne connais pas la vérité.

— Très bien, alors je mentirai.

Sa bouche claque en se fermant sur ces mots. Et elle hoche la tête avec une conviction féroce.

— Je leur dirai que j'étais avec toi dans la voiture, que j'étais là quand c'est arrivé, que j'ai tout vu.

Il se détourne écœuré.

— Retourne à Portland, Lorraine. Je t'enverrai mille dollars par mois.

— Tu n'enverras rien, dit-elle, le seul moyen d'obtenir quelque chose de toi, c'est de rester ici.

— Va te coucher. (Il se baisse pour ramasser le verre, les glaçons.) Nous en parlerons demain matin.

— Oh ! non. (Sa voix est tout à coup détendue, presque gaie.) Nous trouverons des sujets de conversation plus agréables.

24

Lorsqu'il s'était imaginé que Pelletier jouait au jacquet, il lui avait acheté une coûteuse table pliante. Jamais il ne l'utiliserait. Aujourd'hui, Cutler l'a sortie d'une armoire et descendue dans la chambre où dort sa mère. Il garde l'espoir qu'un jour, elle ne se réveillera pas. Mais ce matin n'est pas ce matin-là : elle s'est tirée du lit, s'est assise dans un fauteuil d'osier, en chemise de nuit avec col de dentelle déchiré et robe de chambre imprimée de fleurs décolorées. La chair est flasque et bouffie. Elle tourne vers lui un visage gonflé et hébété, la mâchoire tombante. Elle essaye de sourire tandis qu'il déplie les petites rallonges et les pieds fluets de la table. Il la dispose devant elle. Mais le sourire n'apparaît pas, et son regard est lourd.

– Voilà. (Il s'éloigne.) Le petit déjeuner est prêt.

– J'espère qu'il n'y aura pas encore toutes ces épices. (Sa voix a perdu sa dureté. Elle est devenue dolente.) Je t'ai déjà dit que je n'aimais pas la cuisine relevée.

– Tu voulais vivre en Californie, lui crie-t-il gaiement en montant l'escalier.

Il remplit son assiette. C'est une vieille gloutonne. Quand elle engloutit ses repas, les yeux lui sortent de la tête. Il a assaisonné ses œufs brouillés avec du jalapeno. La saucisse mexicaine est des plus pimentée. Elle en pleurera, mais elle l'avalera. Le plateau est mexicain, étain repoussé sur bois. Il pose une serviette, des couverts dessus, un verre de jus d'orange, une grosse tasse en poterie mexicaine pleine de café, il emporte le plateau.

A mi-chemin de la grande pièce, il entend du bruit dans la cuisine, il s'arrête, se retourne inquiet. Il revient sur ses pas pour voir. Un flacon de plastique ambré est tombé sur le sol, son couvercle s'est ouvert et les capsules rouges jonchent les plaques de vinyl. Il fait la grimace, pose le plateau sur le comptoir du petit déjeuner, se baisse et ramasse les capsules. Quand elles ont retrouvé leur place dans le flacon, il referme le couvercle et cache le tout au fond de l'étagère la plus haute. Portant le plateau, il repart vers le chaud soleil de la terrasse, il est ennuyé. C'était les Séconals de Moody. Il y en avait tout un tas, mais maintenant ils filent vite, et où en trouvera-t-il d'autres... s'il lui en faut, et l'on a bien cette impression. Il pose le plateau devant elle.

Elle prend la fourchette entre ses doigts noueux et la laisse tomber. Elle s'en montre agacée. Il se baisse, la ramasse et la lui tend.

– Merci. Je ne sais pas pourquoi ça m'arrive sans arrêt, mes mains sont engourdies.

Elle déplie la serviette, la pose sur ses genoux avec des gestes de somnambule.

– Je me sens toute engourdie.

Elle recouvre sa fourchette d'œufs, la fourre dans sa bouche et avale. Les larmes coulent sur la blancheur de pâte à pain de ses joues.

– Et aussi pas solide sur mes jambes. (Elle boit avidement la moitié du jus d'orange.) Je n'ai qu'une envie c'est de dormir.

– Et de manger, dit-il. Ce n'est pas étonnant qu'ils t'aient supprimé ton allocation. Ils essayent d'équilibrer leur budget.

Elle tranche la saucisse avec sa fourchette. La graisse s'écoule avec le jus des chilis, elle coupe la saucisse à l'aide de son couteau et s'en enfourne un gros morceau dans la bouche. Elle mâche, elle pleure, elle le regarde.

– Tu as une langue de vipère.

– Je me demande d'où je la tiens ? dit-il avec un petit sourire entendu. Ce n'est pas trop épicé pour toi, non ? (Et comme elle fait signe que si en avalant et en s'emparant du reste du jus d'orange.) Ah ! quel dommage ! Le paquet était marqué « doux ». Comment peuvent-ils faire de pareilles erreurs... et après leur avoir dit à quel point tu détestais la nourriture épicée.

– Tu l'as fait exprès, dit-elle. Tu veux me rendre la vie infernale.

Il hausse les épaules avec un petit rire.

– C'est toi qui a eu l'idée de venir ici. Et

maintenant, tu es piégée. Et moi aussi d'ailleurs, je ne peux pas te laisser partir.

Il s'éloigne et, pendant un instant, il contemple la mer et le ciel blême. Il se retourne.

– Tu vois... tu m'as rendu la vie infernale pendant dix-huit ans. Aujourd'hui, tu as l'occasion de comprendre ce que ça veut dire.

Il rit amèrement pour lui-même. C'est drôle. J'ai longtemps rêvé que ce jour viendrait et maintenant... quelle importance ?

– Tu me prépares une nourriture infecte, sanglote-t-elle en repoussant son assiette. Je vais mourir de faim.

– Habille-toi. (Il revient prendre le plateau.) Tu ne crois tout de même pas que tu vas me manquer ?

– Je veux entrer à l'hôpital, pleurniche-t-elle. Je suis malade.

– Tu étais malade en arrivant ici, grogne-t-il.

– C'est pas la même chose. Je ne suis plus moi-même. (Elle cherche sa canne sur la moquette en marmonnant.) J'ai reçu un choc ou je ne sais quoi. La moitié du temps je ne comprends même pas ce qu'ils disent à la télévision. (Elle se saisit de sa canne.) Tu n'as pas besoin de me conduire. Je vais appeler un taxi. (Ses doigts noueux, enflés, crispés sur sa canne, elle se lève.) Et j'ai ma carte de sécurité sociale. Tu n'auras pas à dépenser ton précieux argent pour ta mère mourante.

– La police ne s'intéressera pas à ta carte de sécurité sociale. Et c'est au commissariat que tu comptes te rendre, pas à l'hôpital.

D'une main il prend le plateau, de l'autre lui arrache la canne. Elle suffoque et retombe dans le fauteuil qui se renverse presque sous son poids. Elle le regarde, hébétée. Il jette la canne sur le lit, ainsi que le plateau cliquetant, s'agenouille et débranche le téléphone. La prise est un petit cube de plastique au bout d'un fil de plastique transparent. Il l'agite un instant devant son visage, puis il pose le téléphone sur les œufs brouillés. De l'autre côté du palier, il débranche le téléphone du bureau et revient lui montrer l'appareil. Il le jette sur le plateau, accroche la canne à son bras, enlève le plateau et passe devant elle pour regagner la terrasse. L'air entre par la baie vitrée ouverte, lourd, humide et chaud.

– Oublie ça, dit-il. Tu vas rester ici.

– Tu ne peux pas me retenir prisonnière. Des gens passent sur la plage, je vais appeler au secours.

Il soupire, pose le plateau sur la rampe de la terrasse et revient s'immobiliser sur le seuil de la porte ouverte.

– Dans ce cas, il va falloir que je ferme ça, non ? Et que je tire les rideaux pour que personne ne te voit ? Il fait chaud cet été, Lorraine. Tu l'as dit toi-même, quand le soleil tape en plein sur cette vitre, cette pièce est un four. Tu ne vas pas aimer ça. (Il sourit, entre et décroche l'embrase des rideaux.) Je suis si heureux que tu me l'aies rappelé : faire de la vie un enfer.

Il rit, écarte les rideaux, sort et fait glisser le panneau vitré pour le fermer. Sa voix lui parvient à travers l'épaisseur et le molletonnage des rideaux, stridente, affolée.

– Comment irai-je à la salle de bains ?

– Rampe, dit-il.

Elle a cessé de manger. Sur la route d'accès au-dessus de la maison, il ouvre le coffre et sort des sacs d'épicerie. Ils contiennent du poulet, des nouilles, du beurre, de la crème. Pendant un jour ou deux, il va lui préparer une nourriture aussi insipide qu'à l'hôpital. Il mettra de la crème dans les légumes qu'elle aime… du chou-fleur, des asperges blanches, des haricots beurre. Il lui fera de la purée blanche comme neige. Comme desserts, des crèmes, des diplomates, du gâteau de riz.

Il pose les sacs un par un sur le toit brûlant de la voiture et claque le coffre. Il se charge des sacs. Le matin, il fera des œufs mollets ou pochés sur des tartines blanches. Il se dirige vers l'escalier et se souvient du courrier. Il n'était pas distribué quand il était parti pour le supermarché. A midi, il lui donnera son potage à la crème ou du bouillon de poule. Elle aura vite une indigestion du fade sans saveur. Alors, il recommencera. Peut-être avec un faux-filet et une sombre sauce au vin. Du veau au parmesan ? Elle devrait apprécier le changement. Ce serait mieux pour elle.

Jonglant avec les sacs d'épicerie, il ouvre la boîte à lettres. Il est là, le *T.V. Guide*. Maladroitement, en équilibre sur une jambe, un genou levé pour y appuyer les sacs, il retourne le magazine à l'endroit, du mieux qu'il peut. Sur la couverture un portrait de Nicky Wyatt par Neilson, en chemisette bleue de l'équipe des Etats-Unis et pantalon blanc à sous-pattes, une jambe tendue, levée au-dessus d'un cheval d'arçon. *Une vie en or.* « Téléfilm mêlant les larmes à la réussite. » Du coude, il referme la boîte à lettres et, en riant, il se dépêche de descendre l'escalier.

C'est alors qu'il l'aperçoit sur la plage. Dans son costume pantalon rose, son sac sur l'épaule. Elle avance péniblement, en s'aidant d'une chaise de paille de la chambre et qu'elle utilise comme béquille. Pas facile. Les pieds s'enfoncent dans le sable. Peu importe, elle essaye de se hâter... Vers quelque chose. Quoi ? Il cligne des yeux sous l'éclat du soleil et de la mer. Elle s'arrête, agite un bras, et sa voix lui parvient, lointaine mais criarde comme un cri de mouette. Et il les voit, à la limite de la bande de sable, près des rochers déchiquetés...

Un homme et une femme... jeunes.

Ils s'éloignaient, mais en entendant ses cris, ils s'arrêtent, reviennent sur leurs pas. Chemises hawaïennes orange et jaune, shorts, lunettes de soleil, chapeaux de paille, sandales, caméra autour du cou. Elle crie à nouveau dans leur direction, et en hésitant, ils s'approchent d'elle.

Cutler descend l'escalier. Il voudrait se précipiter, mais les gros sacs l'en empêchent. Il ne voit pas ses pieds, ne peut pas tenir la rampe. Une fois en bas, il les pose. Aussi vite qu'il le peut. L'un tombe, des boîtes roulent, glissent par en-dessous, tombent sur le sable. Il laisse courir. Il se précipite au bas des marches, descend la pente longeant la maison jusqu'à la plage. Le sable est sec. Il y court comme l'on s'efforce de courir dans un cauchemar. Ils l'ont rejointe. Elle leur parle, agitant les bras, fébrile. La femme l'aide à s'asseoir sur la chaise et s'accroupit près d'elle pour l'écouter. L'homme regarde la maison. Puis il regarde Cutler qui arrive en courant, transpirant, pantelant.

— Tout va bien, crie Cutler.

Il croise, décroise ses mains tendues, ouvertes, et hoche la tête.

— Tout va bien. (Il est haletant et s'arrête devant eux dans un éparpillement de sable.) Je suis son fils. Tout ira bien, maintenant. (D'une main, il essuie la sueur de son visage et adresse à Lorraine un tendre sourire de reproche.) Mère, tu sais que c'est très méchant de te sauver comme ça.

Il sourit au couple – moins jeune qu'il ne l'avait cru. Entre deux âges ou tout comme. Tous deux ont retiré leurs lunettes de soleil et le regardent avec méfiance.

— Je suis allé au supermarché et j'ai dû oublier de fermer la porte.

— Vous voyez, crie-t-elle. Il me retient prisonnière.

— Cutler adresse au couple un long regard pitoyable.

— J'essaye de m'occuper d'elle tout seul, mais par moments c'est terrible. (Il se penche et essaye de la saisir pour l'aider à se lever.) Viens Amour. Entrons à la maison. On va regarder de beaux dessins animés à la télévision. Tu sais, comme tu les aimes.

Elle le repousse, furieuse, toutes griffes dehors comme Moody.

— Il essaye de vous faire croire que je suis folle. (Elle pousse des cris.) Eh bien ! je ne suis pas folle, aidez-moi. C'est lui qu'on devrait enfermer.

— Allons, viens maintenant, dit Cutler gentiment mais fermement.

— Il a écrasé un pauvre petit garçon, crie-t-elle, en agrippant les mains de la femme, désespérant de les convaincre. Et il sait que je vais le dénoncer. Et c'est pour ça qu'il me retient enfermée. (Elle regarde Cutler.) Sa propre mère.

Par-dessus sa tête, Cutler jette à l'homme un sourire apitoyé et, d'un doigt, se tapote la tempe. L'homme lui rend un sourire contraint, fait un bref signe de tête et remet ses lunettes. Il est mal à l'aise.

— Viens Anita, dit-il. Ce n'est pas notre affaire.

— Oh ! non, supplie Lorraine, ne m'abandonnez pas. Je vous ai dit la vérité.

Mais la femme se libère de son étreinte crispée et se lève.

— Tout va bien maintenant, chantonne-t-elle.

Elle lève un doigt.

— Essayez d'être sage, (elle remet ses lunettes de soleil) et ne vous sauvez plus.

Elle prend le bras de son mari et ils s'éloignent en veillant à ne pas se presser.

Lorraine se tord sur sa chaise.

— Allez à la police.

Ils se retournent, sourient, agitent gentiment la main.

— Au revoir…

— Ça n'a pas marché, dit Cutler, dommage.

— Tu es un monstre ! hurle-t-elle.

Il s'est endormi en regardant tard le soir des extraits des épreuves olympiques de la journée. Il est nu à demi drapé dans une serviette de plage, transpirant sur les coussins de toile du canapé d'osier dans la salle de séjour. Pelletier est penché sur lui, impeccable et soigné, lisse et brillant, comme sculpté dans du beurre. Il porte un petit maillot or très moulant. Derrière lui, Charles Bronson, emmitouflé dans des fourrures, grimpe d'un pas lourd, en chaussures de neige, une pente rocheuse parmi les sapins. Pelletier cherche la télécommande qui est tombée sur le sol et arrête l'émission. Il se redresse, penche la tête, son regard bleu se fait moqueur.

— Je savais que tu étais spécial, dit-il. Mais je ne savais pas que tu t'occupais des vieilles dames perdues. Cutler se redresse, cligne des yeux sous l'éclairage de la lampe. Il passe une main sur son visage, glisse ses doigts dans ses cheveux.

— Fils de pute, dit-il. C'est toi qui a alerté le service d'Immigration pour Eduardo, non ?

Pelletier hausse les épaules.

— Je t'avais prévenu que je trouverais quelque chose pour te punir. Quand tu n'as pas voulu me donner cet argent pour Bianchi. Tu te rappelles ? Ai-je jamais manqué à ma parole ?

— Tu ne mens jamais, approuve tristement Cutler. (Il a mal à la tête, la bouche sèche.) Tu m'avais prévenu.

Un verre avec un doigt de whisky chaud est posé sous la lampe. Il l'avale, frissonne, allume une cigarette qu'il tire d'un paquet posé à côté. Il scrute Pelletier, l'air maussade dans un nuage de fumée.

– Nous sommes quittes alors ?

– Qui est cette vieille poule, demande Pelletier.

– Ma mère. Qu'est-ce que tu veux, Chick ?

– Un verre. (Pelletier ramasse le verre vide et le porte dans la cuisine où il allume la lumière.) Tu as toujours mon rhum blanc ?

– Qui d'autre aurait pu en boire ? (Cutler tâtonne par terre à la recherche de son jean, l'enfile.) Je suis riche. J'ai un bateau, alors elle est venue vivre avec moi.

– Et tu l'as laissée faire ? Je croyais que tu la détestais. (Pelletier ouvre et referme le réfrigérateur.) Cette cuisine empeste le restaurant mexicain. (Il remue les bouteilles, les verres, les glaçons.) Ou bien est-elle mourante ? Elle a l'air malade. De l'arthrite, c'est ça ? Elle dort comme si elle était droguée.

– Elle n'est pas mourante, dit Cutler. Malheureusement.

– Alors pourquoi ne pas la mettre dans un avion et la renvoyer.

– Ce n'est pas si simple.

Cutler, soucieux, se retourne, regarde Pelletier qui s'affaire sous la lumière blanche, les cheveux brillants. Il est trop gai. Jamais il ne s'était montré assez prévenant pour aller chercher un glaçon à Cutler !

– Qu'est-ce que tu veux, Chick ?

– J'y arrive.

Pelletier éteint les lampes et revient avec les verres. Il sourit. Ses dents sont très blanches. Il tend le scotch à Cutler et se laisse tomber sur le canapé à ses côtés.

– Qu'est-ce qui n'est pas si simple ?

Cutler lui raconte.

– Et elle le fera, la garce.

– Alors tu la drogues, dit Pelletier. Avec les

vieux Séconals de Moody, c'est ça ? tu les mets dans la nourriture.

– Des trucs mexicains pour masquer le goût. Tout ce que ça fait, c'est qu'elle dort. Puis elle a cessé de manger. Elle n'aime pas la nourriture épicée. Et il faut que je lui prépare ce qu'elle aime. Aucun goût. Je ne peux donc pas y mettre les Séconals. Et elle s'enfuit. (Il boit un peu de scotch, écrase sa cigarette et raconte à Pelletier son escapade sur la plage.) Je me fiche qu'elle ait des rhumatismes. La prochaine fois, elle va ramper dans l'escalier jusqu'à la route et faire du stop, je la connais.

– Pas ce soir. (Pelletier goûte son rhum.)

– Ce soir, je l'ai décidée à déguster des spaghettis. J'ai vidé six capsules dans la sauce. Mais ça n'a rien fait, Chick.

– Tu veux dire que ça ne l'a pas tuée ?

– Tu as de ces idées, dit Cutler.

– Darryl, ce n'est ni du plomb ni de l'arsenic ou quoi que ce soit. Il ne faut pas l'administrer à petites doses. Il faut tout lui donner d'un seul coup. Disons que quatre-vingts capsules tuent un homme normal. Elle n'est pas très grande. Soixante-dix devraient suffire.

Cutler ouvre de grands yeux.

– Je n'en ai pas soixante-dix. Et si je les avais, comment arriver à les lui faire prendre ?

– Bonne question, bâille Pelletier.

Il pose son rhum et s'allonge en travers des jambes de Cutler, étendant un bras vers le paquet de cigarettes. Sa peau nue est chaude et Cutler ressent une montée de désir. Pelletier allume sa cigarette avec un petit briquet bon marché. Le briquet rebondit sur la table. Il se redresse, des ronds de fumée se forment au-dessus de sa tête, il lève un sourcil amusé et touche l'entrejambe de Cutler.

— On dirait que tu as une grosseur, là.

— Mince alors, dit Cutler en éteignant la lampe. Son cœur s'accélère, il tremble.

— Docteur, pensez-vous pouvoir faire quelque chose, dit-il gravement.

— Voyez un peu.

Dans l'obscurité, en riant tout bas, Pelletier descend la fermeture Eclair de Cutler. Et plus tard, pâle ombre élégante, en enfilant son caleçon :

— Parfait.

Il se penche et pose un rapide baiser sur la bouche de Cutler.

— Tu as toujours été le meilleur.

Il allume.

La lumière fait ciller Cutler. Il déteste les « après ». Tout ce qui n'allait pas avant resurgit immédiatement après. Il regarde Pelletier.

— Aide-moi, Chick. Que faire d'elle ? Maintenant que ma maudite heure de chance arrive. Elle veut me condamner à mort. Elle l'a toujours voulu.

Pelletier tombe à genoux pour prendre son verre, il s'assied sur ses talons comme une fille, porte le verre à ses lèvres et regarde Cutler par-dessus avec de grands yeux innocents.

— Que dirais-tu d'une jolie petite croisière sur ton bateau ? elle n'aimerait pas ça ?

Cutler renifle.

— Je ne sais pas le piloter, tu le sais bien.

— Je m'en chargerai pour toi. (Pelletier bondit.) Ma glace a fondu. (Il tend une main.) Laisse-moi faire ça pour toi.

Mais Cutler ne fait qu'écarquiller les yeux.

— Maintenant ? Ce soir ?

Pelletier secoue la tête et lui prend son verre.

— Pas ce soir.

Il se rend dans la cuisine et rallume les lumières. Sa voix résonne sur les surfaces dures.

— Véronique va rentrer bientôt. De sa thérapie

de groupe. (Des glaçons tintent dans les verres.) Elle essaye de laisser tomber la drogue. Le crack la rend malade. (Des bouteilles s'entrechoquent, des liquides glougloutent.) Alors que fait-elle pour se sentir mieux ? elle se shoote. Ça a failli la tuer. Médecins, hôpitaux, tout le fourbi. (Il pose la bouteille.) En ce moment, nous sommes donc très occupés à remettre de l'ordre dans nos jolies petites têtes.

— Que se passe-t-il dans ta jolie petite tête ? demande Cutler.

— J'ai lâché la dope. Ça me rendait paranoïaque. (Les lumières s'éteignent dans la cuisine et il revient avec les verres.) Tu sais ce que je pense ? Elle aurait pu lâcher la dope elle aussi. Mais c'est la grande nouveauté du dernier chic, tu vois ? Faire une cure ? Merde. Le free base n'est déjà plus à la mode. (Il tend à Cutler son verre de whisky.) C'est devenu bon marché. Des Noirs dans les rues s'en chargent. (Il s'assied sur le sol en face de Cutler, les jambes croisées cette fois, comme un garçon.) Mais les Noirs des rues n'ont pas accès au Centre Betty Ford, n'est-ce pas ?

— Quand alors ? veut savoir Cutler. Demain soir ?

Tout en buvant, Pelletier secoue la tête.

— Demain nous allons sur la côte à Monterey. Tous les drogués y vont. Les gens du spectacle, de la musique. Là se trouve la réponse à toutes les questions. Quatre jours, ça vaut la peine.

— Oh ! non ! gémit Cutler. Mardi ?

— Ouais, ça se termine ce jour-là. Mais le trajet est long, Darryl. Qui sait ce qu'elle voudra faire ? (Pelletier avale une longue gorgée de son rhum.) On va laisser ça en attente. Dès mon retour je viens te voir. O.k. ?

— Mais lundi soir j'ai mon film, braille Cutler. J'ai déjà manqué la première projection au studio. Je dois voir la version télévisée chez Axelrod.

Avec le distributeur, le producteur et tout le monde. Putain, Chick, que vais-je faire d'elle jusqu'à ton retour ?

— Emmène-la voir le film avec toi. Mon garçon, le scénariste et sa maman, tous deux réunis. Touchant. (Pelletier rit, fait descendre le reste de son rhum dans sa jolie gorge.) Il faut que j'y aille.

Il bondit, pose le verre sous la lampe. Cutler boude. Pelletier debout le domine.

— Darryl, je vais te faire une grande faveur. A qui d'autre pourrais-tu demander ça ? à Souza ?

— Il faut que ce soit toi, dit Cutler.

— Tu as tout à fait raison.

Pelletier sort du halo lumineux. Il se tourne vers la nuit noire immense de la terrasse.

— Tu as besoin de moi, Darryl, depuis toujours et pour toujours.

25

Munie de ses lunettes graisseuses à quatre sous, elle lit l'article de *T.V. Guide*. La rubrique des spectacles du *Times* d'aujourd'hui est pliée sur la table de jeu. Après avoir enlevé son plateau, il a rapporté tout ça. Il ne sait pas pourquoi. Ni pourquoi, ce matin, il lui a préparé un petit déjeuner qu'elle aime… des œufs brouillés à la crème, du jambon rose sans goût, du pain blanc, de la compote sucrée. Aujourd'hui, il ne veut pas qu'elle soit droguée, il la veut tout à fait lucide. Il veut l'impressionner. Qu'est-ce que ça veut dire ? Debout derrière elle, au-dessus de ses cheveux blancs en broussaille, un sourire grimaçant étire ses lèvres, et il hoche la tête avec un étonnement dégoûté. Une bonne chose qu'elle meure bientôt. Il est en train de redevenir un petit garçon pitoyable, quêtant son approbation.

– Humm, dit-elle sèchement en posant le magazine. C'est très bien. (Elle grogne en prenant le journal.) Et ça ?

Elle s'en empare avec ce même soupir ennuyé qu'elle poussait lorsqu'il lui montrait ses dessins ou bien ses cahiers d'écolier.

– Oh ! je vois !

– Ils disent que c'est le meilleur téléfilm depuis cinq ans. Tu vois, le scénario écrit par un nouveau venu, Darryl Cutler, est presque parfait, « l'inexorable déroulement d'un combat ».

– Sa connaissance de l'ivresse sauvage, lit-elle, et du crève-cœur désespéré des athlètes amateurs est profonde et authentique.

Elle pose le journal, enlève ses lunettes, le regarde perplexe.

– Je n'y comprends rien. Tu as toujours détesté le sport.

– Je ne le détestais pas. Tu ne cessais de me dire que j'allais me faire du mal. Et je te croyais.

– J'essayais simplement de te protéger, dit-elle. Tu étais maladroit. Tu coordonnais mal tes mouvements. Comme ton père. Il s'est tué en faisant du ski, tu es au courant, n'est-ce pas ?

– Il est mort de froid dans une voiture tombée en panne. Avec cette actrice de cinéma. Ils essayaient de rentrer du ski. C'était dans les journaux. Tu avais gardé l'article. Je l'ai lu une centaine de fois.

Elle est devenue habile avec la chaise. Elle se lève, se livre à un audacieux retournement, sans soutien, rattrape la chaise et clopine en direction du palier en s'appuyant dessus, la faisant pivoter rapidement devant elle.

— Il faut que je prenne un bain et que je m'habille. A quelle heure est ton film ?

— Pas avant ce soir, dit-il. A huit heures.

— Il faut aussi que je me coiffe, il y aura du monde ?

— Personne, dit-il, et ta coiffure est parfaite.

Elle s'arrête sur le palier.

— Il n'y a pas un seul livre consacré au sport sur les étagères. (D'un geste du menton, elle désigne le bureau.) Je sais ce qu'il y a ici. Je les ai lus. On ne peut pas regarder la T.V. toute la journée. Des saletés pour la plupart. Tu as toujours eu mauvais goût. Des bandes dessinées.

Elle fait un faux pas, la chaise craque. Il s'avance sur le seuil de la chambre et la regarde.

— Après ton départ, dit-elle, j'ai trouvé où tu les avais cachés et j'ai tout brûlé.

— Tu as brûlé une fortune, dit-il. Il y a des collectionneurs aujourd'hui pour ça. Certaines valent des centaines de dollars.

Elle pousse un hululement ridicule, tourne le bouton et la porte de la salle de bains s'ouvre. Les pieds de la chaise claquent sur le carrelage. Elle traîne ses pieds enflés, chaussés de pantoufles sales et au rose décoloré. Elle entre dans la salle de bains, empoigne le bord de la porte, se redresse autant que ses articulations percluses le lui permettent et le regarde.

— Tu sais ce que je pense, Darryl ? je ne crois pas du tout que tu aies écrit ce film. Je pense que quelqu'un d'autre l'a écrit et que tu l'as copié. Comme quand tu étais au collège.

Elle ferme la porte. Il se précipite.

— Je voulais que tu me fasses des compliments. (Le verrou claque. Il hurle.) Tu ne me complimentais jamais pour ce que je faisais. Je pensais que tu aimerais ce que ton enfant avait fait. Tu disais toujours qu'ils étaient meilleurs que moi.

— Il faut que je fasse ma mise en plis. Je suis à faire peur.

Il s'écarte pour lancer un coup de pied contre la porte ; il n'y arrive pas. Il veut hurler : « Je vais te tuer, vieille femme », mais il a la gorge nouée. Exactement comme lorsqu'il était petit. Il est terrifié à l'idée qu'elle pourrait l'entendre en dépit du bruit de la douche.

— Je vais te tuer, pleurniche-t-il, et, exactement comme lorsqu'il était enfant, il éclate en sanglots.

Il l'évite. Il boit du jus d'orange avec de la vodka et regarde la télévision. Quand la télévision l'ennuie avec ses jeux et ses feuilletons ineptes, il descend prendre une douche. La chaleur n'est plus accablante, mais elle dure. Il gagne l'étage du bas par le bureau, en apportant des vêtements propres. Quand elle l'entend sur le palier et l'appelle, il ne répond pas. Quand il remonte, l'aspect de la salle de séjour le rebute. Il enlève les draps, les oreillers, la couverture électrique du canapé et les range dans l'armoire. Il passe l'aspirateur et époussette. Personne ne doit venir. Mais il veut que la pièce soit aussi impeccable et brillante que pour une réception. Après ça, il a faim. Il remplit les deux moitiés d'un gros avocat de chair de crabe et ouvre une bouteille de champagne. Il emporte le tout sur la terrasse. Il observe les oiseaux, les mouettes, les voiles des véliplanchistes qui claquent au vent, rouges, jaunes, oranges, bleues, vertes. Peu de monde sur la plage. C'est lundi. Ils sont au travail. Les fous. Il sourit pour lui-même. Il fait bon au soleil. Il aime le calme, le monotone et lointain sifflement des vagues. Il finit son champagne, qui le rend heureux et qui lui donne aussi envie de dormir. Il va chercher une serviette de bain, des lunettes de soleil et va faire un petit somme sur le sable. Il se réveille au coucher du soleil. Elle crie son nom d'une voix perçante. Par précaution, il a fermé à double tour les panneaux vitrés de sa chambre et du bureau. Mais sa voix passe au travers des vitres. Elle a faim bien sûr. En prenant son temps, il se lève, ramasse sa serviette, foule le sable mou et grimpe l'escalier rapeux de la terrasse.

– Tu veux ton dîner ? crie-t-il.

– Tu as oublié mon déjeuner, hurle-t-elle.

– Je n'ai pas oublié.

Il gravit l'escalier jusqu'à la terrasse du haut. Son assiette et la bouteille de champagne sont toujours sur la table. Il les enlève. Après avoir rangé la serviette, jeté la bouteille, lavé l'assiette et le verre, il prend sur la plus haute étagère le flacon ambré des Séconals. Où se trouve donc ce sachet de piment qu'Eduardo avait rapporté d'un marché mexicain de L.A. Est ? Il le trouve, l'ouvre, le renifle. C'est si fort que les larmes lui montent aux yeux. Il rit et fouille nerveusement dans le réfrigérateur en quête de bœuf haché, d'oignons, d'une poignée de piments frais, jaunes, rouges, verts. Il décroche une poêle et commence à cuisiner. Il n'y a qu'une personne dans tout le pays qui ne doit pas assister à la projection de son film.

– Qu'elle aille au diable ! dit-il très fort en remuant le bœuf grésillant dans la poêle. Qu'elle aille au diable !

Mardi soir, il essaye de téléphoner à Pelletier. Dans la maison vide des Quinn, le téléphone sonne et résonne. Personne ne répond. A minuit, il renonce. Il dort mal, se réveillant pour allumer et regarder l'heure. Encore et encore. A six heures et demie, il tend un bras pour décrocher le téléphone, mais il ne compose pas le numéro. S'ils sont rentrés tard, Pelletier sera furieux d'être réveillé de bonne heure. Cutler enfile un survêtement, sort et s'élance sur la plage. Il croit faire ça pour tuer le temps, mais douze minutes plus tard il se retrouve au clair de lune sur la plage de Cormoran Cove, pantelant, en sueur, les yeux levés sur la terrasse arrière de la demeure des Quinn. Les feuilles des plantes dans leurs bacs frissonnent sous la brise, mais il n'y a aucun autre signe de vie. Il ne peut pas voir au-delà de la maison, la route, ni savoir si les voitures y sont garées devant la boîte à lettres. Il voudrait crier, réveiller Pelletier, lui crier de venir l'aider, qu'il ne peut plus attendre, qu'il ne peut plus supporter la vieille sorcière, pas une heure de plus, à plus forte raison une journée entière. Il ne crie pas. Il fait demi-tour et, péniblement, il retourne chez lui, l'air accablé.

Le bateau est immobile à l'amarre sur les eaux miroitantes qui ondulent et reflètent le brillant de sa coque blanche. Une bâche bleue est tendue sur le pont, le mât nu épouse doucement le mouvement de l'eau. L'eau murmure. C'est l'aube. Mercredi. Pelletier viendra sûrement ce soir. Cutler est fatigué de relire les messages qui sont arrivés, tard lundi, tôt mardi, le félicitant pour son script. Il est fatigué de descendre écouter derrière la porte de la chambre, la vieille femme qui ronfle et geint dans son sommeil. La chambre est pleine de l'odeur familière qui a hanté son enfance. Un parfum qu'il avait espéré ne plus jamais respirer. Il ne peut plus attendre son départ, son départ définitif. Il laissera le panneau vitré ouvert pendant des jours pour libérer la pièce de son odeur… une marque de savon, pense-t-il, bien qu'il ait reniflé les pains de savon qu'elle a apportés et laissés dans la salle de bains, ils ne sentent pas la même chose. Qu'est-ce que c'est ? la haine.

– J'ai une douzaine de propositions, lui dit Axelrod au téléphone. Du bon argent, Darryl, nous ne serons pas obligés d'attendre les Oscars. Tout le monde a compris que vous étiez un gagneur. Tous veulent que vous écriviez leurs manuscrits. Une douzaine de projets. Vous pouvez prendre votre pioche ; nous pouvons demander la lune.

– Bon, dit Cutler. Je serai là dans quelques jours.

– Aujourd'hui, dit Eddie. Pourquoi pas aujourd'hui ?

– C'est personnel, dit Cutler. Une affaire de famille qui doit être éclaircie en pleine crise.

– On ne peut pas les faire attendre trop longtemps, dit Eddie. Ils oublient vite, la T.V. est une manne éphémère. Un film vieux d'une semaine, qui s'en souvient ?

– Je viendrai aussi vite que possible, répond Cutler.

Il repose l'appareil doucement, mais il est exaspéré. Il essaye à nouveau d'avoir Pelletier. Pas de réponse. Il faut qu'il fasse quelque chose. Et le bateau ? dans quel état est-il ? Pelletier et Véronique s'en sont-ils servis ? Il se souvient d'avoir payé l'amarrage et l'assurance. Mais ne devrait-il pas vérifier ? Ce serait terrible s'ils arrivaient là au milieu de la nuit, et que le bateau ne fût pas utilisable. Et l'essence ? Il décroche une veste dans l'armoire, prend ses clefs sous la lampe, à côté du canapé, les laisse glisser dans sa poche. Quand il ouvre la porte de derrière afin de sortir, sa mère hurle en bas. Elle veut manger. Bon. Laissons-la crier. Une rangée de nuages s'avance. Personne ne viendra sur la plage. Il grimpe l'escalier.

Et maintenant Souza s'avance mollement le long du quai.

– Quelle surprise ! dit-il, son haleine chargée de relents de vin doux, de tabac, d'ail. Je croyais que vous ne viendriez plus naviguer.

– Je ne pilote pas, j'en suis incapable. Vous

devriez le savoir.

Souza jette un coup d'œil derrière lui, sur le parking.

– Chick n'est pas venu avec vous ? pourquoi ?

– Il est en voyage, dit Cutler. Mais il veut se servir du bateau. Bientôt. Il m'a envoyé voir s'il était fin prêt. Il est fin prêt ?

– Je vais le sortir et mettre de l'essence, dit Souza.

– Vous êtes là tous les soirs ?

– Le seul soir où je ne suis pas là, c'est le lundi. Il y a ce gosse les lundis soirs. Il amène des filles. Ils baisent dans les bateaux. (Il fait la grimace en se grattant la barbe.) Mais que puis-je faire ? Personne d'autre ne veut faire ce travail et, si j'en parle à la direction, je n'aurai plus une seule nuit de repos.

Le vent est devenu froid et humide, la nuit tombe. La bande de nuages s'épaissit et cache la lumière du soleil couchant. Cutler sort son portefeuille et glisse deux billets de vingt dollars dans la main crasseuse de Souza.

– Assurez-vous que tout soit prêt.

Il frissonne, remonte son col et, les mains dans les poches, il s'éloigne.

– Nous pourrions en avoir besoin dès ce soir.

– Vous allez livrer un autre poste de télévision ?

Cutler se retourne.

– Qu'est-ce que ça veut dire ?

– Un homme est passé aujourd'hui, dit Souza. Il m'a posé des questions sur ce jour-là. Le onze décembre. Il se demandait si je pouvais lui dire si vous aviez utilisé le bateau le onze décembre. Je lui ai dit que c'était quand vous aviez transporté un poste de télévision dans une caisse.

– Merveilleux, dit Cutler. Quel genre d'homme ?

– Un vieux type avec une moustache blanche, explique Souza. Très bien habillé. Riche. Il est arrivé en Rolls Royce.

– Tony Baron, dit Cutler. C'est son nom ?

– Il n'a pas donné son nom, dit Souza. Seulement le vôtre.

D'abord il a du mal à faire démarrer la voiture. Ses jambes tremblent et il ne peut pas embrayer, le moteur cale. Quand finalement il longe la route de la côte, ses mains transpirent sur le volant, bien que la soirée soit fraîche. Quand il arrive chez lui, il lui faut se tenir à la rampe de l'escalier, parce qu'il continue à trembler. Il s'écroule sur le sable mou au pied de l'escalier. Il fait tomber ses clefs en essayant d'ouvrir la porte de la cuisine. Il se jette sur le téléphone et essaye de composer le numéro de Tony Baron. Mais il ne connaît pas la ville. Il pense à Beverley Hills, Malibu, Newport. Il ne trouve pas le code. Il repose brutalement l'appareil, traverse la pièce en courant lourdement, passe sur la terrasse et descend l'escalier. Il fait de nouveau tomber ses clefs en essayant d'ouvrir le verrou du bureau.

Il a rangé dans un classeur tout ce qu'il y avait d'intéressant du fouillis qu'Ernie Fargo avait rapporté de chez Moody en ce jour béni ! Il renifle. Est-ce que la chance l'abandonnerait ? Il farfouille dans la paperasserie en désordre. Il claque un tiroir, en ouvre un autre, cherche partout. Au quatrième tiroir, sa main se referme sur le livre qui l'intéresse. C'est le répertoire personnel de Moody. D'un coup de pied il referme le tiroir et feuillette fébrilement les pages. Il tremble encore de peur. Mais il faut qu'il sache. Que soupçonne Tony Baron ? pourquoi fait-il ça ? pourquoi s'intéresse-t-il au onze décembre ? pourquoi maintenant ? Cutler cherche frénétiquement le téléphone. Mais il l'a débranché. Non ? Et enlevé. A cause d'elle. Jésus, il l'avait presque oubliée. Pourquoi ne l'appelle-t-elle pas ? Elle crie toujours quand elle l'entend rentrer.

Il traverse le palier, ouvre la porte de la chambre. Il fait sombre. La télévision est un rectangle gris. Il regarde le lit. Il est défait et elle n'y est pas. Elle n'est pas non plus assise dans un fauteuil.

– Lorraine ?

Il se retourne pour l'appeler du palier parce qu'il la croit dans la salle de bains. Et quelque chose de lourd s'abat sur sa tête. La lampe, pense-t-il en apercevant le gros pied en céramique bleue de la lampe. Puis il perd conscience et ne voit plus rien. Quand il revient à lui, il est étendu à plat ventre sur le tapis. Quelque chose de chaud et humide coule sur le côté de son visage. Il lève une main et touche. Il cligne des yeux. Il voit double et trouble. L'éclairage est mauvais. Il passe sa langue sur le bout de ses doigts. Du sang. Péniblement il se met à quatre pattes. Des débris de la lampe sont éparpillés autour de lui, clairs et tranchants. Il ferme les yeux et hoche la tête pour essayer d'accommoder sa vision.

– Sale vieille pute.

Il marmonne et essaye de se redresser. Le vertige persiste. Il s'agrippe à la porte pour ne pas s'écrouler ; avant que l'étourdissement ait pris fin, il réussit à se relever, il chancelle et ressent une horrible nausée. Il la ravale vite. La sueur froide transpire de partout et la nausée s'atténue. Il respire profondément, à plusieurs reprises, se sent mieux, lâche la porte et essaye de traverser le palier. Ses jambes se dérobent et il retombe. Elle a vraiment cogné fort. Où a-t-elle trouvé cette force ? tout simplement, elle n'est pas à moitié morte. C'est bien une vieille dangereuse !

– Lorraine, viens ici.

De nouveau titubant et chancelant, il entre dans le bureau. Il a laissé le panneau donnant sur la terrasse ouvert. Quelle idiotie ! Il s'arrête, reprend son souffle, cligne des yeux, une épaule contre le cadre métallique du panneau vitré et, appuyé là, il scrute la lumière mourante du crépuscule. La chaise qu'elle utilise comme béquille est au pied de l'escalier de la terrasse. Il n'y a qu'une chaise. Le fait qu'il en voit deux est la conséquence du coup qu'elle lui a donné sur le crâne. Il zigzague sur la terrasse, tout oscille autour de lui et, un instant, il ferme les yeux. Quand il les ouvre avec précaution, il la voit dans l'escalier. A l'aide de ses deux mains sur la rampe, elle se hisse péniblement marche après marche, pied droit, pied gauche. Il a dû perdre connaissance plus longtemps qu'il ne croyait. Elle est presque arrivée en haut. Elle est habillée, toujours dans son ensemble rose fané plein de taches.

Il bondit vers l'escalier.

— J'espère que tu vas tomber et te rompre les os.

— Le téléphone, halète-t-elle, le téléphone.

— Non, hurle-t-il en essayant de courir.

Il tombe, en se cognant les genoux, en s'écorchant les mains. Il a du mal à se relever. Il est lourd. Ça dure une éternité. Finalement, il y arrive et, de nouveau, il essaye de gagner l'escalier en vacillant, la terrasse, la maison, la mer, le ciel se brouillent, se précisent, se brouillent à nouveau. Il manque de tomber, tâtonnant pour s'agripper à la rampe. Ses genoux écorchés fléchissent et une fois de plus il est presque à terre. Va-t-il devoir passer le reste de sa vie dans un fauteuil roulant ? Lui a-t-elle réglé son compte avant qu'il ne lui règle le sien ? Maudit Pelletier. Cutler respire profondément, se cramponne à la rampe, pose un pied sur la première marche et monte à sa poursuite. Mais quand il lève les yeux, elle a disparu, elle est arrivée en haut. Quelque chose racle sur les planches au-dessus. Elle a pris un des fauteuils de tube métallique brillant et d'osier blanc à côté de la table et s'en aide pour avancer.

– Ne fais pas ça, hurle-t-il.

Mais lever les yeux lui fait tourner la tête. Il ferme les yeux, serre fort la rampe, bâille comme un poisson. La nausée revient. Il déglutit. La nausée s'atténue, la sueur froide revient. Il ouvre les yeux et prend un nouveau départ en grimpant, ses bras tendus travaillant autant que ses jambes flageolantes. Il hurle.

– Lorraine ! si tu touches à ce téléphone, je te tue. Je parle sérieusement, réfléchis. Ils ne pourront me pendre qu'une fois.

Sa tête dépasse le niveau de la terrasse. Elle n'est pas entrée. Elle a attendu ce moment. Elle lui donne un coup de pied sur le côté de la tête, sauvagement. Il perd conscience.

Quand il revient à lui, il est de nouveau en bas de l'escalier. Il la voit à travers les planches disparaître dans la salle de séjour. Où a-t-il laissé le téléphone ? par terre, à côté du canapé ? il l'espère. Alors, il doit être vraisemblablement dissimulé sous les journaux. Il se remet sur pieds, titubant. La chute l'a assommé, mais ce n'est pas le moment de compter les entailles, les écorchures, les os cassés. Il serre la rampe et grimpe.

– Ne touche pas au téléphone, Lorraine.

Il se hisse pantelant, endolori sur la terrasse du haut. La nuit tombe, mais il la distingue vaguement dans la grande pièce, appuyée sur la chaise dont les tubes brillent, en train de regarder fiévreusement autour d'elle. Il avait raison. Le téléphone est là, par terre à côté du canapé. Mais visible. Elle l'aperçoit, agite la chaise, boitille vers l'appareil.

– Non ! gémit-il. Il se précipite en avant et l'empoigne.

26

Il est malade et abruti. Il trempe longuement dans un bain chaud afin de se soulager de la douleur de ses meurtrissures. La salle de bains offre plus de miroirs qu'il n'en faut. Pelletier aimait ça. Aujourd'hui les miroirs permettent à Cutler de laver l'entaille ensanglantée au-dessus de la nuque. Un sale travail quoiqu'il en soit. Les coups reçus en dévalant l'escalier font que lever les bras est un supplice. Il se dit qu'il devrait aller aux urgences y faire suturer la plaie. Il a coupé les poignées de la corde à sauter de Pelletier, divisé la corde en deux, a attaché ses mains et ses pieds au lit, et enfoncé un essuie-mains dans sa bouche pour étouffer ses cris, mais il a tout de même peur de quitter la maison. Il verse du désinfectant sur un coton, enroule la gaze autour de sa tête pour le maintenir en place, et serre étroitement la gaze.

Il s'habille dans le bureau, lentement. Bien qu'il ait pris de l'aspirine, sa tête cogne. Il voit toujours double. Il enfile quatre chaussures. Peut-être qu'un alcool le remonterait. Ses mains tremblent alors qu'il le verse. Il s'assied sur la terrasse pour le boire et chercher le nom de Tony Baron, porté de l'écriture de vieille fille de Moody, dans le répertoire. Il voudrait pouvoir réfléchir clairement. Si Baron désirait lui parler, il aurait pu venir ici, et non aller rôder du côté de Souza et l'entretenir du bateau, du onze décembre. Si Cutler lui téléphone, Baron ne lui dira pas ce qui se passe, c'est l'évidence même !

Cutler secoue la tête, ferme le répertoire, regarde l'écran blême de l'ordinateur. S'il y introduit le bon programme, plus besoin d'avoir les idées claires. S'il pose la bonne question, il lui donnera la réponse. Il se moque de lui-même. Quelle bonne question ? Il se redresse brusquement. Une erreur. Il se raccroche à une chaise, le whisky froid coule du verre qu'il a en main et laisse une traînée le long de sa manche. Il s'assied, lourdement. Il reste immobile, les yeux fermés, inspirant et expirant lentement, attendant de se sentir mieux. Alors il entend la sonnerie du téléphone, au-dessus, étouffée par l'épaisseur de la moquette.

— Votre maison est surveillée ?

— Non. Pourquoi ?

Cutler s'était cru incapable de monter l'escalier, pourtant il y a réussi. Assis, le cœur battant, les tempes bourdonnantes, sur le canapé dans l'obscurité.

— Qui êtes-vous ?

— Pas de nom. Votre téléphone est peut-être sur écoute.

Cutler tend le bras pour allumer la lampe. Un coup de poignard douloureux à l'épaule le fait grimacer. Il reconnaît la voix. Le médecin de Moody : Medford. Ce n'est donc pas une plaisanterie.

— Je ne comprends pas.

— Il faut que nous parlions. Je ne suis pas loin. Dans une cabine téléphonique.

— Je ne peux pas sortir, dit Cutler. Venez.

— Pas chez vous. Un micro y est peut-être caché. Dehors sur la plage, d'accord ? Dans dix minutes, sans la lumière.

Avant que Cutler ait pu répondre, la ligne bourdonne. Il se penche péniblement pour raccrocher le combiné. La maison surveillée ? le téléphone sur écoute ? pourquoi ? que diable se passe-t-il ?

Il a peur et éteint la lampe. Se tiennent-ils sur la terrasse, dans l'obscurité ? Le vent de la mer est frais. Il devrait se couvrir d'une veste, mais il ne retourne pas sur ses pas. Immobile, il scrute la nuit. Il descend l'escalier en zigzaguant jusqu'à la terrasse en bas, et de là gagne le sable. Il contourne la maison, essayant de percer les ténèbres. Il n'y a que le bruit des flots et le roulement des voitures et des camions sur l'autoroute.

C'est ridicule. Il rentre dans la maison, allume les lampes et se prépare un autre verre. Il devrait manger. Il trouve un bol de crevettes dans le réfrigérateur.

Il achève avec une sauce épicée ce qu'il avait préparé pour Lorraine et auquel elle n'a pas touché. Il enlève le couvercle de plastique transparent du bol et, debout dans la lueur du réfrigérateur ouvert, il mange les crevettes avec ses doigts. Il lèche ses doigts, pose le bol dans l'évier, jette l'emballage de plastique. Et il entend son nom prononcé doucement du dehors. Il ferme le réfrigérateur, traverse la pièce en boitillant, éteint les lampes et sort sur la terrasse. Enfin, il va rencontrer un être vivant. Ce ne sera pas comme dans ses cauchemars où Quinn l'appelle. Il a peur pourtant. En traversant la terrasse et en descendant, il tremble, il a la bouche sèche.

— Qui est là ? demande-t-il en foulant le sable.

Il distingue à peine une pâle silhouette dans l'obscurité. Le sable est mou et son genou abîmé lui fait mal. L'homme est devant lui, bien découplé, l'air, si possible encore, plus jeune que cet autre jour dans la chambre de Moody, devant le vieil homme mort vêtu de son pyjama propre et étendu sur le sol entre lit et fenêtre.

— C'est pas un peu mélodramatique ? Entrez prendre un verre.

— Je ne dois pas être vu. (Medford regarde

nerveusement à droite, à gauche.) Mais je vous considère comme un ami et j'ai senti que je devais vous avertir. Cette femme qui travaillait pour Stewart… Fargo ? elle cherche à vous faire des ennuis.

– Maintenant… ? pourquoi ? Elle me hait parce que j'ai vendu l'affaire, mais c'était il y a des mois. Quel genre d'ennuis ?

– Que vous est-il arrivé à la tête ? dit Medford.

– J'ai fait un faux pas dans l'escalier, je suis tombé et le cuir chevelu est entaillé. Ce n'est rien. Et pour Fargo ?

– Il y a un homme, Tony Baron. Vous le connaissez ?

– Oh ! Seigneur ! Encore lui !

– Il est venu à mon cabinet aujourd'hui. Il était déjà passé à *L'étoile du soir*… Les entrepreneurs de pompes funèbres qui ont dispersé les cendres de Stewart dans l'océan. Fargo l'y avait envoyé. Pour une copie du certificat de décès. Se cogner la tête aussi fort peut être grave. Avez-vous vu un médecin ? Des vertiges ? des nausées ?

– C'est passé maintenant, dit Cutler. Ne vous inquiétez pas pour ça. Un certificat de décès ? pourquoi, mon Dieu ?

– Fargo a dit à ce Baron que vous aviez tué Stewart pour son argent et que je vous aurais aidé à falsifier les causes de la mort.

– Quoi ? Pourquoi ? Pourquoi auriez-vous fait ça ?

– Parce que nous étions tous les deux homosexuels.

– Oh ! mon Dieu ! Vraiment. Elle est folle. Elle n'a aucune preuve. Vous savez comment il est mort. Il avait besoin d'oxygène. Le tube s'est débranché dans son sommeil. Vous avez vu.

– Ce que j'ai vu n'est pas la question, dit Medford. Ce Tony Baron la croit. Il a décidé qu'il fallait ouvrir une enquête. Il va faire une demande officielle. J'ai l'impression qu'il a des amis influents et riches. (La main de Medford tente un geste incertain dans l'obscurité pour toucher le bras de Cutler.) Bien sûr, je sais aussi bien que vous que vous êtes innocent. Je sais comme vous preniez soin de Stewart. Vous faisiez tout pour lui. Je n'ai jamais vu un malade âgé aussi bien soigné que lui.

— Merci, dit Cutler d'une voix blanche. Une enquête ? comment pourront-ils ouvrir une enquête alors que le corps a été incinéré et les cendres dispersées dans l'océan ?

— Vous pensez à une autopsie, dit Medford. Mais une enquête, c'est un jury qui procède à une audition devant un juge d'instruction. Pour reconsidérer les faits entourant les circonstances d'un décès. Pour déterminer si la cause était naturelle, accidentelle ou bien due à une intervention extérieure. Pour décider si quelqu'un doit être poursuivi pour meurtre.

— Mais il n'y avait aucun témoin. Qu'a raconté Fargo ? qu'elle m'avait vu le tuer ?

— Ce n'est pas tout à fait ça. Ça concerne votre jeune, dois-je dire ami ? Ce garçon avec un nom français. Celui pour qui vous avez acheté cette maison, une voiture neuve, un bateau de cent mille dollars. Fargo l'a appris à Baron, qu'à peine était-il arrivé, que Stewart était mort... le soir même. Baron ne croit pas aux coïncidences. Il croit aux causes et aux effets. Il a parlé d'une autre coïncidence concernant un homme qui avait disparu. Comment s'appelle-t-il ? Quinn ?

— Il ne sait pas de quoi il parle.

— Vous auriez dû être plus discret avec le garçon.

— Pourquoi ? Il ne m'était jamais venu à l'idée que quelqu'un pourrait me soupçonner d'avoir tué Stewart, il était toute ma vie.

Medford s'écarte.

— J'ai pensé que je devais vous avertir.

— Ça risque de vous causer des ennuis ? demande Cutler.

— J'étais son médecin traitant, je le voyais régulièrement, connaissais parfaitement son état. J'ai fait une déposition. C'était mon devoir. Pas d'ennuis sérieux. Non.

L'obscurité l'enveloppe. Le sable crisse sous ses chaussures, chaque pas un peu plus lointain. Sa voix lui parvient par-dessus le bruissement des vagues.

— Mais nous serons tous les deux cités comme témoins.

— Vous lui direz ce qui s'est passé. Non ?

— Evidemment. (Les pas s'arrêtent.) Mais ça n'arrangera rien s'ils savent que j'étais là ce soir.

— Je n'en parlerai à personne.

— Bonsoir.

Les pas de Medford se perdent dans le silence.

Pelletier, sur le seuil de la terrasse, regarde, étonné, Cutler dans le bureau.

— Qu'est-ce que tu fais ?

Ce mardi soir est plus frais que le précédent. Il porte un imperméable, le gros chandail blanc à col roulé, des velours côtelés, une casquette de marin. Pour aller en mer.

— Tu ne m'as jamais dit que tu partais en voyage.

Cutler entasse vivement ses vêtements. Il les avait rangés dans l'armoire du bureau, depuis l'arrivée de Lorraine et la fuite de sa chambre, de son odeur. Cutler lance un coup d'œil sur Pelletier, ferme la valise, fait glisser la fermeture du rabat.

— Tu as pris ton temps. Où diable étais-tu ?

— Je ne pouvais pas dire à Véronique qu'il fallait que je rentre au plus vite pour pouvoir t'aider à noyer ta mère. Il a fallu que je m'arrête avec elle faire des achats, nous promener à cheval et déguster des vins. Je t'avais dit que je viendrais.

Il entre, se met à triturer les vêtements en pile, et les tend à Cutler.

— Où vas-tu ?

— Rio.

Cutler sort une enveloppe de la Pan Am de sa veste.

— Je l'ai pris aujourd'hui. Retiré mon argent de la banque. Fait couper l'eau, le gaz, l'électricité.

Pelletier fait glisser le mince billet de son enveloppe, le lit, l'air étonné.

— Un aller simple ? Tu pars pour de bon.

— Tony Baron prétend que j'ai tué Moody, tué Quinn. Je ne sais pas pourquoi. Et ne me le demande pas !

Il rabat le dessus de la seconde valise et tire la glissière de cuivre à larges crans afin de la boucler.

— Tu ferais bien de croire que je pars pour de bon.

— Tony Baron ? (Pelletier replace le mince billet dans son enveloppe et la met dans la veste de Cutler.) Qu'est-ce qu'il peut bien savoir ? Rien.

— Il soupçonne. Il a questionné Fargo. Il va demander une enquête concernant Moody.

Les douleurs de Cutler se réveillent lorsqu'il soulève les bagages pour les poser sur le sol.

— Il a aussi interrogé Souza. Au sujet de ce voyage que nous avons fait avec à bord une caisse de téléviseur.

— Et alors, qu'a-t-il bien pu dire. Darryl, tu as tort de partir. Quelle importance si Tony Baron pose des questions ? il n'y a pas de réponse. Mais si tu pars, ils y verront la preuve de ta culpabilité.

— Souza se souvient de la date. Le onze décembre. Le jour de la disparition de Quinn. (Cutler regarde sa montre.) Je devrais déjà être parti. (Il porte les valises sur la terrasse.) Tout est terriblement long, la banque réagit comme si c'était son argent. Aide-moi. J'ai mal à la tête.

Pelletier s'approche.

— Qu'est-ce que tu t'es fait au crâne ?

— Elle m'a piégé hier.

Ils traversent la terrasse, descendent sur la plage, portent les valises et remontent la pente sombre qui longe la maison.

— Elle m'a frappé par-derrière avec la lampe de la chambre. Elle a presque pu atteindre le téléphone !

En le suivant dans l'escalier, Pelletier rit.

— J'aurais voulu voir ça.

Voitures et camions rugissent sur l'autoroute. La Celica attend sur la bretelle. Cutler ouvre le coffre. Ils y laissent tomber les bagages. Cutler referme le coffre.

— Que vas-tu faire d'elle, de la maison, du bateau ?

— Je trouverai un moyen pour vendre la maison et le bateau en arrivant là-bas. J'ai pris les papiers. (Cutler tapote la poche intérieure de sa veste.) Elle ? (Il prend le bras de Pelletier et l'entraîne vers l'escalier.) Tu vas m'aider. (Ils commencent à descendre.) Tu as promis.

— Ouais, mais, et si je n'étais pas venu ?

— Il le fallait, réplique Cutler, tu l'as dit. J'ai besoin de toi.

— Je l'ai dit, consent Pelletier.

La lampe est inutilisable. Cutler allume le plafonnier de la chambre, des tubes fluorescents derrière des panneaux de plastique laiteux encastrés dans le plafond. Elle est couchée en boule sur le côté ; les mains attachées dans le dos, les chevilles entravées. Elle fait entendre un son étouffé et tourne la tête sur l'oreiller. Son regard brille derrière les mèches de cheveux blancs qui barrent son visage. Elle se débat faiblement. On dirait qu'elle s'est beaucoup débattue, les draps sont fripés et en désordre.

— Tu t'es servi de ma corde à sauter, dit Pelletier.

— C'est tout ce que j'ai trouvé.

Cutler allume une cigarette. Pelletier hoche la tête.

— Ce n'est pas suffisant, Darryl, (Il retire la cigarette des lèvres de Cutler.) et ça me donne une idée. (Il traverse la pièce, fait glisser le panneau vitré, sort.) Je reviens dans une minute.

Cutler l'entend monter légèrement les escaliers et traverser la terrasse. Quand il redescend, il ne revient pas dans la chambre. Il reste dans le bureau. Cutler regarde la vieille femme sur le lit. Du regard, elle le fixe toujours à travers ses cheveux défaits.

— Voilà mon équipage, lui dit Cutler. J'attendais son retour pour aller faire une petite promenade en mer. Tu aimeras ça, non ?

Dans ses yeux, la rage et la rancune font place à la peur. Elle secoue la tête, se débat, gémit. Souriant de son désarroi, il allume une autre cigarette et traverse le palier pour voir ce que fait Pelletier.

— J'aurais dû y penser pour Quinn.

Pelletier a rapporté un couteau de cuisine. La cigarette au coin de sa jolie bouche, il s'agenouille sur une planche du Nautilus, tailladant avec la lame une des cordes des poulies qui tirent les poids. La corde est coupée. Le poids tombe avec fracas.

— Viens m'aider.

Sans un mot, Cutler s'approche. Ils sortent le poids de son logement scintillant. Il est lourd. Pelletier le traîne à travers le palier jusque dans la chambre. Il entreprend d'enrouler la corde autour des genoux de la mère. Elle se débat, se tortille, il la frappe.

— Ne fais pas ça, dit Cutler.

Pelletier se redresse lentement, le regarde, tête penchée.

– Que dis-tu ? Darryl, ce n'est plus rien qu'un poison. Quatre de ces poids l'enverront tout droit au fond. Les nécrophages auront de quoi faire.

– Je ne veux pas faire ça, dit Cutler.

– Darryl, nous avons passé un marché. Un contrat. Je t'aide à t'en débarrasser. Tu me donnes le titre de propriété du bateau.

– Tu ne m'avais jamais parlé de ça, dit Cutler.

– Et pourquoi diable croyais-tu que j'étais aussi gentil avec toi ?

– Il n'est plus nécessaire de la tuer à présent, je pars. Laisse-la raconter à la police tous les mensonges qu'elle voudra. Je ne serai plus là pour y répondre, ça n'a plus d'importance.

– Darryl, j'ai besoin du titre de propriété du bateau.

Pelletier tord la corde autour de ses genoux, agenouillé sur le lit, il tire sur les nœuds, une fois, deux fois.

– Ces hommes d'affaires véreux qui sont chargés de la succession de Quinn, retardent et retardent. Ils spéculent avec l'argent au lieu de le donner à Véronique comme ils devraient le faire. Tout ce qu'elle peut tirer, c'est un petit chèque de merde chaque semaine pour ses dépenses. (Il tire sur la corde pour vérifier les nœuds, hoche la tête avec satisfaction. Il abandonne le lit et se dirige de nouveau vers le bureau.) Ils peuvent aussi bien le garder éternellement cet argent. Ils trouvent toujours une nouvelle excuse.

Il prend le couteau sur la planche et se met à découper une autre corde de poulie.

– C'est ton problème, dit Cutler.

– Je n'ai pas de problème qui ne soit aussi ton problème.

Pelletier lui adresse un rapide sourire narquois

et recommence à scier la corde.

– Tu ne peux pas me doubler, Darryl. Tu n'oserais pas. Ce bateau n'est pas pour toi. J'ai besoin de l'argent de ce bateau.

– Pour Véronique ? (Cutler pose sa main sur la poche de sa veste contenant les papiers.) Tu vaux plus que ça.

Le poids tombe avec fracas, ébranlant le plancher. Alors Pelletier abandonne la planche, se précipite sur Cutler et pose la pointe du couteau contre sa gorge.

– Donne-moi les papiers, Darryl. Finissons-en avec ça avant de partir en mer pour la noyer.

Cutler recule contre le mur, secouant la tête.

– J'ai changé d'idée. C'est ma mère, Chick. Je ne peux pas tuer ma propre mère. Ce n'est plus nécessaire maintenant. Il n'en est pas question.

– Très bien, oublie ça. Donne seulement les papiers.

Pelletier pique la gorge de Cutler au-dessus du larynx de la pointe de son couteau. Cutler s'écarte vivement, comme un boxeur qui bondit des cordes. Pelletier s'apprête à l'attaquer et s'arrête, les yeux démesurément agrandis, la mâchoire tombante. Cutler se retourne.

Un homme se tient dans l'ouverture de la terrasse... Pantalon sale et froissé, vieille veste de tweed avec pièces de cuir aux coudes, cheveux en désordre sous une casquette de base-ball publicitaire. Irv. Liebowitz est mort depuis des années. Ce n'est pourtant pas un fantôme. Il est réel, autant que vieux et frêle. Et frêle ou pas, on ne peut rien lui faire, parce qu'il n'est pas seul. Dehors se profilent d'autres silhouettes. L'une d'elles est celle de Tony Baron, pas l'air tellement plus vigoureux que Liebowitz, quoique impeccable. Puis deux autres étrangers vêtus de leurs cache-poussière et qui semblent solides. Et derrière eux, dissimulés dans la même obscurité, des gens qu'il peut à peine apercevoir.

– Vous avez volé mon manuscrit, dit Liebowitz.

– Qui se trouvait dans ce ravin dans le désert ? demande Cutler.

– Un clochard mort que je venais de doubler. Le plus beau jour de mes misérables dernières années, dit Liebowitz. Ma taille, mon poids, mon âge, pas de dents.

Il colle un doigt dans sa bouche et sort un râtelier, l'exhibe devant eux, rose et luisant, afin que Cutler le voit puis, avec une horrible grimace, il le remet en place.

– J'ai échangé mes vêtements contre les siens, lui ai laissé mon portefeuille, mon chéquier, tout le fourbi. Je l'ai transporté pendant trente kilomètres à travers le désert jusqu'à cet arroyo où je l'ai balancé. J'ai abandonné ma voiture et me suis enfui. J'étais saoul. C'était affreux. Ça n'aurait jamais dû marcher. Mais grâce au buzzard...

– Vous ne pouvez pas prouver que vous avez écrit ce script, dit Cutler. Votre lettre à Moody disait qu'il n'y avait qu'un exemplaire.

– Darryl, tu parles trop, dit Pelletier.

– Mais Phil Quinn savait tout, toute l'histoire. (Liebowitz tire une flasque d'une poche de sa veste élimée.) Et il vous a dit qu'il savait que vous ne l'aviez pas écrit. Il savait que c'était moi qui l'avais écrit.

Liebowitz débouche la flasque et boit, son cou décharné se contracte. Il s'essuie la bouche d'un revers de main douteuse.

– Et vous l'avez tué, misérable connard.

– Il s'est noyé en nageant, dit Cutler.

– C'est ce que les journaux ont dit. (Liebowitz rebouche la flasque et la glisse dans sa poche.) Mais je ne l'ai pas cru. Phil était un excellent nageur.

– Tout le monde vieillit, dit Cutler.

– Ne comptez pas là-dessus, dit Tony Baron.

– Puis, il y a trois jours, reprend Liebowitz, sur la petite télévision perchée au-dessus du bar de la cantina où je passe mes journées moribondes, par hasard, j'ai vu... (Il hausse les épaules, grimace un rire silencieux.) Bon, vous savez ce que j'ai vu. Et j'en ai été assez bouleversé... Pour ce qui est du manuscrit, qui diable était ce Darryl Cutler, pour l'amour du Christ ? Et puis, je me suis rappelé. Vous travailliez pour Stewart Moody. Là où j'envoyais mes manuscrits pour les faire taper.

– Ainsi qu'une cinquantaine d'écrivains, dit Cutler.

– Qui ne sont ni disparus, ni considérés comme morts, réplique Liebowitz. Et le pauvre Stewart était mort aussi. Non ? Il ne pouvait donc pas vous contredire. Vous y aviez veillé.

– Ne croyez pas Fargo, dit Cutler. Ce n'est qu'une garce rancunière. Elle me hait parce que Moody m'a laissé l'affaire et tout son argent.

– Une raison de plus pour le tuer. (Liebowitz ressort sa flasque de whisky.) Vous aviez rencontré un beau garçon. C'est lui, là ? (Il dévisse le bouchon d'étain et porte le flacon à ses lèvres.) Ah ! (Il fait claquer sa langue.) Pas le genre qui se contente d'un big Mac et d'un Coca. (Avec un petit bruit sec étouffé, il rebouche la flasque et la reglisse dans sa poche.) C'est le nœud de l'intrigue. Je l'ai développé dans le plan. Tony très aimablement me l'a confirmé. (Il jette un regard par-dessus son épaule.) Il connaît les ficelles, il a écrit une centaine d'épisodes sur un détective privé.

– C'est de la fiction, dit Cutler. Dans la vie réelle, il faut des preuves. Vous n'avez aucune preuve. Fargo est une menteuse. De même que Souza, qui en plus est ivrogne. Voulez-vous sortir immédiatement ? Je suis chez moi, et vous n'êtes pas invité.

— Un instant, dit Tony Baron en se retournant afin de s'adresser à l'un des hommes au cache-poussière.

L'homme tourne les talons et sort dans l'obscurité de la terrasse. Baron entre pour se rapprocher de Liebowitz.

— Encore un instant, et nous allons tous sortir. Vous avec les menottes aux mains.

Et l'homme au cache-poussière revient accompagné de Véronique Quinn. Elle est très pâle et regarde désespérément Pelletier qui laisse échapper un sourd gémissement dans le dos de Cutler. Baron regarde Véronique, puis de nouveau Cutler.

— Vous connaissez cette femme ?

— Pour mon malheur, dit Cutler. Une autre garce jalouse.

— C'était elle la cause, dit Liebowitz. Nous avons mis du temps à y arriver. Elle était absente et nous n'arrivions pas à la trouver. (Il touche le bras de Véronique qui sursaute et s'écarte.) N'ayez pas peur, chérie. Dites-lui ce que vous savez.

— Ne dis rien, hurle Pelletier. Ils doivent d'abord t'accorder l'immunité contre les poursuites.

— C'est déjà fait, dit l'homme au cache-poussière. Je suis du bureau du procureur. Allez-y, Mme Quinn. Dites à Mr Cutler ce que vous nous avez raconté.

— Je demande aussi l'immunité, dit Pelletier.

— Nous en parlerons, dit l'homme. Allons Mme Quinn.

— Ph... Phil m'avait parlé du manuscrit, bégaye-t-elle, quand il l'a lu. Il était sorti du bureau dans une rage folle. Il m'a dit qu'il venait ici pour s'expliquer avec vous, il est sorti en claquant la porte.

— Quand il n'est pas revenu, dit Liebowitz, pourquoi n'êtes-vous pas allée trouver la police ?

— Parce que je savais qu'il avait tué Phil, répond-elle. Comme il a tué ce vieil homme pour lequel il travaillait. Il a aussi tué un petit garçon avec sa voiture. Je ne l'ai pas vu. Et si j'avais parlé et qu'ils ne l'aient pas arrêté, pourquoi ne m'aurait-il pas tuée ?

– Vous aviez peur de lui ? dit Liebowitz.

Elle acquiesce, déglutit, sa gorge se noue, elle regarde Cutler comme s'il s'agissait d'un serpent.

– Nous étions tous les deux terrorisés. Chick avait assisté aux meurtres, à deux d'entre eux. Il a obligé Chick à l'aider, à se débarrasser du corps du pauvre Phil, à l'emporter en mer et à l'y jeter.

Le représentant du procureur regarde Pelletier.

– Le onze décembre, c'est ça ? dans une caisse de téléviseur ?

– Je veux négocier, dit Pelletier. Si vous n'acceptez pas, je veux un avocat. Maintenant.

– Nous allons négocier, dit le représentant du procureur. Je ne peux pas faire plus. Vous êtes terriblement impliqué, Mr Pelletier.

– C'est lui qui a tout fait, poursuit Pelletier. Etouffer Moody avec un oreiller, assommer Quinn avec une statuette en bronze, elle est encore là-haut. Je n'ai pas pu l'arrêter.

– Et vous l'avez aidé à jeter le corps de Quinn en mer ?

– Il m'aurait tué si je m'y étais opposé, dit Pelletier. Vous voulez voir de quoi il est capable.

Cutler le regarde stupéfait, incrédule. Pelletier se dirige vers le palier. Du coin de l'œil, Cutler voit le deuxième homme au cache-poussière sortir une arme et la braquer.

– Sa mère est dans l'autre pièce. Il allait lui faire subir le même sort qu'à Quinn. Seulement, elle est encore en vie. Elle a été témoin d'un autre de ses crimes... et ensuite de sa fuite de Portland, il y a des années. Il allait la noyer ce soir. Et il voulait m'obliger à l'aider.

L'homme armé le rejoint et ils traversent le palier. Liebowitz et Baron suivent, puis le représentant du procureur tenant Véronique par le bras. Cutler est seul. Il se précipite sur la porte, mais un policier en uniforme le saisit par le bras. Un très gros revolver dans sa gaine pend sur sa hanche. Il sort les menottes de sa ceinture, fait se retourner Cutler et les lui passe aux poignets, mains derrière le dos.

— Vous êtes en état d'arrestation, lui dit le policier. Vous avez le droit de garder le silence. Si vous renoncez à ce droit...

Cutler n'écoute plus. Il regarde la plage vide. Les vagues retombent sourdement, rejaillissent. La nuit est claire. Pleine d'étoiles. La voix du policier cesse. Il fait reculer Cutler dans la pièce illuminée, le pousse devant les équipements de gymnastique, les meubles blancs, les rayonnages, le bureau blanc avec son ordinateur lisse et les bouteilles luisantes. A coups de coude, il lui fait traverser le palier.

Dans la chambre, Liebowitz, Baron, Véronique, Pelletier et le représentant du procureur regardent l'autre homme au cache-poussière détacher le corps ramassé sur le lit dans son costume pantalon rose sale et chiffonné. Il enlève doucement le baillon de la bouche de Lorraine. Elle gesticule pour s'asseoir. Il l'aide. De ses mains noueuses et enflées, elle essaye de mettre de l'ordre dans ses cheveux défaits. Elle jette à Cutler un regard narquois, triomphant. Sa voix enrouée est à peine plus qu'un murmure.

— J'ai tout entendu, dit-elle. Tu es un meurtrier. Comme si je ne le savais pas. Et ils t'ont eu. Tu sais ce que ça veut dire, Darryl. Je suis ton unique parent vivant. Je vais donc tout avoir... l'argent, la maison, le bateau, tout. Ils vont te coller dans la chambre à gaz. Et j'aurai tout.

RIVAGES/NOIR

1. Jim Thompson : *Liberté sous condition*
2. Charles Williams : *La Fille des collines*
3. Jonathan Latimer : *Gardénia rouge*
4. Joseph Hansen : *Par qui la mort arrive*
5. J. Van de Wetering : *Comme un rat mort*
6. Tony Hillerman : *Là où dansent les morts*
7. John P. Marquand : *Merci, Mister Moto*
8. John P. Marquand : *Bien joué, Mister Moto*
9. David Goodis : *La Blonde au coin de la rue*
10. Mildred Davis : *Dark Place*
11. Joan Aiken : *Mort un dimanche de pluie*
12. Jim Thompson : *Un nid de crotales*
13. Harry Whittington : *Des feux qui détruisent*
14. Stanley Ellin : *La Corrida des pendus*
15. William Irish : *Manhattan Love Song*
16. Tony Hillerman : *Le Vent sombre*
17. Hugues Pagan : *Les Eaux mortes*
18. John P. Marquand : *Mister Moto est désolé*
19. Donald Westlake : *Drôles de frères*
20. Jonathan Latimer : *Noir comme un souvenir*
21. John D. Mac Donald : *Réponse mortelle*
22. Jim Thompson : *Sang mêlé*
23. William McIlvanney : *Les Papiers de Tony Veitch*
24. William McIlvanney : *Laidlaw*
25. Diana Ramsay : *Approche des ténèbres*
26. Donald Westlake : *Levine*
27. James Ellroy : *Lune sanglante*
28. Harry Whittington : *Le diable a des ailes*
29. John D. Mac Donald : *Un temps pour mourir*
30. J. Van de Wetering : *Sale temps*
31. James Ellroy : *A cause de la nuit*
32. Jim Thompson : *Nuit de fureur*
33. J. Van de Wetering : *L'Autre Fils de Dieu*
34. J. Van de Wetering : *Le Babouin blond*
35. Tony Hillerman : *La Voie du fantôme*
36. W.R. Burnett : *Romelle*
37. David Goodis : *Beauté bleue*
38. Diana Ramsay : *Est-ce un meurtre ?*
39. Jim Thompson : *A deux pas du ciel*
40. James Ellroy : *La Colline aux suicidés*

41. Richard Stark : *La Demoiselle*
42. J. Van de Wetering : *Inspecteur Saito*
43. J. Van de Wetering : *Le Massacre du Maine*
44. Joseph Hansen : *Le petit chien riait*
45. John D. Mac Donald : *Un cadavre dans ses rêves*
46. Peter Corris : *La Plage vide*
47. Jim Thompson : *Rage noire*
48. Bill Pronzini : *Hidden Valley*
49. Joseph Hansen : *Un pied dans la tombe*
50. William Irish : *Valse dans les ténèbres*
51. John D. Mac Donald : *Le Combat pour l'île*
52. Jim Thompson : *La mort viendra, petite*
53. J. Van de Wetering : *Un vautour dans la ville*
54. James Ellroy : *Brown's Requiem*
55. Jim Thompson : *Les Alcooliques*
56. W.R. Burnett : *King Cole*
57. Peter Corris : *Des morts dans l'âme*
58. Jim Thompson : *Les Arnaqueurs*
59. J. Van de Wetering : *Mort d'un colporteur*
60. W.R. Burnett : *Fin de parcours*
61. Tony Hillerman : *Femme qui écoute*
62. Kinky Friedman : *Meurtre à Greenwich Village*
63. Jim Thompson : *Vaurien*
64. Robin Cook : *Cauchemar dans la rue*
65. Peter Corris : *Chair blanche*
66. David Goodis : *Rue Barbare*
67. David Goodis : *Retour à la vie*
68. Barry Gifford : *Port Tropique*
69. J. Van de Wetering : *Le Chat du sergent*
70. Joseph Hansen : *Obédience*
71. Roger Simon : *Le Clown blanc*
72. Robert Edmond Alter : *Attractions meurtres*
73. Charles Williams : *Go Home Stranger*
74. John D. Mac Donald : *L'Héritage de la haine*
75. David Goodis : *Obsession*
76. Joseph Hansen : *Le Noyé d'Arena Blanca*
77. Jim Thompson : *Une combine en or*
78. Bill Pronzini : *La nuit hurle*
79. Joseph Hansen : *Pente douce*
80. Peter Corris : *Le Garçon merveilleux*
81. J. Van de Wetering : *Cash-cash millions*
82. Charles Williams : *Et la mer profonde et bleue*
83. Jim Thompson : *Le Texas par la queue*

84. Jim Nisbet : *Les damnés ne meurent jamais*
85. Howard Fast : *Sylvia*
86. Charles Willeford : *Une fille facile*
87. John P. Marquand : *Rira bien, Mister Moto*
88. Chester Himes : *Qu'on lui jette la première pierre*
89. Dolores Hitchens : *La Victime expiatoire*
90. William McIlvanney : *Big Man*
91. Masako Togawa : *Le Baiser de feu*
92. James Crumley : *Putes*
93. Geoffrey Homes : *Pendez-moi haut et court*
94. Geoffrey Homes : *La Rue de la Femme qui pleure*
95. George Chesbro : *Une affaire de sorciers*
96. Tony Hillerman : *Porteurs-de-peau*
97. James Ellroy : *Clandestin*
98. Tony Hillerman : *La Voie de l'Ennemi*
99. Charles Willeford : *Hérésie*
100. James Ellroy : *Le Dahlia noir*
101. J. de Wetering : *Le Chasseur de papillons*
102. Peter Corris : *Héroïne Annie*
103. Jim Nisbet : *Injection mortelle*
104. Joseph Hansen : *Le Garçon enterré ce matin*
105. Helen McCloy : *La Somnambule*
106. Howard Fast : *L'Ange déchu*
107. Barry Gifford : *Sailor et Lula*
108. Kinky Friedman : *Quand le chat n'est pas là*
109. James Ellroy : *Un tueur sur la route*
110. Tony Hillerman : *Le Voleur de temps*
111. Peter Corris : *Escorte pour une mort douce*
112. James Ellroy : *Le Grand Nulle Part*
113. Tony Hillerman : *La Mouche sur le mur*
114. George V. Higgins : *Les Copains d'Eddie Coyle*
115. Charles Willeford : *Miami Blues*
116. Robin Cook : *J'étais Dora Suarez*
117. Daniel Woodrell : *Sous la lumière cruelle*
118. William Kotzwinkle : *Midnight Examiner*
119. Ted Lewis : *Le Retour de Jack*

RIVAGES/MYSTERE

1. Rex Stout : *Le Secret de la bande élastique*
2. William Kotzwinkle : *Fata Morgana*
3. Rex Stout : *La Cassette rouge*
4. John P. Marquand : *A votre tour, Mister Moto*
5. John Dickson Carr : *En dépit du tonnerre*
6. Rex Stout : *Meurtre au vestiaire*
7. Josephine Tey : *Le plus beau des anges*

Achevé d'imprimer le 20 septembre 1991
sur les presses de l'Imprimerie «La Source d'Or»
63200 Marsat
Dépôt légal Septembre 1991
Imprimeur N° 4076

2e édition